你看完不敢睡，看了还想着的悬疑小说

白虹 / 主编

中国华侨出版社

·北京·

前言

悬疑小说也被称为神秘小说，它囊括了惊悚小说、推理小说等多种文学样式，是一种惹人喜爱、独具魅力的文学体裁。20世纪以来，柯南·道尔、希区柯克、埃德加·爱伦·坡等一批悬疑大师们，以其天才的情节构思、诡谲的氛围营造、缜密的逻辑推理，凭借深厚的人文底蕴，写下了无数家喻户晓的名篇佳作，塑造了众多深入人心的人物形象。这些经历了时间考验的经典作品，不仅使悬疑小说步入了世界文学的高雅殿堂，丰富了世界文学宝库，感染了成千上万的人，而且还影响了许多有志于侦探事业的读者，给人们以精神上的享受和智慧上的启迪。

一个人在其一生中，阅读一些情节跌宕、惊心动魄、兼具文学性和思想性的悬疑小说，不仅可以收获新鲜离奇、快意迭起的阅读感受，还可领略其迷人的艺术魅力和丰富的思想内涵；而其中天才的构思与推理的创新手法，更开启了一种颠覆性的思维开掘与探险历程，十分有利于磨炼敏锐的洞察力，提高思考力和判断力，从而受益一生。

然而人生匆匆，一个人要在短暂的一生中，皓首穷经式地遍阅悬疑大师们的所有作品，既不现实，也不经济。为了让广大读者在短时间内迅速、有效地了解世界悬疑小说，获得理想的阅读效果，编者精选近20篇经典悬疑小说，囊括了世界悬疑大师的经典力作，如查尔斯·狄更斯、埃德加·爱伦·坡、艾萨克·阿西莫夫等的名篇佳作，展现了悬疑小说的各种形式，反映了世界悬疑小说的精华。

　　这些作品分为"来自坟墓的故事""离奇的失踪""注定的命运和亡灵""未知世界的怪谈"四部分，每一篇都演绎着跌宕起伏、引人入胜的故事：惊悚故事的诡异氛围，将让你毛骨悚然；悬念故事的凶险奇幻，将让你无法抗拒；推理故事的波谲云诡，将引爆你的思维……是一部集扣人心弦的故事情节、令人瞠目的阴谋诡计、无懈可击的推理论证为一体的精心雕琢的作品集。其中，悬疑环生、惊心动魄、谜团迭起，宏大的故事场面，一浪高过一浪的悬念，可怕的鬼怪灵异等，令人在紧张的悬疑气氛中，随着情节变化起伏而荡气回肠，感受其带给心灵的震撼。

　　本书呈现的精彩的故事、鲜明的人物形象、别具特色的叙述手法，无不展示出丰富而深刻的思想内涵和绚丽多彩的艺术魅力，带给你独特而又充满快感的阅读感受，这些作品不仅提供了可资参考、学习、研究世界悬疑小说的范本，也将使你经历前所未有的思维风暴。

目录 CONTENTS

未知世界的怪谈

来自坟墓的故事·

盗尸者

[英]罗伯特·路易斯·史蒂文森

　　年轻的费蒂斯在爱丁堡的学校学习医术。他拥有超强的记忆力，可以过目不忘。平时他在家里很少用功学习，但是在老师们面前却总是彬彬有礼，上课时聚精会神，反应敏捷。他的老师们都觉得他是个学习认真刻苦的小伙子。不仅如此，我听说他还是一个外表十分出众的受人喜爱的小伙子。当时有一位校外的解剖学老师，我在这里姑且称他为 K 先生，后来他成为一名家喻户晓的人物。当人们为处死贝尔克而欢呼雀跃，并大声疾呼要将购买尸体的主顾也绳之以法时，这位 K 先生十分害怕，他在爱丁堡的大街上躲躲闪闪，生怕被人指控。那会儿，K 先生很受人追捧，一方面源于他自身的天赋和口才，另一方面源于他的竞争对手——大学教授们——实在无能。至少学生们都很崇拜他，费蒂斯和其他学生一直都深信，只要能够得到这位受人敬仰的老师的喜爱，就能为自己将来的成功奠定基础。K 先生本人成就非凡，同时也是一位赏识千里马的伯乐。他喜欢刻苦认真的学生，也喜欢有点小聪明的学生。费蒂斯就同时具备这两点，所以深得 K 先生青睐。在他的第二年的课程中，费蒂斯得到了班级第二助教，即副助理的职位。

　　慢慢地，管理手术室和教室的任务也成为费蒂斯的职责。他需要负责手术室和教室的清理工作，收发并对解剖实验的尸体进行分类也成为他的分内之事。最终，也正是因为这项工作——在当时看来是一项必须慎重处理的工作——K先生让费蒂斯住进了他自己楼上的解剖室。在严冬的每个黎明前的黑暗时分，费蒂斯都要睡眼惺忪、踉踉跄跄地从床上爬起来，为送尸体的人开门。这些送尸体的人都是些铤而走险的、肮脏的非法之徒。在这起臭名昭著的事件（贝尔克和黑尔谋杀案）传遍整个国家之前，费蒂斯就已经在为这些不法之徒打开售卖尸体的大门了，他昧着良心付给他们不义之财。在这些良心早已泯灭的人走了之后，费蒂斯又是一人独处。此后一天的其他时间里，他就会忙里偷闲地找一两个小时小憩一会儿，补补觉以便白天有精力工作。

　　不会有人像费蒂斯这样对生命如此麻木不仁。他不让自己的大脑思考这些问题，对别人的命运和运气也统统不感兴趣。他只是听从于自己的欲望和那小小的野心。冷漠、玩世不恭、自私自利的他做起事情来谨小慎微（他称之为道德），他从来都没有诸如酗酒和偷盗的不良记录。除此之外，他还特别渴望得到他的导师和同学们哪怕一丁点儿的关注，他不想把自己的生活弄得一团糟，以失败而告终。他以在工作中投机取巧为乐，总是在K先生出现时才卖力干活。白天尽量少干活，以此弥补晚上的辛劳，只有这样他才会感到心理平衡。

　　用于解剖实验的尸体的来源问题一直困扰着费蒂斯和他的导师。医学课堂上解剖学老师所用的材料随时面临用完的境地，而能够提供尸体的行当不但本身十分令人生厌，而且还容易使所有的知情人处于危险境地。因此，K先生的做事原则就是：在交易尸体时绝不问问题。"他们拿尸体来，我们就付钱。一手交钱一手交货。"他曾经说过，"这是等价交换。"他又有点渎神地说道："为了不受良心的责备，千万不要问任何问题。"他不知道这些尸体都是谋杀案的受害者。但凡他脑子里闪过类似这种的想法，他都会吓得退缩回去的。然而，他谈论此事时那种轻浮的语气本身就是对灵魂的一种冒犯，也是对与他打交道的人的一种诱导。费蒂斯经常惊异为什么尸体如此新鲜。他总是一次一次地在黎明前被面相猥琐、举止卑鄙的无赖叫起来。他迅速整理自己凌乱的思绪，使之清晰起来；这或许要归功于他的导师那一套不太道德但又直截了当的辩护词。费蒂斯清楚自己的职责，简而言之，就是三个步骤：接过这些无赖拿来的东西，付钱，然后对任何犯罪行为都装作没看见。

费蒂斯一贯遵守的沉默原则终于在11月份的一天早晨面临了一次考验。前一晚他被痛苦的牙痛折磨得整晚无法入睡，他一会儿像一头受困的野兽似的在屋里踱步，一会儿又愤怒地一头栽到床上。最后好不容易才迷迷糊糊入睡，整晚牙齿都在隐隐作痛。忽然约定的交易信号响了三四下，把费蒂斯从睡梦中叫醒。屋外呼呼地刮着冷风，地上结了一层冷霜。惨淡月光下的城市还在沉睡，但空气里已经出现了一种难以名状的躁动，白天的繁荣景象马上就要在这个城市上演了。盗尸者比往常来得晚了一些，而且看起来今天比往常更想快点儿拿钱走人。费蒂斯困倦地提着灯指引他们上楼，他仿佛从梦里听到他们在用爱尔兰话抱怨着什么。来者打开袋子时，费蒂斯正倚着墙打盹儿。盗尸者不得不把他摇醒要求付钱。此时他正好看到了死者的脸庞。费蒂斯惊呆了，赶紧靠近两步，将蜡烛凑近了看。

"万能的上帝啊！"他喊道，"这是简·加尔布雷思！"来者没有回答，慢慢地向门边走去。

"我认识她，我告诉你们。"费蒂斯又接着说下去，"她昨天还活蹦乱跳的呢。她不可能死了。你们不应该拿她的尸体。"

"我们确实拿来了。先生，你看错了。"其中一位说道。

另一位却阴森森地看着费蒂斯，让他马上付钱。

这显然是对方发出的某种威胁信号。费蒂斯的心一沉，结结巴巴地向对方道歉，并数好钱给对方。他眼看着这两个可恨的家伙离开。他们刚一离开，费蒂斯就急忙走上前去证实自己的猜测，最终他证实了眼前的死者正是前一天和他打情骂俏的那个女孩儿。他看到尸体上有瘀伤时，心里极其恐惧，好像是施暴造成的。顿时一股恐惧感袭上费蒂斯的心头，他仓皇地逃回到自己的房间。他在那里又详细地把自己发现的事情在头脑中理了一遍，并冷静地考虑着K先生给他的指示以及自己干这些勾当所处的危险境地。最后在经过一番痛苦而混乱的思想斗争后，他决定一定要听取他的直接上司——班级助理的意见。

这位助理名叫沃尔夫·麦克法兰，是一位年轻的医生。他聪明过人，在所有率性而为的同学里他是最受大家喜爱的一位。他以前在国外留过学，他的举止和蔼可亲，打扮稍微有点前卫；是表演舞台剧的高手，擅长冰上运动，还是滑冰和高尔夫俱乐部的会员。麦克法兰有一辆轻便马车和一匹快马。他与费蒂斯有着亲密关系，的确，他们之间的职务关系使他们成为某种生命共同体。每当供解剖实验的尸体用完时，他们俩就会乘坐麦克法兰的轻便马车到遥远的山村里寻找孤坟，带着他们的"战利品"在黎明前悄悄溜回解剖室。

就在这天早上，不知为什么，麦克法兰比平常来得稍早一些。费蒂斯听到他的声音，就急忙跑到楼梯上迎接他。费蒂斯告诉麦克法兰刚发生的事情以及引起自己恐慌的理由。麦克法兰听后，仔细检查了尸首上的伤痕。

"是的，"他点点头，"看起来很可疑。"

"是吧，我应该做什么？"费蒂斯问道。

"做什么？"对方重复道，"你想做什么？我要说的是，话越少越好。"

"其他人也可能会认出她来呀，"费蒂斯反驳道，"她可是很有名气的。"

"我们只能希望别人不会认出她来，"麦克法兰说，"如果真的有人认出来了……不会的。你知道的，事情已经结束了。如果你张扬出去的话，你就会让 K 先生惹上无尽的麻烦。你和我都会成为众矢之的的。我想你知道到时候我们两个人会怎样，站在证人席上我们应该怎样为自己辩护。我认为你对一件事情是确定无疑的——那就是，我们用来做解剖实验的尸体有可能都是谋杀案的受害者。"

"麦克法兰！"费蒂斯咆哮起来。

"忘了吧！"对方轻蔑地说，"就好像你从来都没有怀疑过似的！"

"怀疑是一回事儿……"

"得到证实则是另外一回事儿。我和你一样对此事感到抱歉，但此事应该到此为止。"说着，麦克法兰用自己的拐杖轻轻碰了碰尸体。"接下来应该做的就是，我并不认识这具尸体，而且，"他又冷冰冰地补充道，"我并不是在教唆你。我不认识这具尸体，如果你高兴的话，你可以认识她。但是我想世界上的任何一个人都会像我这样做的。我还要加一句，我认为这就是 K 先生想从我们这得到的答案。他为什么选我们两个人当他的助手呢？我的答案是，K 先生信不过别的人，他们都头发长见识短。"

这些话足以影响像费蒂斯这样的小伙子了。他同意像麦克法兰一样保持沉默。这个不幸女孩儿的尸体被做了解剖实验，没有人谈论这具尸体，好像也没有人认出她来。

一天下午，费蒂斯干完了一天的工作后，顺道来到一家人气很旺的小酒馆，他看见麦克法兰正和一个陌生人坐在一起。这个陌生人个头矮小，皮肤黝黑，惨白的脸上嵌着一双黑色的眼睛。他脸上的线条充分表明此人性格中缺少睿智和文雅，他更应该是一个粗俗、鄙陋而且十分愚蠢的人。然而，他却颐指气使，向麦克法兰发号施令，就像首领一样呼三喝四。他十分无礼地驱使麦克法兰做事，哪怕是有那么一点点迟疑，他都会恼羞成怒。这个无礼的陌生人喜欢费蒂斯在场，他不住地喝着酒，大谈特谈自己的光辉历史。假如他所说的有十分之一是真的，那么他就是一个彻头彻尾令人厌恶的无赖。现在这位经历丰富的仁兄又拿麦克法兰的虚荣心开起了玩笑。

"我是个坏蛋，"陌生人说道，"但是麦克法兰却是个小男孩儿呢——托蒂·麦克法兰。我这样叫他。托蒂，再给你的朋友要一杯酒。""托蒂，站起来把门关上。""托蒂恨死我了，"他接着说道，"是的，托蒂，你恨我。"

"难道你不能不叫我这个令人讨厌的名字吗？"麦克法兰咆哮着。

"听听呀！你曾经见过这家伙玩儿刀吗？他一定想在我的全身上下开刀。"陌生人说。

"我们学医的人另有他法，"费蒂斯说道，"当我们不喜欢我们某位已死的朋友时，我们就会解剖他的尸体。"

麦克法兰狠狠地瞪了费蒂斯一眼，好像他很不喜欢这个笑话。

一个下午过去了，格雷（这位陌生人的名字叫格雷）邀请费蒂斯和他们一起吃晚饭。格雷要了一桌极其奢华的晚餐，这顿饭让整个小酒馆里的其他客人都不停地咋舌。用餐完毕后，他却让麦克法兰支付账单。当他们离开时天色已晚，格雷已经喝得酩酊大醉；麦克法兰因为愤怒而一直保持着清醒，他一直想着自己被迫支付的昂贵的账单和自己不得不忍受的侮慢；费蒂斯也被灌了一肚子酒精，他脑袋里一片空白，摇摇晃晃地走回了住所。第二天，麦克法兰没来上课。费蒂斯心里偷笑，想着他一定是还在陪着讨厌的格雷一个酒馆一个酒馆地买醉。课程一结束，费蒂斯就挨个酒馆地寻找他们。他以为自己能够找到他们，可是，到处也没有他们的踪影。于是，费蒂斯只好回到自己的住所，早早上床睡觉了。

凌晨4点钟的时候他被熟悉的信号声吵醒了。走到门前，费蒂斯惊奇地发现是麦克法兰驾着他的轻便马车在外面，马车后面放着一个长长的、可怕的包裹，费蒂斯很熟悉这种包裹。

"什么？"他叫喊着，"你独自一人出去的？"

麦克法兰粗鲁地让费蒂斯闭上嘴，催促他赶紧办正事儿。他们两人把尸体抬上楼以后放到手术台上，麦克法兰转身就要离开。突然，他停下来，稍有犹豫，然后开口说道："你最好看看尸体的脸。"语调略显局促。费蒂斯好奇地看着他，麦克法兰又重复道："你最好看看。"

"可是你什么时候、在哪里又是怎样得到这具尸体的？"费蒂斯问道。

"看看那张脸。"

费蒂斯犹豫着，一丝疑虑涌上心头。他把目光从麦克法兰身上移到那具尸体上，然后又移了回来。最终，他听从了麦克法兰的话，照他的吩咐做了。他已经想象到将要看到的东西，然而眼前的情景还是让他震惊。尸体僵硬地躺在那里，赤裸裸地被裹在粗麻布袋里。格雷与他分开的时候还穿着华丽，在酒馆里过着酒肉穿肠过的奢靡生活。而此时，他的死令已经麻木不仁的费蒂斯产生了一丝丝的恐惧。死亡一直回荡在费蒂斯的灵魂深处，他认识的两人本不应该躺在停尸台上的。然而，这些还不是他的主要想法，他现在最关心的是如何面对他所尊敬的麦克法兰。此时此刻，他根本没有准备好，他不知道应该怎样面对他同伴的脸，他不敢看他的眼睛，更说不出一句话来。

麦克法兰首先开口。他静静地走到费蒂斯身后，轻轻地将手放在他的肩膀上。

"理查森可能想要这具尸体的头颅。"

他所说的理查森很渴望得到一个头颅进行解剖实验。费蒂斯没有回应。麦克法兰接着说："说到交易，你必须付给我钱，你瞧，你必须让你账本上的收支相吻合。"

费蒂斯发出魔鬼般的声音："付钱给你！"他嚷起来："为什么付给你钱？"

"为什么？你当然要付钱。不管怎样，你必须支付每一笔交易。"对方回答说，"我不会无偿地给你提供尸体，你也不能一分钱不花就拿到这具尸体。我们两个人应该彼此妥协一下。这只是另外一起简·加尔布雷思式的事件。这种越是不对的事情，我们就越要把它做得好像是正确的。K先生把钱放在哪里？"

费蒂斯用刺耳的声音回答道："在那里。"边说边用手指着屋角的碗柜。

"那么，给我钥匙。"麦克法兰边说边伸出手来，神情十分平静。

短暂的犹豫之后，费蒂斯拿出了钥匙。麦克法兰的手指碰到钥匙的瞬间不由自主地紧张地抽搐了一下。他打开碗柜，从一个柜格儿里拿出钢笔、墨水和一个账本，然后又从抽屉里取走属于他的酬劳。

"现在，看这儿。"他说，"这是报酬——为了证明你的诚意和可靠。在你的账本里记入这笔收入，这样对你来说，就可以用它对抗你心中的恶魔了。"

接下来的几秒钟，费蒂斯陷入了痛苦的思索之中。他定了定神，如果他现在可以克制与麦克法兰的争吵，那么今后的任何困难都能迎刃而解。他放下一直拿在手里的蜡烛，将日期、交易金额、细则等内容填写完毕。

"现在，"麦克法兰说，"你收下你的那份才算公平。我已经拿了我的那份。久而久之，如果一个深谙世故的人走运的话，口袋里就有多得花不完的零花钱了——我为自己所说的感到羞耻，但是必须按原则办事。不要请客吃饭、不要买昂贵的书籍、不要还你欠的账。只准向别人借钱，不要借给别人钱。"

"麦克法兰，"费蒂斯带着沙哑的嗓音说，"我有事情相求。"

"求我？"麦克法兰大喊，"好呀！你说！我倒想看看，你到底能做什么来自我保护？假如我陷入麻烦之中，你能跑得掉？这起事件只是第一起事件的继续，只是格雷步加尔布雷思小姐的后尘。你不能在事情开始以后才叫停止。如果你已经卷进来了，就要一直干下去。这才是真理。别无退路。"

费蒂斯的心顿时沉了下来，仿佛感到命运背叛了他。

"我的上帝呀！"他哭喊着，"我都做什么了？几时开始的？被任命为班级助理有什么好处？瑟维斯想得到这个职位，他本来也有可能当上助理的。如果他当上了，也会和我现在的处境一样吗？"

"亲爱的朋友，"麦克法兰说，"你是多么天真呀！这件事情能对你有什么伤害呢？如果你管住自己的嘴巴，能对你有什么伤害呢？伙计，你知道这是个什么样的社会吗？这个社会上只有两类人——一类人好比是狮子，另一类人则是羔羊。如果你是一只羔羊的话，那么你就会像格雷和加尔布雷思小姐一样躺在这张手术台上。如果你是一头雄狮的话，你就会活着，像我、K先生以及世界上所有有胆有识的人一样，有自己的马和马车。我亲爱的朋友，你睿智、勇敢，我很喜欢你；K先生也是。你生来就应该是猎人。而且我告诉你吧，以我的荣誉和我的生活经验担保，3天之内你就会像看滑稽剧的高中男孩儿一样嘲笑躺在这里的这些可怜虫了。"

麦克法兰转身离开，驾着他的轻便马车向小巷深处驶去，消失在黎明前的黑暗中。而他的离开却给费蒂斯留下了无尽的悔恨。他看着自己身处的悲惨境地，那种沮丧实在难以名状。他眼见着自己的软弱让自己一步一步变成麦克法兰的帮凶。他本应该变得更勇敢一些，但他却仍旧缺乏勇气。简·加尔布雷思的秘密和账本上所记录的内容让他不得不闭上嘴。

时间一点一点地过去，学生们陆续来上课了。可怜的格雷的尸体被一次一次地解剖，没有人议论过什么。理查森为自己终于能够解剖到一个头颅而高兴。费蒂斯焦急地盼望一切平安无事，但心中却暗含着一丝欢愉。两天来，他一直很警觉，虽然极力掩饰着内心的恐惧，但心中的欢欣却与日俱增。第三天，麦克法兰露面了。他说自己生病了；但是他仍然可以坚持给同学们补课，并进行必要的指导。麦克法兰尤其对理查森进行了仔细地辅导和详细地讲解，理查森因受到助理的表扬而欢欣鼓舞，胸中燃起雄心壮志，仿佛已经看见自己出人头地的那天了。

麦克法兰的预言在一个星期之内就成真了。费蒂斯真的克服了自己的恐惧，并且忘记了自己做过的卑鄙勾当。他开始为自己脱罪，在脑海里重新排演发生过的事情，以便让自己回想起来不至于太痛苦。现在费蒂斯并不经常遇到他的帮凶。当然他们会在课堂上见面，一起从 K 先生那里接受指示，有时也会私下里分别与 K 先生会面。K 先生自始至终都是那么和蔼、开朗。K 先生一直避免谈论他们之间共同的秘密，即使费蒂斯向他低语自己要与狮子为伍，而不当羔羊时，K 先生也只是指示他应该守口如瓶。后来一次偶然的机会麦克法兰和费蒂斯重新走到一起，成为紧密的团体。K 先生再次出现解剖尸体紧缺的情况。他的学生们十分渴望有机会实践解剖，而 K 先生又总是信誓旦旦地说尸体供应十分充足。此时恰巧有消息说，在格兰克斯的乡村墓地里将举行一个葬礼。坟墓设在阒无人迹的雪松树林深处，这里只能听到旁边山腰上山羊咩咩的叫声，山体两侧小溪流淌的声音——一侧的河流越过鹅卵石快乐地奔腾，另一侧的溪水则神秘地流淌于池塘之间——风儿从大片古老的开满花儿的栗子树中间穿过时的呼呼声，以及每天教堂的钟声和唱诗班的陈词滥调。这些是唯一可以打破这座沉寂的乡间教堂墓地的声音，但两位盗尸者并没有受到这种虔诚的环境的影响而停止他们的勾当。他们的"工作"让他们对坟墓、被无数膜拜者和哀悼者走过的道路以及亲人摆放的祭品和题写的碑刻都极为蔑视，甚至还有所亵渎。这种乡村地方的亲情观念尤为强烈，有的教区甚至是由歃血之盟约组成的。这些丧尽天良的盗尸者喜欢在这一带从事这种既简单又安全的任务。在地下的死者并没有料到他们会经受这样的打扰。盗尸者会提着马灯匆匆赶来，魂不守舍地抢着铁锹和鹤嘴锄。棺材被抬出，棺盖被打开，死者下葬时穿的衣服已经腐烂，可怜的遗骨上覆盖着裹尸布。在没有月光的偏僻小路旁，死者将在经过几个小时的折腾后最终极不体面地暴露在一群早已累得气喘吁吁的盗尸者面前。

如同两只秃鹫徘徊在一只垂死的羊羔身边一样，费蒂斯和麦克法兰一直逡巡在这个郁郁葱葱的安息之地。他们要去取一具女尸，她是一位农夫的妻子，60岁，她生前做得一手好黄油。死者将在午夜时分被从墓地掘出带走，她的器官将成为解剖医生们的试验品。

这天下午的晚些时候，麦克法兰和费蒂斯身披斗篷，带着酒出发了。天下着大雨，冰冷的雨水又急又密，打在身上有点儿疼；雨中还时不时地刮着阵阵寒风。他们要在潘尼库克过夜，整个旅程显得阴郁而沉闷。他们在路上停留过一次，把盗尸工具藏在离教堂墓地不远的灌木丛中。此后又在菲舍尔的特莱斯特稍作停留，靠着炊火小酌了几杯啤酒和威士忌。到达目的地时，他们将轻便马车安置妥当，给马喂上饲料。他们俩则来到一间包间坐下来，要了小客店最好的晚餐和酒水。屋内点着柔和的灯光，烤着温暖的炉火，冰冷的雨水敲打着窗户，这些都增加了他们用餐时的热情。他们几杯酒下肚，不由得兴奋了起来。过了一会儿，麦克法兰掏出一块金币递给他的同伴。

"给你一个奖励，"他说，"朋友之间这样的好处是经常有的。"

费蒂斯把钱装好，对麦克法兰刚才说的话表示赞同。"你简直是个哲学家，"他说道，"认识你之前我简直就是个蠢货。是你和K先生使我成为一个真正的男人。"

"我们当然会帮助你成为真正的男人，"麦克法兰很赞同，

"那天，有个四十出头的大家伙看见尸体时差点吐了，真是个懦夫。可你就不怕，我观察过你。"

"噢，我为什么要怕？"费蒂斯如此自负，"这根本就不关我的事。我才不会庸人自扰呢。看，我现在不是还得到了你的赞许和奖赏了吗？"他拍着自己的口袋，让金币发出叮当声。

麦克法兰听到这席话后，感觉有点惶恐。他现在可能已经后悔把自己的同伴教得如此成功。他还没来得及插话，对方聒噪的自负声又响了起来。

"最关键的就是不能害怕。我可不想被吊死。麦克法兰，我受够了被人轻视。地狱、上帝、恶魔、对与错、善与恶所有这些东西都只能吓唬小孩儿，但是世上的男人，像你和我这样，都鄙视这些。这就是我对格雷事件的总结。"

此时已经很晚了，根据他俩的要求，轻便马车已经被牵到客店门口，两盏点亮的灯也已经准备好了。两个年轻人付了钱，接着上路。他们一直朝着皮布尔斯的方向走，一直走到城外最后一座房子前。他们熄灭马灯，从一条通往格兰克斯的小路折回来。一路上除了他们驾驶马车的声响和无尽的雨声之外，一切寂静无声。他们一直在漆黑的夜色中摸索着前进，偶尔有一扇白色的墓门或是墓碑上的白色石头会在夜色中为他们指引道路。走到满是墓地的树林深处时，村落的最后一丝灯光也消失在夜色之中。他们不得不擦亮一根火柴，点燃一盏马灯。他们来到滴着雨的树林里，顿时被笼罩在巨大的阴影之中。终于，他们到了目的地。

他们对这项工作相当在行，用锹的功夫也十分厉害。为了能为掘墓工作提供最佳的照明，他们把马灯挂在陡峭河岸边的一棵树上。当挖到大约深及他们的肩部时，铁锹触到了棺木盖儿，这总共才用了不到20分钟。当麦克法兰将一块石头扔出墓穴时，正好砸着了挂着的马灯。接着传出一声打碎玻璃的声音，挂在树上的马灯不时地与树干相碰撞，时而发出阴郁而清脆的声音。有一两块石头滚进深深的河谷，瞬间一切又都归于平静。他们竖着耳朵倾听黑夜里传出的声音，但是除了雨声之外，他们什么都没听到。此时大雨已经随着风势，渐渐向数里之外空旷的乡村转移。

　　"工作"已经接近尾声，他们认为摸黑完成任务才是最明智的。棺木已经被挖出打开，他们把尸体装入湿漉漉的麻布袋里，吊在车厢中间，夹在他们两人之间。然后他们驾着马车沿着灌木丛摸索着前行，直到再次到达通往菲舍尔的特莱斯特的路上。他们心里开始暗自欢呼，驾着马车稳步前进，高兴地向城里驶去。

　　这个晚上麦克法兰和费斯蒂被大雨淋成了落汤鸡。马车在崎岖而泥泞的雨路上行进时，车上的尸体也随着颠簸的马车左右晃动，时而碰到费蒂斯和麦克法兰的身体。每次尸体触到他们的身体时都让他们感到十分恐怖，于是他们开始给对方鼓气。麦克法兰开了一个有关农夫老婆的低俗玩笑，但是话一出口就被周围的寂静淹没得无影无踪。尸体仍然在左右摇晃，湿淋淋的裹尸布冰冷地扫过他们的脸庞。一股寒意顿时袭上费蒂斯的心头，他朝尸体瞥了一眼，这尸体看起来要比刚从坟墓里挖出来时略显大些。农场狗那凄惨的叫声响彻整个乡村，一路伴随着他们。一种强烈的不祥的预感从费蒂斯的心头油然升起，他觉得一定发生了超自然的奇迹，尸体好像发生了难以名状的变化，而且农场狗也一定是因为害怕他们携带的尸体才吠叫不停。

"看在上帝的分上，"费蒂斯定了定神说道，"看在上帝的分上，我们点盏灯吧！"

麦克法兰似乎对此提议表示同意。他虽然没有作答，但是却停住马车，把缰绳递给同伴，跳下马车，准备点燃剩下的另一盏马灯。此时他们正站在去奥肯克林尼的十字路口上。雨一直下，就像挪亚的洪水又再度来临，在黑暗和潮湿的郊外想要点燃一盏马灯实在不容易。火柴摇曳的蓝色火光最终点燃了灯芯，微弱的灯光逐渐变强变亮，在车厢里投下一大圈模糊的光亮，使两个年轻人能够看清彼此以及横在他们中间的尸体。包裹尸体的麻袋因为被雨水打湿而轮廓十分清晰，尸体的头颅与躯体分开，肩膀依稀可见。

麦克法兰手提马灯，神情木然地站了一会儿。费蒂斯惨白的脸也不由地紧绷起来，莫名的恐惧感涌向他的脑海。

"这不是女人的尸体。"麦克法兰急切地说。

"我们挖出来的时候还是一具女尸的。"费蒂斯低声说。

"拿起那盏灯，"麦克法兰说，"我要看一下她的脸。"

费蒂斯提起灯的时候，麦克法兰解开袋子，尸体露了出来。灯光清楚地照在尸体上，居然是让这两个年轻人每晚做噩梦的那个人。一声惊叫响彻整个黑夜，两个盗尸者同时从座位上跳起来，马灯也被打碎，熄灭了。马儿因为他们不寻常的举动而受到惊吓，带着放在车上的早已死去的、已经被解剖过的尸体一路奔向爱丁堡。死者是格雷。

女吸血鬼卡米拉

（节选）

[英]乔瑟夫·协利丹·雷·法纽

老将军俯身触摸那块破碎的墓碑基座时，他的眼神一直盯着地面。

拱门上雕刻着恶魔的图案，老哥特式的雕刻在愤世嫉俗的可怕想象中闪耀着光芒。

面对她迷人的笑容，我点头微笑，刚要站起身来说些什么。就在这时，一声大喊，我身边的那位老人抓起樵夫的斧头，向前冲过去。看见他，卡米拉身上出现了一种野兽一般的变化。她蹲伏着向后退却的同时，瞬间发生了可怕的变化。

在我发出惊叫之前，他用尽全身力气扑向了她。但是她俯身避开了，毫发未伤，然后用她的小手抓住了老人的手腕。他奋力想要挣脱，他的手松开了，斧头掉在地上，卡米拉不见了。

他靠着墙，脚步蹒跚。他那灰色的头发直立着，脸上满是汗水，仿佛刚刚踏在死亡的边缘。

这惊人的一幕一瞬间就过去了。我随后记起来的第一件事情就是，站在我身前的夫人不停地重复着一个问题："卡米拉小姐到哪儿去了？”

我详细地回答说："我不知道——我说不好——她向那边走了。"我指着夫人刚刚走进来的那扇门又说："就在一两分钟之前。"

"可是自从卡米拉小姐进来，我就一直在走廊里站着啊，她并没有折回来。"

然后，她开始逐门逐户地呼唤卡米拉的名字，不过没有任何回应。

"她说她自己叫卡米拉？"还没有平复的老将军问道。

"是的，卡米拉。"我说。

"啊，"他说，"那是米勒卡。很久以前，有同样一个人也有许多其他的名字——米勒卡、康斯坦因伯爵夫人。我可怜的孩子，尽快离开这个被诅咒的地方吧。去牧师那里，在那里待着等我们。只有在那儿你才是安全的。快走！但愿你再也不要见到卡米拉。你再也不会在这里看见她的脸了。"

就在他说话的时候，一个有着我所见过的最奇特长相的男人走进了小礼拜堂，站在刚刚卡米拉走过的门旁边。他个头很高，身体单薄，有点驼背，肩膀高耸着，穿着黑色的衣服。他的脸是棕色的，有着深深的皱纹，他戴着一顶插着羽毛的奇怪形状的帽子。他的灰色长发披垂在肩上。他戴着一副金边眼镜，走路的步伐缓慢而摇摆，不时地看看天空又看看地面，

脸上似乎带着永远的微笑。他挥舞着细长的胳膊打着莫名其妙的手势，干瘦的手上戴着肥大的黑色手套。

"他来了！"将军说着，非常高兴地迎上前去。"我亲爱的男爵，我多么高兴能见到您，我没想到这么快就能见到您。"他向正好也这时候回来的我的父亲示意，并领着他称之为男爵的这位老绅士和我父亲会面，他非常正式地介绍了他，他们两人随即进入了

热烈的交谈中。

　　陌生人从他的口袋里取出一张纸，摊开在一座墓碑前。他手中拿着一枝铅笔，在纸上指点着，从他们的言语中，我猜那是这座小礼拜堂的图纸。最后他读了一段一本小破书上的内容，结束了他的演讲。

　　他们从祭坛上走下来，就在我所站地方的对面，他们一边走一边说着话。然后，他们开始用步子丈量距离。最后，他们在一面侧墙前停了下来，随后开始了仔细地搜索。他们把挂在墙上的常春藤扯了下来，用棍子叩击墙上的石灰，这儿敲敲，那儿敲敲。之后，他们仔细地研究了一块宽大的大理石碑，还有上面的浮雕文字。

　　在很快便归来的樵夫的帮助下，一篇碑铭，还有盾形纹章，显现了出来。他们证实了那就是遗失已久的康斯坦因伯爵大人，即米勒卡的墓碑。

　　尽管我认为老将军不会做什么祈祷，但是他举起双手，抬头向天，默默地祷告了一番。

　　"明天，"我听见他说，"专员就来了，就可以根据法律展开调查了。"

　　他转向那位戴着金边眼镜的老人，热情地与他握手，说："我该怎么谢谢你呢？我们大家都该怎么谢谢你呢？你将这儿的居民从一个多世纪的瘟疫中拯救了出来。感谢上帝，终于找到那个可怕的敌人了。"

　　我父亲将那位陌生人引向一边，老将军跟随其后。我知道他不想谈话被听见，他可能是看到我在一旁了，我看见他们一边讨论着什么一边迅速地扫了我几眼。

　　我父亲向我走来，一遍又一遍地亲吻我，领着我走出小礼拜堂，他对我说："是时候回家了，但是在我们回家之前，我们必须让善良的牧师也加入我们的行列，他就住在离这儿不远的地方，我要说服他和我们一起去城堡。"

牧师答应了我们的请求。当我们到家时，尽管已经非常疲倦了，但是都很开心。不过当我发现没有任何卡米拉的消息时，我的喜悦变成了沮丧。在破旧的小礼拜堂发生的事情，没有任何人对我做出解释，显而易见，我父亲决定暂时对我保守这个秘密。

卡米拉不祥的消失让我对发生的事情感到更加可怕。晚上的休息安排很奇怪——两名仆人，还有夫人，要在我的房间里坐一夜，我父亲和牧师在隔壁的更衣室值班。

那天晚上，牧师举行了非常隆重的仪式，我想如此特别防范的目的是为了保护我的安全。

几天之后，我就明白了一切。

在我每晚的苦难终止之后，卡米拉也消失了。

你肯定听说过那骇人听闻的关于吸血鬼的迷信说法，如果人类的证词——在众多的调查团的面前，本着仔细、严肃、公正的态度，每一篇证词都由精选出来的团结而智慧的人提供，构成了比其他任何案件都要庞大的案件汇报——是可信的话，那么就很难否认，甚至怀疑吸血鬼的存在了。

对我来说，从没有任何理论能够向我解释我所见到和经历的事情，除了由先辈们和国家信仰对我做出的解释。

第二天，在康斯坦因礼拜堂，正式行动开始了。米卡勒伯爵夫人的墓被打开了，将军和我父亲认出了这张美丽的脸庞。

尽管她已经被埋葬了150年，她的脸上仍然带着生命的光彩。棺材中没有任何尸臭。两名医学人员，一名是官方的，一名是本次调查的发起者，都证实了一个不可思议的事实，这具尸体还有着微弱的可以被察觉到的呼吸，而且还伴随着心脏的搏动。尸体四肢非常柔软，骨肉富有弹性，铅制的棺材上漂浮着血迹。当时，这就是有关吸血鬼的所有确认无疑的痕迹和证据。因此，按照古老的方式，尸体被吊出棺材，一根锋利的木桩钉进了吸血鬼的心脏，她发出了一声刺耳的痛苦的惨叫，就像一个活人在临终的痛苦中发出来的那样。她的头颅被砍了下来，一股鲜血从脖颈喷流而出。尸身和头颅在火堆中化为灰烬，骨灰被撒进河流，漂向四方。从此，那片地方再也没有遭到过吸血鬼的骚扰。

我父亲保留了一份皇家陪审团报告的副本，上面有所有当时在场人员的签字，以及随附的法律证明。就是从这份官方文件上，我才了解到那惊人的最后一幕。

厄舍古堡的倒塌

[美]埃德加·爱伦·坡

一天晚上，厄舍忽然告诉我，他的妹妹玛德琳小姐去世了，他说他打算把玛德琳小姐的尸体保存两个星期后再举行葬礼。尸体就存放在古堡内众多地窖中的一个里。我是无权过问他之所以这样做的原因的。作为玛德琳小姐的兄长，他可能考虑到死者所患疾病的特殊性质，考虑到医生们可能提出的过于热心的询问，考虑到厄舍家的祖坟离此城堡较远等各种因素。我忽然想起我刚到厄舍古堡那天在楼梯上遇到的那个医生的表情。我不想否认，我认为厄舍的这个决定虽然不太寻常，但却又不失为一种无害的而且是最谨慎的行为。

在厄舍的请求下，我帮助他把尸体抬到那个事先准备好的临时墓穴中去。尸体已经入了棺，我们两个人只需要把灵柩抬到地窖里的台子上。由于该地窖很久都没有被人打开过，刚一打开时，地窖里面凝滞而压抑的霉气差点儿把我们的火把弄灭。存放尸体的地窖又小又潮湿，而且终日照不进一丝光亮。这个地窖恰好位于我的卧室正下方很深的地方。这个地窖在遥远的中世纪时显然是个用于实现各种邪恶目的的地牢，近年来则变成了一个存放火药或其他易燃物品的地方，因为地窖的地面上以及通往这间地窖的长长的拱道上，都仔细地包着铜皮。就连大铁门也采取了类似的保护措施，以至于每当打开这扇沉重的铁门时，合页都会发出尖锐刺耳的声音。

我们把棺材抬进这个阴森恐怖的地窖，并放在架子上。我们稍稍将尚未钉死的棺盖移开来一点，看了看死者的脸。

此时我才发现，这对兄妹长得惊人地相似。厄舍或许察觉到了我的心思，小声嘟囔了几句，我这才知道，原来他与死者是孪生兄妹，他俩之间一向存在着一种常人难以理解的心灵感应。我们并没有长时间地注视死者，因为死者的尸体的确有些叫怕。玛德琳小姐被僵硬症夺去生命。但是尸体上却显现出各种僵硬症的特征。她的脸和脖子上有一层像是涂上去的淡淡的红晕，嘴角上挂着一丝仿佛是装出来的浅浅的微笑，这种笑容呈现在死人的脸上，叫人毛骨悚然。我们合上棺盖，拧上螺钉，关好铁门，身心疲惫地从幽暗的地窖中走出来，回到地面后，各自进了各自的卧房。

时间一天天地过去，我朋友由于悲痛，其精神失常的毛病也愈发变得明显。他一改日常起居习惯和平常的爱好，整天漫无目的地从一个房间走到另一个房间，脚步匆匆而且慌乱。他的脸色愈发苍白难看（甚至可以形容成脸色像见了鬼似的难看），眼睛中的光泽也消失得无影无踪。他以前的那种清脆的嗓音现在也听不见了，他的声音颤抖得厉害，仿佛心中极为恐惧似的。有时候我真觉得他之所以这样永远平静不下来，可能是因为他想努力鼓起勇气吐露一个秘密。而有些时候，我又不得不觉得他只不过是沉浸于一种莫名其妙的疯狂怪想中。因为我总能看到他长时间地凝神发呆，目光深邃而空洞，仿佛是在谛听某种想象中的声音似的。毫无疑问，他的这种状态使我也感到害怕，他的这种情绪也传染了我。他那种奇异的强有力的迷信观念逐渐地对我产生了巨大影响。

特别是在把玛德琳小姐放进地窖后的第七天或第八天的深夜，我就寝时尤其强烈地体验到了这种影响。看着时间一点一滴地流走，我却怎么也睡不着。我努力地从笼罩在心里的紧张中寻找自己的理智，我竭力说服自己：我所体验到的一切只不过是我身边的环境所致——房间里那令人压抑的家具、破旧的窗帘，还有阵阵微风沿着地角游走，弄得床罩摆来摆去。但是我的所有努力都是白费力气，无缘无故的恐慌不知不觉地遍布我的全身。我拼命喘息，试图压住这种惊恐。我坐起来，靠在枕头上，全神贯注地向房间的黑暗中望去并仔细聆听着。我不知道自己到底为什么会这样，但这绝不是本能的驱使。在暴风雨的间歇声中，我听到一种低沉难辨的声响，隔好长一段时间响那么一下，我分辨不出这声音究竟是从哪儿发出的。我心中顿时升起一种无法名状的恐惧感，简直无法承受。我连忙穿上衣服（因为我觉得今晚肯定是睡不成了），在房间里踱来踱去，想以此使自己摆脱所陷入的可怕的情绪。

在这种状态中踱了几个来回后，不远处楼梯上的灯光突然引起了我的注意。有人正提着灯上楼，是厄舍。不一会儿，他就轻轻地叩响了我的房门，手里拎着一盏灯走了进来。他的脸色与平时一样惨白，然而他的目光却流露出一种近似疯狂的兴奋，举手投足间都透出一种无法克制的歇斯底里的劲头。他的样子让我大吃一惊，但是不管他现在是什么样，也总比平时那种让我受不了的离群索居的孤独样儿要好，我甚至还很喜欢他现在的表情，这也不失为一种解脱。

"你还没看见吧？"我默默地盯着他审视了一番后，他突然说道。"你刚才还没看见吧？待在这儿别动！你会看见的。"他一面说着，一面小心地掩上提灯，匆匆走到一扇窗户旁，不顾外面的暴风雨，一把将窗户推开。

一阵狂风吹进来，差点把我们刮倒。外面的黑夜中风雨交加，既令人感到可怖，又让人惊叹它的美丽壮观。古堡附近正有一股旋风在凝聚强大的风力，因为此时可以观测到频繁而猛烈的风向变化。天幕上乌云低垂，低得几乎要压在古堡的塔楼上。旋风起时，滚滚的乌云以迅雷不及掩耳之势从四面八方迅速聚集，相互猛烈地撞击，凝聚成一大片。如此厚重浓密的乌云遮住了天上的月亮和星星，没有一丝光亮。但是那大团大团的乌云以及我们周围的一切物体，却在那笼罩于古堡的水蒸气的映衬下，发出一种幽暗的、不自然的光亮来。

"别看了——你不应该看这个！"我浑身颤抖着对厄舍说道。我硬把他从窗口拉到座位旁坐下。"这些让你痴迷的景象只不过是一种常见的大气放电现象，或者也许是水塘里产生的瘴气所致。把窗户关上吧，天很凉，对你的身体不好。这儿有一本你最喜欢的传奇小说，我来念给你听，咱们就这样一起来打发这个可怕的夜晚吧。"

我信手拿起的这本古书是朗斯洛特·坎宁爵士写的《疯狂的特里斯特爵士》。不过刚才我说这是厄舍最喜欢的书，其实只不过是一时的戏言，绝非事实。因为说句实在话，此书文字粗俗，语言冗长，情节缺乏想象力，根本不合我朋友的高雅情趣。然而，此时我手头只有这一本书，我寄希望于能够通过我这种愚蠢的朗读（书中的人也有家族性神经病）使他感到一丝宽慰，不要再让他现在的激动情绪加剧他的忧郁症。假如我能看到他极为专注、极为快活地听我念每一个字，或者至少是在听我读书，我会很高兴自己达成了愿望。

我读到了这个故事中最家喻户晓的一段：特里斯特人的英雄艾特尔雷德无法用和平的方式进入修士的住所，于是准备强行闯入。书中是这样描写的：

"艾特尔雷德生性刚毅，现在仗着酒劲，更是等不得与脾气倔强、性格恶毒的修士和谈。突然下起了小雨，雨点落在他身上，他担心天气会越来越糟糕，于是举起权杖在门板上砸开一个洞，把戴着铠甲的手伸进去，一顿狂拽猛拉。一时间门板破裂的声音响彻整个树林。"

读到这里我停了一下，因为我觉得（虽然刚开始我以为是自己太激动，太富有想象力，从而产生了错觉）——从古堡里一个很远的地方，传来一种类似于朗斯洛特爵士所描绘的干木板的破裂声，不过这个回音更为沉闷罢了。毫无疑问，引起我注意的只不过是这种巧合，因为与窗外那越来越猛烈的风雨声相比，这点声音根本算不上什么，不应该干扰我或引起我的兴趣。我继续读了起来：

"然而勇士艾特尔雷德闯进门之后，不禁又惊又怒，根本看不到恶修士的影子，里面只有一条浑身是鳞的巨龙，口吐火舌，守护着一个裹着金子的宫殿，宫殿的地板是用银子铺成的，墙上悬挂着一个闪闪发光的黄铜盾牌，上书几个大字：'凡进此门者乃威武勇士，凡能屠此龙者得此盾。'

"艾特尔雷德举起权杖，朝巨龙的脑袋砸去。巨龙轰然倒下，口喷毒气，发出嘶哑刺耳的叫声。这声音是那样刺耳难听，艾特尔雷德不得不用手捂住耳朵，即使这样，也挡不住这种他以前从未听过的可怕声音。"

读到这里我忽然又停下，心中充满了惊异，因为恰在此时，我又确切地听到了（尽管我仍分辨不出这声音是从哪个方向传来的）一种又低沉又遥远，还带有几分嘶哑的尖叫声或碾磨声——这声音与我刚才在书中读到的巨龙的叫声如出一辙。

　　当这极为奇异的巧合再次出现时，我一下子就被涌上心头的千头万绪弄晕了头，但最强烈的感觉还是惊奇和极度的恐惧。尽管如此，我还是尽量克制住自己，没有在我这位敏感且善于观察的朋友面前表现出激动的情绪来。我不敢肯定我的朋友是否也注意到了这种声音，不过这会儿他的神态和举止倒发生了奇怪的变化。他原来坐在我的对面，现在却慢慢转动椅子，干脆面向房门了，这样我就只能看到他的侧面。只见他的嘴唇一个劲儿哆嗦，好像是默默地嘟囔着什么。他的头已低垂至胸前，我知道他并没有睡着。因为当我不时地向他瞥上一眼时，他的眼睛大张着，还不时地闪烁着光芒。他的身体也在不停地晃动，有规则地轻轻摇摆着。我迅速地观察到这一切之后，又开始读起朗斯洛特爵士的故事来。

　　"勇士除掉巨龙之后，便开始思考着怎样摘取铜盾并破除铜盾上的咒语。他搬开巨龙的尸体，清理了前进的道路，大步流星地沿着银地板向悬着铜盾的墙壁走去。还未等他走到墙跟前，铜盾便掉了下来，掉在了他面前的银地板上，发出'哐啷'的巨响。"

　　我话音未落，就听见一阵哐啷的金属落地声，同时还伴有沉闷的回音，就好像沉重的铜盾真的落在了银地板上一样。我被这空旷而响亮的金属落地声吓了一大跳，条件反射似的噌地一下站起身。但是厄舍却像什么都没发生似的，仍然轻轻地摇来摇去。我跑到他坐的地方，只见他两眼直直地发着呆，脸上的表情紧绷绷的，像是一尊石像。但是当我把手放在他肩上时，却发现他浑身都在发抖。他的唇角浮现出一抹病态般的微笑，还不停地低声嘟囔着什么，就好像没有意识到我的存在。我凑到他嘴边，终于听出了他那可怕的话语。

"没听见吗？——是的，我听见了，我早就听见了。很长时间很长时间了，很多很多分钟，很多很多小时，很多很多天，我早就听见了——可我不敢——我真是个可怜虫！——我不敢说！咱们把她活活地放进了棺材！我不是说过我的感觉特别敏锐吗？现在我来告诉你，她开始在棺材里轻轻动弹的时候我就听见了。好几天以前我就听见了——可我却不敢——我不敢说！——而今晚——艾特尔雷德——砸开修士的门的声音，巨龙临死前痛苦的呻吟声，铜盾哐啷落地声！——喂，其实那是她在砸开棺材，嘎嘎地推开铁门，举步维艰地在包着铜皮的地窖拱道中行进的声音！啊，我该逃到哪里去呢？她不是马上就要来这儿了吗？我不是已经听见她上楼梯的脚步声了吗？我不是听出了她那沉重而可怕的心跳声吗？疯子！"他从座位上弹了起来，竭尽全力地尖声叫喊道，

"疯子！我告诉你吧，她就站门外！"

仿佛他那超人的呐喊声具有一种咒语般的魔法，他的话音刚刚落地，他面对的那扇古老的房门便缓缓打开。其实只是一阵风将门吹开了，但是门外高高站着的确实就是厄舍家的小姐——身穿殓衣的玛德琳。她的白袍上血迹斑斑，她那瘦削的身体上伤痕累累，这是她痛苦挣扎过的每一道痕迹。她浑身颤抖，摇摇晃晃，在门槛处站了一会儿，然后，发出一声长长的呻吟，沉重地跌向她哥哥。她在做临死前的痛苦挣扎，然而她发现自己的哥哥早已倒在地上死去，他是被吓死的，是被他那早已预见到的恐怖所吓死的。

我魂飞魄散地逃出房间，逃出古堡。忽然，一道光亮照亮道路，我回头张望，想看看这道如此不同寻常的光亮究竟是从哪儿射来的，因为被抛在我身后的只有那幢巨大的古堡和它巨大的阴影。原来，这道光亮是一轮血红的满月发出的，它顺着古堡上那条锯齿形裂缝照了过来，我曾经说过这条裂缝，从古堡的屋顶一直裂到地基，只是当初还不这么显眼。我眼看着这条裂缝越裂越大，紧接着一股旋风呼啸而过，我只觉得天旋地转，顿时巨大的厄舍堡宅墙崩裂坍塌，发出轰隆隆的巨响。我脚下那幽深的湖水也逐渐恢复了平静，深深的湖水无声地吞下了厄舍古堡的碎石烂瓦。

已亡人与伯爵夫人

[美]格特鲁德·阿瑟顿

　　这是一个古老的墓地，埋葬在这里的死者已经长眠了很久。如今死去的人都埋在山上的新墓地里，新墓地离博伊斯－德阿穆尔很近，能够听到教堂召唤村民做弥撒的钟声。人们做弥撒的那个小教堂建在旧墓址的旁边，而新的教堂直到几个世纪后才在芬宁斯特尔那个被人遗忘的角落里建起来。小广场上用石头堆砌成耶稣受难十字架——过去，或许直到现在，这个小广场都被灰色的光秃秃的村舍环绕着——以及克鲁瓦克伯爵的那座带有圆塔的城堡在河流下游建起来后才有了这座新教堂。环绕旧墓地的石墙被修复得十分完整，墓地里没有一棵杂草，墓碑也都得到精心的维护，没有一个倾倒的。像布列塔尼半岛上所有的墓地一样，这里看起来既阴冷荒凉又恐怖可怕。

　　有的时候这里也能够呈现出原始的美景。每当村民庆祝一年

一度的特赦日时，教堂外面就会出现盛大的游行队伍——穿着华丽礼服的神甫；年轻男子着黑色和银色的节日盛装，手中高举的旗帜迎风飘扬；女子们则戴着白色的头饰，围着白色的高衣领，身穿黑色上装和围裙，上面的丝带和蕾丝随风起舞。他们沿着墓地围墙外的道路边游行边唱圣歌，墓地里埋葬着的死者当年也曾在特赦日仪式上举着旗帜，唱着圣歌。在这里长眠的死者都是些农夫、神甫、出海打鱼却一去不复返的渔夫和为他们伤心哭泣的妻子们，另外还有一些可怜的小孩子。那些参加特赦节、婚礼庆典或者这个天主教村庄的任何一次宗教节日活动的人们——不管男女、长幼——在经过逝者安息的墓地时都会神情暗淡而忧伤。女人们从孩提时代就知道她们的命运就是等待、担心和整天以泪洗面；而男人们则知道大海是多么的残忍和背信弃义，但它也是他们养家糊口的唯一恩主。

因此，生者很少对已经卸下生活重担的死者表示同情，而死者也为能从此在地下长眠而感到知足。逝者们并不羡慕那些晚上漫步在博伊斯-德阿穆尔的年轻人，而只是怜悯那些成天在河边清洗亚麻布的可怜女人们。这些妇女戴着闪亮的头饰，围着高衣领，那场景看起来就像是一幅绿色而恬静的画。但是死者不会嫉妒她们，而这些女人们——和她们的情人们——更不会去怜悯死者。

死者感谢上帝终于能够让他们躺在棺材里，找到平静和永恒的安宁。

有一天这种生活被打破了。

这个村庄风景如画，这在芬宁斯特尔并不多见。艺术家们首先发现了这里，并且让它闻名于世。旅行家们接踵而至，村里的古朴勤奋之风顿时成为可笑的行为。每年当中有三个月是芬宁斯特尔的旅游旺季，但是通往这里的铁路只有一条。为了满足成千上万名想一睹法国西部地区原始的自然美景的游客，人们修建了这条铁路，它刚好就经过小村庄的墓地。

　　长眠已久的死者们被惊醒了。他们以前从未听到过这么多工人吵闹的声音，也没有听过机器的轰鸣声，当然也不知道他们的老神甫曾乞求过把铁路修到别的地方去。一天晚上，老神甫来到墓地，坐在一个坟头上哭泣。他深爱着这些死者，甚至认为来自大城市的人们的贪婪、对旅游的热衷和人类那卑微的野心惊扰了这些死者的宁静；他们生前已经经受过许多磨难了。老神甫年事已高，认识这里埋着的许多人。就像所有虔诚的天主教徒一样，他也相信有天堂、炼狱还有地狱。他在埋葬他们的时候，总是看见他朋友们的灵魂和神情安详的躯体一起躺在棺木里，双手交叉放于胸前，等待着上帝对他们灵魂的最后召唤。他很少读书和进行思考，但是却有他永远都不会告诉别人的复杂的想法，他相信天堂是一个巨大的有回声的宫殿，里面住着上帝和天使，他们一直在等待被选入天堂的灵魂升天。他相信他的朋友和他祖先的朋友（我曾跟你提起过这些人）的灵魂和肉体处于一种死亡般的睡眠中——只要他们的躯体没有被毁坏，所有在这里长眠的人迟早都会苏醒的。

　　他清楚死者是不会被在芬宁斯特尔海岸上肆虐的狂风暴雨吵醒的，尽管风暴能够把船只甩到礁石上，把博伊斯－德阿穆尔的树木连根拔起。他也清楚地知道特赦日上柔缓的圣歌也不能打开他们尘封的记忆，其实他们的记忆少得可怜；就连村庄礼堂——

只是一间用竹竿撑起屋顶的房子——奏响的风笛声也不行。

所有的死者在生前就已经对这一切司空见惯了，因此现在根本不会受到这些声音的惊扰。但是来自现代文明的可恶的闯入者和呼啸轰鸣的火车撼天震地，惊扰了这里平和的气氛，无论生者还是死者都不得安宁，睡不着觉！老神甫的一生都在衷心侍奉上帝，而且他甚至想为上帝献身，他想或许只有这样才能让上帝宽恕他的罪过。

但是铁路还是建了起来，通车的第一天晚上火车呼啸而过，大地在颤抖，教堂的窗子在吱嘎作响……老神甫跑进跑出，为每一个坟墓洒上圣水。

从此之后，每天黎明和夜晚时分，一天两次，火车都会划破寂静的长空，穿过隧道。每当这时神甫就会忍着巨大的痛楚，向所有的坟墓洒圣水，不管风吹雨打。曾有一度，神甫自己都相信他的圣器能够超越凡人的能力，让死者不受惊扰，好好安息。但是，一天晚上他却听到死者在低声细语。

天色很晚，漆黑的夜空上繁星点点。平原和海上都没有一丝微风，今夜不会有任何事情扰乱这里的平静和安详。村子里的灯都熄灭了，只有克鲁瓦克伯爵城堡里的圆塔上亮着一盏灯，伯爵年轻的妻子生病了，卧床不起。当火车隆隆驶过时，神甫正陪在这位年轻的伯爵夫人的身边。伯爵夫人低声说：

"我要在这儿长眠吗？哦，在这个冷冷清清的地方！在这个冷清空旷的城堡里，天天都没有人跟我说话！如果我死了，让伯爵把我葬在铁路边的墓地里吧，这样我就可以一天两次听到火车呼啸而过——这火车是去巴黎的！如果他们把我安葬在山上的话，我每天晚上都会在棺材里尖叫的。"

神甫为这位病重的年轻贵妇服务完后，赶紧赶回墓地。神甫迈着他那患有风湿的双腿艰难地往回走，心里忍不住想或许这位贵妇也和他有同样的想法。

"如果她真的很虔诚，可怜的人儿呀，"他想，"我就不往她的墓上洒圣水了。活着的时候受到太多罪的人应该满足他们在死后的要求，我只是担心伯爵可能会对她的要求置之不理。我向上帝祈祷，墓地里的死者们今晚不要听到那个'怪物'轰鸣而过的声音。"他把衣袍卷在胳膊下面，匆忙穿过玫瑰园。

但是当他拿着圣水走过墓地的时候，他听到了死者们的低低私语。

"让·马里，"一个声音说，"你们准备好了吗？这声音肯定是上帝的最后召唤。"

"不是，不是的，"另一个低沉的声音说道，"这不是喇叭的声音，弗朗索瓦。这太突然了，声音又大又尖的，就像是飓风在冰岛可怕的海面上呼啸。你难道不记得了吗，弗朗索瓦？感谢上帝能让我们寿终正寝，临终时我们的子孙能够陪在我们身边，博伊斯－德阿穆尔也只刮着小风。啊！那些英年早逝的人们，只因为他们经常出海打鱼。

你还记得当伊格纳茨

遇上飓风时，

那旋风就像他可怜的妻子的手臂一样环抱着他，我们就再也没有见过伊格纳茨了。我们俩紧紧握住彼此的手，以为我们也要随伊格纳茨而去，但是我们却活了下来，又可以一次一次地出海打鱼，最后还可以安详地死在自己的床上。感谢上帝！"

"你怎么现在想起这些事情了？"

"我不知道，但是就在伊格纳茨被大海带走的那晚我觉得自己的生命也停止了。当你垂死的时候你想什么了？"

"我在想，我借多米尼克的钱还没有还。我想让我的儿子还，可是死亡来得太突然了，我还没来得及说。只有上帝知道，我在圣伊莱尔村的名誉现在是不是已经被毁了。"

"他们会忘记的，"另一个声音低声说，"我比你晚死了40年，芬宁斯特尔的人们不会记太长时间的。不过，你的儿子是我的朋友，我记得他已经替你还过钱了。"

"我的儿子，他怎么样了？他现在也在这里？"

"不，他躺在北海海洋的深处。那次是他的第二次出海。第一次出海时他为他年轻的妻子赚了一笔钱，可是第二次他就再也没有回来了，他的妻子为克鲁瓦克伯爵家的夫人们洗衣服，后来她也死了。我本想娶她的，可是她却说自己不想再失去一个丈夫。我跟另外一个女人结了婚，每次我出海打鱼回来，她都好像老了10岁一样。哎！可怜的布列塔尼半岛，她青春不再！"

"那么你呢？你死的时候年事已高了吧？"

"60岁。我的妻子先我一步，就像很多人的妻子一样。她也葬在这里。让娜！"

"是你的声音吗，我的丈夫！不是耶稣的声音？这简直就是个奇迹。我原以为那可怕的声音是我们死日的最后召唤。"

"不可能，让娜，因为我们现在还躺在坟墓里。如果真是上帝的召唤的话，我们应该长着一对翅膀，穿着明亮的袍子，径直飞到天堂去的。你睡得怎么样？"

"唉！但是我们为什么现在醒了呢？难道是到了下炼狱的时间？难道我们已经身处炼狱之中了？"

"只有万能的上帝知道。我已经什么都不记得了。你害怕了吗？如果我能抓住你的手和你一起长眠的话，你就不会害怕了。"

"我的丈夫呀，我很害怕。不过听到你的声音真好，这声音穿过坟墓的土壤时显得既沙哑又空洞。感谢上帝，让我在下葬的时候手里还能握一枝玫瑰花。"她开始迅速祷告起来。

"如果上帝是万能的，"弗朗索瓦极其严肃地大喊道，他的声音清楚地传进神甫的耳朵里，好像棺材盖儿已经腐烂了，"为什么我们提前醒了？从我麻木的头脑中穿过的那个隆隆声是什么恶魔？恐怕上帝已经被某个恶魔征服并取代了吧？"

"你这是亵渎神灵！上帝统治一切，现在是这样的，将来也一定是这样的。这是他为我们在尘世犯下的罪过在惩罚我们。"

"是这样的，我们来到这个狭小的宁静之地以前已经受够了惩罚。不过，这里虽然宁静但却漆黑寒冷！我们大概要永远待在这里了吧？在人世间我们渴望死亡，但是害怕坟墓。现在我希望重生，哪怕又老又受穷，孤独地承受痛苦，那也比现在这样强。我诅咒那个吵醒我们的恶魔！"

"不要诅咒，我的孩子，"一个温柔的声音说道——神甫站起来，在胸前画着十字，这是已逝的前任神甫的声音——"我无法告诉你们吵醒我们并唤醒我们灵魂的声音到底是什么，我也不喜欢在这个狭小棺材里的感觉，重重的泥土都压到我这疲惫的心脏上了。但是一定有某种道理的，否则不会出现这种声音。啊！"

一个孩子无助地哭了起来，哭声很轻。旁边墓地里的母亲感到十分痛苦，真想哄哄孩子。

"哎，万能的上帝！"她哭道，"我也认为这声音就是您最后的召唤。我真想在这时站起来抱着孩子，去找我亲爱的伊格纳茨。我的伊格纳茨呀，他的白骨还沉在大洋底。神甫呀，上帝能找到我丈夫的骸骨吗？什么时候我们才能出去呀？躺在这里瞎猜，这比活着还要难受。"

"会的，会的，"前任神甫说，"一切都会好起来的，我的孩子。"

"但是神甫，一切都不对呀。我的孩子正独自在地下的小盒子里哭泣呀。如果我能够用自己的双手掘路爬到我的孩子身边——我的妈妈躺在我和我孩子之间。"

"祈祷吧！"前任神甫严厉地命令，"祈祷吧，你们所有的人。其他没有祷告的人都说'向玛丽亚致敬'100次。"

一下子墓地里的每一个坟中都发出短暂而单调的祈祷声，除了那个孩子外所有的人都照做了。老神甫知道他们今晚不会再说什么了，就回到教堂一直祈祷到天亮。他被吓坏了，倒不是为自己。天空的颜色慢慢变成粉色，早上的空气十分清新，刺耳的叫声划破了黎明的寂静，神甫赶紧跑进墓地洒了双倍的圣水。火车发出两声短短的嘲弄般的汽笛声，吱吱嘎嘎地开了过去。神甫把耳朵贴在地上直到大地停止颤抖。哎，他们仍然醒着！

"恶魔又肆虐了，"让·马里说，"可是它经过的时候我觉得像是上帝的手指碰了我的眉毛一下，它可能对我们并没有伤害。"

"我也感觉是来自天堂的爱抚！"已逝的前任神甫大叫道。"我也是！""我也是！""我也是！"除了孩子外坟墓里的每个人都叫了起来。

老神甫很感谢他的圣水可以安抚死者，于是快步往城堡方向走去。他忘记自己还在斋戒，而且他也一夜没有合眼了。伯爵是投资这条铁路的董事之一，对神甫而言，伯爵也是他最后一个可以哭诉的人了。

时间尚早，但是克鲁瓦克伯爵家的人却都醒了，因为年轻的伯爵夫人去世了。大主教在当晚到达城堡，并且主持了最后的仪式。老神甫满怀希望地请求见见大主教埃韦克。在厨房等了很久之后，他被告知可以觐见埃韦克先生。他跟着仆人走上圆塔的螺旋楼梯，踏上28级台阶后，他们进入一间房间，里面挂着一件印有鸢尾花形纹章的紫色衣袍。高出地面1.8米有一张镶有橱柜的豪华大床，这种床在布列塔尼半岛是靠着墙放的，大主教就躺在上边，沉重的窗帘遮住了他苍白的脸。矮小的神甫上前鞠躬，感觉自己在威严面前显得无比的渺小，他在想该说些什么。

"怎么回事儿，我的孩子？"大主教的声音听起来冰冷而疲倦，"事情很紧急吗？我很累了。"

老神甫紧张地断断续续地讲述了一切，他尽可能地说清楚墓地里死者们被折磨的惨状。神甫不但觉得自己表达能力十分贫乏——因为他很少叙述事情——而且还觉得自己所说的连自己听起来都觉得荒诞，这种想法一直折磨着他。他不知道大主教听后会作何反应。神甫站在房中间，房间里不是特别阴暗，巨大的枝状烛台将整个房间镀上了一层柔和的光。神甫的眼睛从一件大家具上游离到另一件上，始终在四处张望。当他的注意力转到那张大床上时，他突然打住。大主教正从床上坐起来，脸色被气成青紫色。

"这是事关生与死的事情吗，你这个夸夸其谈的疯老头儿！"大主教咆哮着，"你用这些愚蠢的谎言来打扰我的休息，你以为我会像你一样是个疯子吗！你根本不配当神甫，也不适合守护这些灵魂。出去——"神甫拧着双手逃了出来。

当他跟跟跄跄地走下螺旋楼梯时，跟伯爵撞了个满怀。克鲁瓦克伯爵领着神甫进入房间，去看死去的伯爵夫人。房间靠着墙的地方有一个高台，高台上安置着华丽的睡床，伯爵夫人就躺在上面。惨淡的光线从已经失去光泽的金色烛台上泻下，房间里的蓝色帷幕业已褪色，看起来就像陈旧阴暗的地板上的旧地毯一样。克鲁瓦克家族的辉煌随着波旁王朝的结束而没落，伯爵只能住在这个老城堡里。今晚他悲痛地回想，自己把这位年轻的女孩带到这座城堡里是不是个错误，他本可以为拯救她陷入绝望和死亡的境地而做更多的事情。

"为她祈祷吧，"他对神甫说，"你可以把她埋在旧墓地里，这是她生前最后的请求。"

伯爵说完离开了房间，神甫跪下来，喃喃地为死者祈祷。但是他的目光落在了伯爵夫人日复一日张望的那扇狭小的窗户上，通过这扇窗户伯爵夫人可以看到渔夫们出海打鱼，可以看到渔夫的妻子、母亲们沿着海岸送行，直到他们的船被无情的大海吞噬。神甫只吃了一点早饭，虽然这已经是 12 个小时之前的事了，但他的思维仍然活跃。他猜想她的灵魂是否和这具美丽的躯体同在。他跪的地方看不到伯爵夫人的脸，只能看到她那双惨白的手。他想伯爵夫人走的时候脸上是安详的，还是像他最后一次见到她时那样急躁和愤怒。最终，好奇心战胜了一切。他简短地把祈祷词说完，慢慢地用疲惫而肿胀的双手，推了一把椅子到床边。他踩在椅子上，凑近伯爵夫人的脸。天哪！她的神情并不安详。她的脸上充满了失去生命的悲痛。毕竟她还很年轻，而且死得也很不情愿。她的鼻翼紧张而僵硬，上唇翘起，似乎临终前的最后一句话是在诅咒。憔悴瘦弱的身躯并没有遮住她的美貌，睫毛压在她深凹的脸颊上显得十分沉重。

"可怜的人儿呀！"神甫心想，"不，她不会安息的，她也不想得到安息。我不会往她的墓上洒圣水的。那个'怪物'竟然能给人带来一丝安慰，这真是不可思议。但是如果我能给别人带来安慰，那'怪物'也可以。"

他走进卧室旁边的小祈祷室，更加虔诚地祈祷起来。一个小时之后，看门人进来发现神甫早已不省人事，身体蜷缩在圣坛前。

等他醒来时已经在教堂旁边自己的家中了。他在床上待了整整 4 天才起床工作，此时伯爵夫人已经被下葬了。

老管家让他自己好好照顾自己，外面下着细雨，远处的景色因为这场灰蒙蒙的雨而变得愈发朦胧，整个儿博伊斯－德阿穆尔都沉浸在雨中。

墓地里也是湿漉漉的，神甫丝毫不顾及自己的身体状况。当他远远地听到晚上的火车轰鸣而至时，就拿起圣水匆匆跑出来。

火车经过墓地时，他已经往每个坟墓上洒了圣水，除了伯爵夫人的墓。

他跪下来，急切地聆听着。他上次跪在墓地里已经是 5 天前的事情了，或许现在他们已经得到安息了。他站着的土地里满是悲叹，他们为了怜悯、平静和安息而哀号，他们诅咒那个摧毁死亡之锁的恶魔。在众多的诅咒声中前任神甫的声音清晰可辨——这不是诅咒的声音，而是带有恳求的祈祷。孩子害怕地尖叫起来，母亲也因为狂乱而顾不上孩子了。

"天哪！"是让·马里哭喊的声音，"他们从来也没有告诉过我们炼狱是什么样的！那些神甫怎么能知道呢？当我们被恐吓我们要为自己所犯的罪行受到惩罚时，没有人说我们是受这种惩罚。沉睡上几个小时，再苏醒过来四处游荡！我们已经厌倦了人间的残酷和凌辱，现在却又要忍受地狱的磨难。一次又一次地！哦，上帝呀，我们到底要忍受到什么时候？到什么时候呀？"

神甫跌跌撞撞地站起来，穿过一个个坟墓跑到伯爵夫人的坟上。他在那里会听到赞美"怪物"黎明和夜晚通过时的声音，在这些可怕的绝望声中还能听到满意之声，这简直让神甫发疯。他暗自发誓第二天一定要把死者的坟墓迁走，哪怕是要用自己的双手将他们挖出，安置到山上他为自己准备的墓址中。

他侧耳倾听了片刻，但是没有任何声音。他跪下来，耳朵紧紧地贴着坟墓，屏住呼吸。长长的低沉的呻吟声，一声接着一声，但就是没有说话。

"她是在为我那些可怜的朋友们叹息吗？"他想着，"或许是他们吓着她了？她为什么不跟他们说话呢？如果她能够给他们讲讲人间的事情，我那些可怜的朋友们或许会忘记他们现在的困境，毕竟他们离开人间已经很久了。或许这正是让她伤心的地方，因为独自一人埋在这里比活着的时候还要孤单啊！"

刺耳的恐怖的哭声传到他耳中，接着又是喘息和尖叫声。这是所有已死之人所发出的令人窒息的可怕的声音。

神甫站了起来，搓着双手，抬头仰望下着雨的长空。

"天啊！"他啜泣着，"她并不满意。她犯了一个可怕的错误。她本应该甜美平和地获得安息，但是现在那个吐着火的钢铁怪物和一群神经错乱的死者正在折磨她的灵魂，她生前已经经受过许多磨难了。她本应该在城堡后面的地窖中安息的，而不该在这儿。我知道了，我应该尽责，就是现在，立刻！"

他提起袍子，迈开那两条年迈的风湿腿尽可能快地向城堡方向跑去。城堡里的灯火在雨中摇曳。他在河边找到一位渔夫，请求渔夫把他抱上船。渔夫很惊讶，但还是用他粗壮的胳膊把神甫抱上船，卖力地往城堡划去。等神甫上岸后，渔夫说："神甫，我会在厨房里等你，接你回去。"神甫为他祈福后，赶紧跑进城堡。

他又一次走进这间巨大的厨房。厨房的房顶铺着蓝色的琉璃瓦，这里闪亮的餐具曾在克鲁瓦克家族的显赫时期款待过不少王公贵族。他在炉火旁边的椅子里坐下，等待女仆去禀告伯爵。女仆回来时，神甫还在不停地颤抖。女仆禀告说她的主人会在图书室会见尊贵的客人。

图书室是一间沉闷的房间，房间里散发着一股发霉的牛皮纸味儿，伯爵正坐在这里等神甫的到来。壁炉里烧着火，大书桌前散放着一些小说和报纸，屋内单调的鸢尾花形装饰已经失去了往日的光泽。只要伯爵不去森林捕猎野猪或牧鹿，就会在图书室里消磨时间。他也经常去巴黎，在那里他可以包下整个大饭店的一翼，过着单身汉的生活。他十分了解女人的奢华和虚荣，所以不愿意为他的妻子提供沙龙聚会。他跟这个漂亮女孩儿结婚时，他很爱她，可是她喋喋不休的抱怨和不满使他主动疏远了自己的妻子。过去的一年中，他总是闷闷不乐地疏远她。她知道得太晚了，渴望神来解救她。她本来是个光彩照人的女人，但是她的野心和不满在一年的快乐生活后就暴露无遗，而他能满足妻子的太少了。神甫进来时伯爵站了起来，鞠躬示意。他为客人搬了一张椅子，但是这位老人摇了摇头，紧张地搓着双手。

"天呀，伯爵先生，"他说，"可能连你也会说我是个疯子，就像埃韦克大主教认为的那样。但是我还是要说，即使你让你的仆人把我赶出城堡。"

伯爵回想起大主教那些尖酸刻薄的评论，还说应该派一名年轻的神甫来代替这个老糊涂。但他还是谦和地说：

"您是知道的，神甫，这个城堡里没有人会对您不敬的。您只管说您想说的，不要害怕。您不坐下吗？我很累了。"

神甫坐了下来，双眼殷切地盯着伯爵。

"是这样的，先生。"唯恐失去勇气，他赶紧说道，"这列可怕的火车，长着钢筋铁骨，吃着煤，吐着烟，还一路尖叫，吵醒了墓地里的灵魂。我用圣水守护着他们，让他们免受这个'怪物'的骚扰。有一天晚上我不在墓地——火车呼啸而过时，我正陪着伯爵夫人。侍奉完伯爵夫人后，我赶紧跑回去，可是大错已铸成，死者苏醒了，他们永生的安息被惊扰了。他们以为这声音是上帝对他们最后的呼唤，但是又奇怪为什么他们还在自己的墓中。刚开始他们纷纷议论还不算太糟，可是现在他们都疯了。他们现在是在地狱呀，我来这儿是要恳求您，看看是否可以把他们的墓迁到山上去。想想看，先生，在墓地里的最后长眠竟然被如此无礼地打扰会是什么感受——这种长眠是生者梦寐以求，并为之而耐心地忍受人间苦痛的呀！"

神甫突然停住，屏住呼吸。伯爵听了这席话竟毫不动容，这表明他一定认为自己正面对着一个疯子。他觉得自己已经被这场闹剧吵得筋疲力尽了，抬起手去摁放在桌子上的铃。

"啊，先生，先不要！不要呀！"神甫气喘吁吁地说，"我来这儿是为了伯爵夫人。她告诉过我她想被安葬在那里，可以日夜听着开往巴黎的火车声，正因为此，我就没有向她的墓上洒圣水。但是她，先生，她也十分可怜而且被吓坏了。她的棺木是新的，十分坚硬，我根本听不到她说的话，但是今晚我却听到她的墓里发出了些可怕的声响。先生，我敢在十字架前发誓。啊，先生，您最终会相信我的话的！"伯爵顿时脸色惨白，就像已经躺在棺材里的伯爵夫人的脸一样。他浑身上下都在颤抖，双眼紧紧盯着神甫，好像看到了伯爵夫人的鬼魂一样。"你听到——？"他气吁吁地说。

"她并没有得到安息，先生。她叹息和尖叫的声音让人感到恐怖和窒息，好像有一只手按住了她的嘴巴——"

他把所有的话都和盘托出。伯爵霍然站起，冲出房间。神甫在胸前画着十字，然后慢慢倒在地上。

"他会知道我所说的都是实话，"他想着，仿佛昏昏入睡，"明天他就会为我那些可怜的朋友解决问题了。"

神甫长眠在没有火车打扰的自己在山顶的墓地里，被亵渎的旧墓地里的死者也都被迁到了这里。只要和他们在一起，对一个可能重生而不用进入坟墓的人而言，一切都是美好的。

无底穴

[国籍不详] 安布罗斯·比耶尔斯

　　我的名字叫约翰·布伦沃尔特。我的父亲嗜酒如命，他拥有一项专利，但是他却不亲自参与制造。因此，他的收入并不多，专利费的收入还不够支付专利权被侵犯而打官司的费用。所以，我的童年缺少了其他普通家庭孩子们享受的那些乐趣，若不是我有一个出身高贵和信仰虔诚的母亲对我关爱有加，我只会是一个愚昧的人，被赶去教书。我的母亲忽视了我的兄弟姐妹，把所有的精力都倾注到对我的教育上。我能成为她最宠爱的孩子真是一件幸事。

　　当我19岁的时候，我的父亲不幸身亡。他一向身体健康。他死在餐桌上，死之前没有任何征兆。那天早上，他被告知他发明的水压式无声开保险柜装置已被批准为专利。专利委员会的委员宣称这是迄今为止他们见到的最精致、最有效和实用的发明，看起来我的父亲也会因这项发明而名利双收。因此，他的突然过世令我们很失望；但是我的母亲信奉上帝，她看起来没受什么影响。当我那可怜的父亲的遗体被抬走后，母亲把我们叫到隔壁屋里，对我们说：

"孩子们，刚才你们目睹的这件不寻常的事情是一个好人一生中遇到的最不幸的事故，我相信没有人能高兴起来。我请求你们相信我对这件事情的发生无能为力。当然，"她停顿了一下，眼神陷入了沉思，"当然他的死也是一件好事。"

她的口气中透露出一种肯定，我们每个人都不敢去询问她为什么这样说，以免引起她的惊愕。不管是我们谁做错了事情，她那种惊愕的神情都会使我们感到恐惧。有一次，我愤怒地把玩具娃娃的耳朵割了下来，她只对我说了一句："约翰，你令我吃惊！"这句话对于我来说是如此尖锐的责难。那天晚上我一晚没有睡，第二天哭着扑到她身上："妈妈，原谅我让您吃惊了。"因此，我们感到在这个时候还是保持缄默为好。我的母亲继续说道：

"孩子们，我必须告诉你们。按照法律规定，凡是突然和神秘的死亡，尸体必须由验尸官分割成碎块，然后分给所有看到过尸体的人才能宣布这个人死亡。验尸官会收取一大笔费用。我希望能够避免这种沉痛而残忍的仪式；这也是你们死去的父亲所不容许的。约翰，"——这时候母亲把她那天使般的脸庞转向我——"你是个有教养的孩子，做事谨慎。现在你有机会报答其他家人因为支持你的学业而做出的牺牲了。约翰，去除掉验尸官。"

母亲的信任以及有机会做一件符合我天性的事情令我难以表达心中的喜悦之情，我跪倒在母亲身前，把她的手放在我的嘴边，她的手很快就被我感动的泪水打湿了。那天下午还不到 5 点时，我就干掉了验尸官。

我立即被抓进了监狱，那是我度过的最不安的一个夜晚，同屋两个罪犯的咒骂声让我一夜未眠。这两个人都是教士，他们不虔诚的思想以及运用语言亵渎神灵的能力简直无人可比。快到早晨时，住在旁边的狱卒也被吵醒了。

他气急败坏地走进来，警告这两个教士如果他再听到任何诅咒，就给他们点颜色看看。他们令人厌烦的谈话声降低了很多，我终于安静地睡着了。

第二天早上，我被带到了大法官面前，他像个地方预审法官一样坐着，对我进行预审。我为自己辩护无罪，声称我杀的人是个臭名昭著的民主党人（我的母亲是个共和党人，小时候她就教育我政府镇压反对派别的必要性）。这个法官是共和党人以压倒性的优势选举出来的，他被我中肯的辩护所感染，为此还递给我一支烟。

"尊敬的法官阁下，"地方检察官开始陈述，"我认为在这

个案子中递交的任何证据都是没有必要的。依照当地法律，您是这里的地方预审法官。因此您具有审判的责任。只要证词和辩护词中还存在一个疑问，您就必须履行您的职责，您为此起过誓的。我的陈述完毕。"

我的辩护律师是被杀验尸官的弟兄，他起身说："尊敬的法官阁下，对方那位有学识的朋友已经很流利地把审判此案依照的法律进行了陈述，现在我需要做的是询问此在多大程度上遵守了此法律。既然您是地方预审法官，您的审判职责是什么？这是精明和公正的法律留给您自我判断的问题。您很聪明地推卸掉了法律强加的责任。自从您担任法官之后，您所做的只是进行判决。在您的工作日志中，您判决过贿赂罪、偷盗罪、纵火罪、伪证罪、强奸罪和谋杀罪。您审判的每件犯罪和违法行为都为人所知，也包括我对面这位有学识的朋友。法官阁下，您已经履行了地方预审法官的所有职责，没有证据证明这个年轻人有罪，我为他的无罪进行辩护。"

整个法庭顿时安静下来。法官起身，声音颤抖着宣判我无罪。然后把头转向我的律师，冷淡而意味深长地说：

"一会儿再见。"

第二天早上，这位为我谋杀他亲生兄弟案件进行辩护的律师（他同死去的兄弟因为土地财产进行过争吵）消失了，他的命运迄今不详。

与此同时，我那可怜父亲的尸体连同他脚上的靴子在午夜时被偷偷地埋在我们家的后院里。"他反对公开下葬。"母亲把墓穴用泥土填好，然后帮着孩子们在上面铺上些稻草后说，"他喜欢安静的家庭生活。"

母亲在给行政部门的申请书中写道她有很好的理由相信已

故者已经死亡，因为他已经多日没有回家了。但是丧葬官认为死亡证据不够充分，便将不动产移交给了公共地产管理人，也就是他的女婿。后来发现这些资产同债务冲抵，唯一剩下的水压式无声开保险柜装置的专利权也早被遗嘱检验官和公共地产管理人获得。因此，在短短几个月里，一个富有和富有名望的家庭从繁盛走向衰退，为了生计我们不得不出去工作。

在选择所要从事的职业时，我们根据个人能力和性格进行了充分的考虑。我的母亲开办了一所私人学校，专门教人如何改变豹皮毯子斑点的手艺；我的大哥乔治·亨利爱好音乐，他在附近的聋哑人收容所当了一名喇叭手；我的姐姐在一家矿泉水厂工作；我专门为绞刑架校准大梁和镀金。其他的孩子年纪太小，继续在商店门前偷东西。

在闲暇时，我们诱骗旅行者到我们房了里，然后杀了他们，把尸体埋在地窖里。

地窖的一部分用来保存葡萄酒、烈酒和食品，随着这些物品被迅速地消耗，我们很迷信地认为被埋在地窖中的灵魂在深夜聚会。尽管地窖被锁得严严实实的，但是一天早晨我们发现腌肉和罐头之类的碎屑被乱丢在地上。我们决定把食品储藏到其他地方，但是我们那和蔼可亲的母亲却认为宁可损失点吃的也不要冒险，以免被别人发现：如果鬼神不能得到这么点小小的满足，他们可能会进行报复，这会颠覆我们家人的劳动分工方式，一家人的重担只能落到她一个人肩上——我们可能都要去装饰绞刑架的大梁了。出于对她的智慧和性格的尊敬，我们很孝顺地接受了她的决定。

一天夜里，我们都在地窖里—— 没人敢独自进去——为邻近镇子的镇长举行一场神圣的基督教葬礼。母亲和她那年轻的孩子们每个人手里拿着一支蜡烛。当乔治·亨利和我拿着铁锹和镐忙碌的时候，我的姐姐玛丽·玛丽亚发出一声尖叫，用手捂住了眼睛。我们都被吓了一跳，镇长的葬礼仪式立即中断。我们个个脸色苍白，声音颤抖地恳求她告诉我们是什么使她如此惊慌。年幼的孩子们惊慌失措，手里的蜡烛一颤一颤的。墙上人影幢幢，让人感觉神秘兮兮的。死人的脸庞在烛光中恐怖地闪烁着，随后又被浮动的影子淹没，每次出现的时候都呈现出一副可怕的表情，流露出骇人的威胁。

我们不禁被女孩的尖叫声吓住了，地窖里的老鼠也到处乱窜，不停地发出尖叫声。它们的眼睛在远处黑暗的墙角里发出几点绿光，就像是在被半挖开的墓穴里腐烂的尸体发出的微微磷光。整个地窖弥漫着一股可怕的死亡气息，孩子们哭泣着抓紧了哥哥和姐姐的手臂，手里的蜡烛都掉到了地上。我们几乎已经被遗弃在这黑暗中，邪恶的光亮从这被打扰的泥土中缓慢涌出，像喷泉一样淹没了整个墓穴的四周。

蜷缩在泥土旁的姐姐把手从她的脸上拿开，睁大了眼睛盯着两个酒桶中间的黑暗处。

"在那儿！在那儿！"她尖叫着指着，"天呢！你们没有看见吗？"

是的！有个人影在黑暗中朦胧可见——身体来回地颤抖，好像快要跌倒，影子的两只手扶着酒桶，跌跌撞撞地向前走，不一会儿工夫走到了蜡烛的光亮里，重重地摔倒在泥土里。我们立即认出了这个身影，那是我们父亲的脸庞和举止——10个月前我们亲手埋葬的父亲！毫无疑问，这个可怕的醉汉是我们的父亲！

地窖里顿时乱作一团，我们疯狂地爬上那潮湿和破旧的楼梯：不时有人跌倒，然后互相搀扶着爬起来，踩着别人的背逃走——蜡烛熄灭了，年幼的孩子被强壮的兄弟踩踏，或被母亲一只手甩到一边去！当时的情景我不敢再讲下去了。我的母亲、大哥、大姐和我逃了出来；其他的人被留在地窖里，他们有的受伤而死，有的被吓死——有的也许是被烧死的。我们4个人急匆匆地把行李收拾好，把所有能拿走的珠宝、钱和衣服都带着，然后一把火把房子烧掉，逃到山里去了。我们甚至来不及拿我们的保险费。几年后在一个遥远的地方，我的母亲在弥留之际说这件事是唯一让她良心受到谴责的罪过。她的神甫向她保证无论如何上帝都会饶恕世人的过错。

10年后我长大了，我偷偷地回到以前的家，想去看看我们还有什么财产埋在地窖里。我找了半天却一无所获：由于在这片废墟里发现了很多人的尸骨，政府决定一直挖掘下去，他们找到了埋藏的财产，然后充了公。房子没有重建；实际上这里已经被废弃。据说这里经常出现怪异的景象和声音，没有人愿意住在这里。他还埋在他的墓穴里，我决定再次看一看我一直钟爱着的父亲的脸，就算以此表达一下我的孝道。我记得他生前一直佩戴着一枚巨大的钻石戒指，可是自从他死后我就再也没有听说或者见过那枚戒指。

我有理由认为他可能还被埋在墓穴里。我买了一把铁锹，很快确定墓穴的位置，并开始挖掘。当我挖到4英尺深的时候，我突然跌进一个大沟里，顺着一个长洞掉进去。里面一具尸体也没有，也没有任何尸体的痕迹。

我没有办法从挖的坑里爬出来，只能顺着沟向前爬。我把一堆烧焦的垃圾和泥瓦推开后，那个可怕的地窖出现在我的眼前。

一切都明白了。毫无疑问，不管我的父亲在那天晚饭时吃了什么东西，他被埋葬的时候还活着。很凑巧，这个墓穴挖在被遗忘的排水沟上面，位于拱顶部位。

父亲被埋葬的时候没有使用棺材，他醒来后身体挣扎着把腐朽的泥瓦弄断，然后从上面掉下来，最终逃到地窖里。他感到自己在这个家不再受欢迎，但却无处可去，于是就在地窖里过着与世隔绝的生活。他目睹了我们节俭的生活，并在我们的眷顾下过活。他偷吃了我们储存在地窖里的食物，偷喝了我们的酒——他就是那个贼！每当酒醉的时候，他就会感到需要家人的陪伴，这是一个酒鬼和他的家庭之间难以割舍的纽带。但他在一个不合适的时刻出现，结果导致他最亲近的家人发生了不幸的事件——铸成一个永远的大错。

离奇的失踪

探长与女郎

[比]乔治·西默农

梅格探长刚走进办公室，就看到了桌子上的纸条："一个个子高高的女人想要见您，她在17年前曾因盗窃罪被您逮捕。"看了这张纸条，梅格马上想起17年前的情景。那时的梅格还是个普通警官，因为盗窃罪逮捕了一个极其野蛮的女人。面对警察她极不听话，甚至把衣服脱了个精光以示威胁。最后梅格不得不和另一个同伴用被子包着她，才将她弄进警车，押往警局。现在回想起来，梅格还忍不住苦笑，心里说道："她可真是个难缠的人。"

不一会儿，那女人就来了。她身穿连衣裙，戴着一顶草帽，抹着很浓的口红。尽管17年没见，一见面，梅格还是一眼就认出了她。

"坐吧，找我有什么事？"

女人起先没有回答，而是从包里拿出一支香烟吸了起来。

"我是为我丈夫阿尔弗雷的事来找你的。"

"是吗？就是那个无人不知、无人不晓，经常光顾监狱的盗窃专家吗？"

"探长先生，请让我把话说完好吗？不要打断我。"她猛吸了两口烟后，又继续往下说。

高个儿女人口中的阿尔弗雷原来在一家卖保险箱的公司上班，后来因为行为不轨被开除，从此就东盗西偷。整个巴黎他装配了上百个保险箱，密码都牢牢记在心中，只要有机会，他就到那些人家里开锁行窃。昨天晚上，他照例带着工具出去作案，一夜都没回来，直到第二天凌晨5点才打电话回家，声音显得极其恐慌。一问才知道，昨晚他爬进农庄路一个花园，潜入一间放着保险箱的屋子。屋里一片漆黑，他刚打开微型手电，突然看见一双直勾勾的眼死盯着他，这是一双死人的眼睛。他吓得差点昏过去，跟跟跄跄地翻窗逃了出去，连工具都忘了拿。

"阿尔弗雷说那是一具女尸，胸口全是血，手里好像还拿着电话筒。他说爬出花园的时候发现一辆小车正向花园开过来。因为他的工具都落在那个房间，他又是惯犯，所以怕警察会觉得那个人是他杀的，因此不敢回家。"

听完这个女人的叙述后，梅格马上打电话询问过去数小时内哪些小区发生过谋杀案，得到的答复都是没有。没人报案，也没人发现什么女尸，梅格就朝那女人做了个无奈的表情。女人则非常着急地说："探长，我不是在跟您开玩笑。我是真的怕阿尔弗雷受到冤枉才来找您的。我丈夫确实是盗窃犯，您可以依据这条罪状给他判刑，让他去坐牢，但那个人确实不是他杀的，您必须清楚这一点。"

"好的，你先回去，不要着急，我先了解一下情况，需要时我再找你。"听了梅格的话，女人心里好像还有些不甘，但是她也不能强求什么，只好向外边走去。临出门的时候，她对梅格说："探长，您什么时候找我都行，我一定配合，这次再也不会脱衣服了。"梅格听了这话尴尬地笑笑，看着女人远去。

高个儿女人一走，梅格决定去现场看看。但农庄路上带花园的住宅不止一家，所以他们只能到阿尔弗雷曾经工作过的保险箱公司去查问农庄路一带哪些人买过他们的产品。经过保险公司工作人员查看，农庄路一共有3家买了他们的保险箱：一家是银行，两家是私人。银行有严密的报警系统和安保人员，阿尔弗雷不会傻到去抢银行。剩下的两家中只有一户家里有花园，主人是牙科医生吉姆·赛尔，住在43号。梅格当即和侦探布瓦西到那里查看。

他俩到达农庄路的时候，没有马上到那人家里去，而是在对面的一家咖啡馆坐下，要了几杯啤酒，和咖啡馆老板闲聊起来。他们想在和那家主人攀谈之前，先侧面了解一下他。从咖啡馆老板那里得知，牙科医生赛尔刚过50岁，两年前结的婚，家里有一个老母亲，以及只有白天才来家里做工的钟点工。

知道了这些，他们就走出咖啡馆，穿过马路，推开花园门，按响了正门的门铃。很久之后，门才开了一点，里面传出一个老人的声音："你们预约了吗？今天只接待预约的人。"

"哦，是这样的，我是梅格警探，请跟赛尔大夫说一下，我们想跟他谈谈。"

"对不起，您请进。"

门随即打开。站在他们面前的是一个头发花白的老妇，面带微笑，神情高雅。

"快请进吧，我儿子正在睡午觉，这是他的习惯，不好意思。"她边说边把他们带进客厅。

"探长先生，真没想到您会到我们这里。在我叫醒儿子之前，我想问一下您今天是……"

老太太还没说完，梅格就问道："你儿子结过婚吗？"

"结过，结了两次。"

"这样啊，他第二位太太是不是也一起跟你们在这里住？"

老太太脸上好像突然有些悲伤："她不在了。"

"什么？不在了？她什么时候死的？"

梅格的问话让老太太有些惊讶："您说什么，什么死了？"

梅格赶紧解释说："对不起，对不起，您刚才说她不在了，所以我以为……"

"她是离家出走了，不是您想的那样。"

"她离家出走是什么时候的事？"

"有两天的时间了。"

"她因为什么离家出走？"

老太太犹豫了一下才开口说道："这件事我都不好意思开口。她正处于更年期，脾气很大，动不动就发火。她是荷兰人，当初来巴黎的时候是一个人，现在估计是想家了，所以就暂时离开了。"

"您刚才说她走了两天了，也就是周二走的，是不是？"

"对，周二。"

"白天还是晚上？"

"晚上。"

"走的时候有人送吗？"

"没有。"

"她叫出租汽车了吗？"

"叫了。"

说完这两个字，她好像在侧身听什么声音。梅格一看就明白了，他马上起身把门打开。门边站着一个身材魁梧的男人，他就是赛尔大夫。赛尔脸上的表情有些尴尬，他应该是已经在门口偷听了一会儿了。看见儿子过来，老太太连忙说："这两位是警察局的。"

赛尔打量着梅格和布瓦西："请问两位有什么要紧事吗？"

"赛尔先生，我们来找您是因为我们觉得您家里可能有什么被盗了，我们来了解一下。"梅格说。

"谢谢，如果我家里有什么失窃，我会马上报警的。"

"哦，是这样啊。据说您家里有一只保险箱，我们能看看吗？"

"可以啊，为什么不行？"说着，两人就被带进了赛尔的工作室。

梅格一眼看到了写字台上的保险箱，但他没有查看保险箱，而是向窗边走去。他摸了摸窗户上的玻璃，转头问道："玻璃是新换的吧？"

老太太马上说："对，四天前换的。您肯定记得周五那场罕见的雷阵雨吧，当时这扇窗户忘了关，发现的时候已经被震碎了，所以只能再装块新玻璃了。"

"玻璃是谁换的？"

"我儿子赛尔，他平时就爱敲敲打打，虽然是医生，对这些活也挺在行。"

与母亲的态度相反，赛尔突然暴躁地嚷起来："妈妈，不要理他们，他们没权利知道这些！"老太太却一直朝梅格两人笑："不要介意，他就这个脾气。"之后，梅格两人就向大门口走去，快到门口的时候，老太太又对梅格说："以后如果还有什么需要，可以直接找我，不过最好是在我儿子不在的时候。"听了这话，梅格笑笑，意思是说他心里明白。

　　离开那家人后，梅格迅速让助手维埃调查一下赛尔第二个妻子的情况，并查找一下她叫的那辆出租汽车。第二天中午，梅格在办公室看到了维埃的纸条：赛尔的第二个妻子叫玛丽·范·阿尔兹，现年 51 岁，荷兰尼斯克人，没有找到她叫的那辆出租汽车。

　　接着，那个老太太就去了梅格那里。她一进门就说："不好意思啊，探长先生，我为昨天的事表示抱歉。我儿子就是那样，脾气总是不好，可能是被我惯的。他 17 岁就失去了父亲，我们一直相依为命到现在。"她就像个机关枪，说个没完。

　　但是梅格没有沉浸在她的那些话里，而是出其不意地问道："赛尔的第一个妻子是婚后几年死的？"

　　"两年。"

　　"死因是什么？"

　　"心脏病。您知道，这种病一发作往往很难抢救，而且，她的心脏也一直不好。"她顿了顿，又继续说："其实，我今天找您，一是因为我儿子昨天的态度，二是我觉得您可能还有些事没跟我们说。"

　　"好吧，我告诉你。昨天晚上有人打算进入你们家行窃，但是最后没有偷成。不是因为他不想偷，而是他被一样东西给吓到了。"

　　"什么东西？"

　　"一具女尸，看上去年纪不小了，有可能是您儿子的太太。"

　　老太太先是有些紧张，后来又微笑着说："是那个贼跟您说的吧？现在我总算知道怎么回事了。如果您现在方便的话，请到我们家一趟，我会跟您细谈。"

　　"如果有时间我会下午去。"

　　"好，下午见，探长先生。"

梅格关上门后，在办公室想了很久。他办理过很多案子，但像这种活不见人、死不见尸的案子还是第一次碰到。下一步该怎么办？该采取什么措施？他正想着，这时电话响了，是维埃打来的。他在玛丽结婚前住过的地方调查得知，玛丽是个性格开朗、活泼大方的女人，在阿姆斯特丹有个好朋友叫奥斯汀，玛丽几乎每天都给她写信。据荷兰警方提供的消息，玛丽并没有回荷兰。梅格吩咐维埃想办法与荷兰警方取得进一步联系，并请奥斯汀提供玛丽最近写给她的信。

接着，梅格马上传讯赛尔的钟点工欧也妮。从她那里得知，玛丽患有心脏病，而且近期越来越严重，但她也不知道玛丽是从什么时候得的这个病，因为赛尔家经常换钟点工。梅格问欧也妮："赛尔家的窗玻璃是谁换的？"

"是赛尔先生换的，我亲眼看见的。"

"什么时候？"

"雷阵雨过后的第二天。"从这点上看，老太太没有撒谎。问了几个问题，梅格就让欧也妮走了。之后，他独自一人来到农庄路附近的一家玻璃店。店里的售货员告诉梅格，赛尔在上星期五也就是雷阵雨过后的第二天来买过一块玻璃和一斤油泥，其他的就没什么了。听完这些，梅格刚要走，另一个售货员却叫住了他，对他说："您是说那个胖子吧？这周三上午他也来过店里，也买了一块玻璃和一斤油泥。是我卖给他的，他是那天我们店里的第一个客人。"

"好的，谢谢你。"梅格脸上露出了不易察觉的笑容。

当天下午梅格就从奥斯汀那里得到了玛丽的一些情况：玛丽受过高等教育，她来巴黎是学习绘画的，之前父亲曾给她一笔数目不小的钱。她性格开朗，但最近几个月内心压抑。她跟奥斯汀抱怨过自己的婚姻不幸福，丈夫像个孩子，婆婆则极其自私。此外，她还说自己身体不太好，想回荷兰一趟。去调查赛尔汽车的莫尔斯也回来了，他跟梅格说赛尔汽车的行李箱里有几处细小的擦痕，像是放了很重的箱子后留下的；车的外部没有擦洗过，但汽车内却刷得非常干净；驾驶座的缝隙里发现了一点砖的碎末。听到这个细节，梅格马上让莫尔斯拿着砖末去实验室化验，同时派人搜查赛尔的工作室。之后，他又打电话给一直为玛丽看病的杜比克大夫，询问她的病史。杜比克大夫说："玛丽确实有心脏病，她属于心脏肥大。"

"据您观察，玛丽的病会对她的生命有什么威胁吗？"

"近一两个月没什么问题，以后就很难讲了。"

给医生打完电话，梅格就和维埃一起坐车到农庄路。他叫维埃先进去，自己走到车库对面一家小卖部，对女主人说："我是警察局的，想问您一下，这个星期晚上的时候，有人驾驶过一辆黑色小轿车吗？"他指着马路对面的车库说。

"让我想想，噢，牙医赛尔用过，他的车子就是那样的。"

"是星期几晚上？"

老板娘想了一会儿，似乎确定不了，就朝后面叫了一声："出来一下，亚当。"

不一会儿，里面走出一个老头来。

"亚当，有一天晚上你牙疼，大半夜起来找药，那是周几啊？"

老头想了一会儿说："那是周二晚上的事了。因为我们每次都是周二进货，那天白天刚刚进的货，我记得很清楚。晚上起来找药的时候还看见赛尔大夫开车回来，我就对老婆说：'药没找到，倒看见了治牙的大夫了。'"

"那是几点钟的事？"

"是下半夜了，赛尔大夫刚出诊回来。"

"你记得他的车是从哪个方向开回来的吗？"

"从瓦拉斯林荫道那边开过来的。"

梅格知道，瓦拉斯林荫道再往那边去就是塞纳河。梅格来到赛尔家的时候，老太太本来端坐在椅子上，看到他，就满脸堆笑，指着旁边的搜查人员说："探长先生，他们这是干什么，是在搬家吗？"梅格什么也没说，径自走进房间。

走进房间后，维埃把从赛尔卧室搜到的一支手枪和在他母亲箱子里的两份死亡证明交给了他。这两份证明一份是她丈夫的，一份是赛尔第一个妻子的。拿着这些东西，梅格走进了赛尔的卧室，赛尔对他还是爱答不理。梅格看了他一眼说："赛尔先生，穿好衣服，跟我们走一趟吧？"

审讯是从第二天下午开始的。

梅格上来就问："你妻子的心脏有问题吗？"

"心脏肥大。"赛尔的回答很干脆。

"如果我没说错的话，你父亲和你的第一个妻子都死于心脏病。你第二个妻子的心脏也有问题。"

"对，你说得没错。"

"第二个妻子很有钱吗？"

"还可以吧，不过她平时花钱也非常多。"

"她留下的钱呢？"

"她什么也没留下，临走前把保险箱里属于她的黄金都带走了。"

"我怎么才能相信你说的话是真的？"

"信不信是你的事。"

"您上周五去买过玻璃和油泥？"

"对，买过。"

"这周三上午又去了一回？"

赛尔愣了一下，从口袋里掏出雪茄，梅格把火柴递了过去。

"你最近一次用车是什么时候？"

"上周日。"

"开车去了哪儿？"

"枫丹白露森林。"

"好，赛尔先生，先到这里。我们刚才的谈话已经录进了磁带，还有什么要补充的吗？"

赛尔先是看了一会儿天花板，才摇摇头说："没有了。"梅格就让维埃把赛尔带到隔壁房间继续审问，然后把翻译叫来，让他念荷兰警方提供的玛丽近期用荷兰文写的信件。

"昨晚我做了一个噩梦：一个头上长犄角的怪兽狞笑着朝我扑来……怪兽的脸一会儿变成我丈夫的脸，一会儿又变成婆婆的脸。那一晚我无法入睡，醒来时满身冷汗，心跳个不停……

"我婆婆的眼睛简直能穿透我的内心，我不管走到哪里，总觉得她在盯着我。她从来没有对我严肃地板过脸，可我害怕她的微笑，非常害怕……

"昨天下午赛尔到我的房间里来了，他无意中朝抽屉里看了一眼，脸色瞬间惨白起来。他在那里看到了一支象牙柄小手枪。那是我在埃及旅游时买的，我觉得没什么，他好像很害怕似的，问我有没有子弹，我看了一下弹夹说没有，他就走了。没几分钟，他的妈妈就进来了，笑着对我说，一个女人在身边放着一把枪是不太合适的。我告诉她这是我在埃及买的，是当纪念品来收藏的，而且那象牙制的枪柄上还刻着我名字的几个缩写字母。最后，直到我在抽屉里找了几颗子弹给她，她才放过我，离开房间。但她走后没多久，我又在一个小包里找到几颗子弹……"

梅格正在听翻译读信的时候，维埃走了进来，跟他说赛尔的母亲又来了，正在接待室等他。梅格有些不情愿地走出去。接待室里，那个高个儿女人也在那里，她正面朝门坐着，赛尔的母亲与高个儿女人相对而坐。梅格刚想进去，高个儿女人就马上朝他使眼色，同时微微摇头，不让梅格进来。梅格马上明白了，转身离开。高个儿女人来警察局是为了告诉梅格，她今天收到了阿尔弗雷从鲁昂寄来的明信片，上面除了他的地址外，没有任何内容。他还是怕自己被怀疑成杀人凶手，不敢露面。在等梅格的过程中，高个儿女人得知她是牙科医生的妈妈，于是想套出一些关于她儿子的情况。

梅格重新回到办公室，让维埃把赛尔带来。赛尔刚进来还没坐稳，梅格突然问道："你为什么要杀你的妻子玛丽？"

"警官先生，不要随便诬陷人，诬陷也是有罪的。"赛尔冷笑了一声说。

"你第一个妻子的遗产是你继承的吧？"

"这样做不对吗？不合法吗？"

"当然合法。不过在找到玛丽的尸体之前，你还没法继承她的遗产。"

"你凭什么说我害了玛丽？"

"这很奇怪吗？你不仅杀害了你的第二任妻子，你的第一个妻子也可能死于你的手。"

赛尔只是冷笑，什么也不说。

"尽管你把车的内部清洗得很干净，但你还是留下了塞纳河边的砖末。我曾经问过你最近一次用车是去哪儿，你没有说真话，你跟我说去了枫丹白露森林，没说去塞纳河。"

"真可笑，难道别人不会偷我的车吗？"

"你骗不了我，你的车库是上锁的。"

"上锁就行吗？你的人不也进去了吗？"赛尔脸上是不屑的表情。

梅格笑笑："你可能不知道，你母亲现在就在楼下的接待室。"

听说母亲也在警察局，赛尔非常愤怒："你们有没有人性？凭什么拘留一个老人？"

"你搞错了，是她自己来的，她说有话要和我谈。"说完，他和维埃向外边走去。

"等等，"梅格还没走几步，赛尔在里面叫道，梅格看着他。

"我只想去见我的母亲，这个要求不过分吧？"

"什么时候见都可以，但不是现在！"说完这话，梅格把门关上了。

之后，他们把高个儿女人叫到维埃的办公室，她进门就说："为什么把我叫来，我正和那老太婆聊得高兴呢。"

"你们都说什么了？"

"我问她儿子的事，她一点也不说，反倒对你们警察的事很感兴趣。我就跟她瞎编，说我丈夫在外面打架伤了人，被你们关了起来，她马上问我你们是怎么对待我丈夫的。我就说你们一连审讯他 24 个小时，给他吃东西，不给喝水，还动了大刑。"

听着那女人的话，梅格皱皱眉头说："真是瞎编乱造。说说你丈夫的事吧，他有消息了吗？"

高个儿女人想了半天才说："如果他现在回来，你们会逮捕他吗？"

"不会，他没有在作案现场被抓，更关键的是赛尔家否认被偷窃。"

高个儿女人听了这话感觉很高兴，就把阿尔弗雷寄来明信片的事告诉了梅格，然后又对他说："那我再和老太太聊聊吧，说不定还能得到其他的消息呢！"说完她就出去了。梅格转身走进自己的办公室，打开了那盏台灯。赛尔则在那儿一动不动地坐着，看样子他真是非常累了。看了赛尔一会儿，梅格开口说道："知道吗？你妈妈觉得我现在正在严刑审问你呢。"听了这话，赛尔猛地抬起了头，脸上第一次露出不安的神色。

"我想见她。"

"你搞错了，我才是该和他见面的人，你妈妈有些话还想跟我谈。"

"你怎么这样？对于一个已经年过七十的老人就没有一点怜悯心吗？"

"怜悯心？玛丽本来也是可以活到七八十岁的，知道吗？！"说完，梅格就气冲冲地朝门外走去。这是赛尔第一次看到他这样愤怒。

高个儿女人第二次走进维埃的办公室时，已经是凌晨一点，她看上去非常疲惫，进来之后就要了一杯白兰地。她喝完酒后说："真是小看了那个老太太，精神真好，比我还扛得住。她也挺聪明的，猜到了我以前是做那种工作的。"梅格知道，这是说她婚前做的是不正当的行业。"她还向我打听了监狱里女囚犯的生活状况，比如几点钟起床、吃些什么、住得怎么样，她甚至还向我打听是否见过死囚。"

"好的，多谢你，我知道了。你可以回去休息了。"高个儿女人走了。她一走，梅格就给自己倒了满满一杯白兰地，仰头一饮而尽，然后朝助手神秘地一笑。

梅格再次坐到赛尔面前的时候，后者已经疲惫得不行了，他却没有这种感觉，迎上去说道："赛尔先生，你的事我想了很久，玛丽不是说要坐晚上的车回荷兰吗？看样子她是真的回了荷兰。但她临走时为什么还要去你的工作室呢？这点我一直想不通。我刚刚知道玛丽也有一把手枪，所以我就快要认为，你开枪可能是因为自卫。看到玛丽真的死了，你非常害怕，甚至没来得及把尸体拖离现场，你就惊慌地去车库取车，而你的这一行为又恰好被对面小卖部的老板看到。所以，这样说来，玛丽根本没有叫出租车，不然我们早就找到那个司机了。也就是说，她刚出门的时候，突然改变主意，进入你的工作室。告诉我，你的妻子去你工作室干什么？"

"没有！她没去我工作室！"

"别那么肯定，死者的尸体一定会找到的。我们已在塞纳河比朗科尔码头进行打捞，这项工作一结束，我的工作也就完成了。我现在想知道的是她去你工作室干什么了。她向你索要金钱？威胁你了？也许是你觉得受到威胁，冲上去夺她的手枪时不小心扣动了扳机？也许她当时在侮辱或者威胁你的母亲？也许你是先发制人，当你看到她拿枪进来的时候，先开了第一枪？如果是以上任何一种情况，预谋杀人罪就不能成立，你是正当防卫，可以以此为自己辩护。但是我现在需要你给我解释的是，为什么玛丽刚想出门的时候又突然拿着手枪冲进你的工作室。"梅格说话的时候一直盯着赛尔，即使是点烟的时候也没挪动目光。"把真实的情况告诉我，你到底是因为什么开枪？"

"我没开枪！我真没开枪！"

"不要冲动，不要那么肯定，执迷不悟会后悔的，我不是已经给你许多选择了吗？以为我们什么都不知道啊，你为什么要把窃贼落下的工具拿走？"

"工具？什么工具？我不知道有什么工具！"

"再过几个小时那人就会出现在你的面前，尽管你把他的指纹擦得很干净。"

"你们找到他了？"赛尔有些不安。

"你很快就会知道了。"

梅格看了一下表，"赛尔先生，现在已经是凌晨三点半了，你还是没有什么想跟我说的吗？"

"该说的已经说了，没什么可说的了。"

"好吧，既然你这么选择，我只好去审问那个年过七旬的老人了。"

看上去赛尔很无奈，他大大地张着嘴，却什么也说不出。

梅格将老太太带到维埃的办公室，她还是显得那么自然和从容，就像什么事也没发生一样。

"我从来不愿意去打击别人，给别人带去伤害就像伤害我自己一样。况且您年纪又这么大了，我还有些于心不忍。您身体怎么样，心脏没什么毛病吧？"

"我很好，除了有些晕船，其他的没什么。"

"那我很不幸地告诉您，您儿子杀了您的儿媳妇，他把玛丽杀了。"梅格说这话时眼睛一直看着老太太的脸。

"他自己告诉你的吗？"

"他当然不可能这么说，不过我们已经有了证据。"

老太太的呼吸有些急促，但她还是很镇定的样子。"你们获得了什么证据？"

"我们在塞纳河边找到了一个现场，他就是在那儿把玛丽的尸体和一些盗窃工具扔下河的。"

老太太手里的包突然滑落在地。她连忙弯腰去捡，她坐回座位的一瞬间，惊慌地看了梅格一眼。这一举动当然没逃过梅格的眼睛，但是他装作什么也没看见，继续问道："不过您儿子犯了一个错误，他不想把自己的这次袭击说成正当防卫，这对他是不利的。而且我认为玛丽不会无缘无故地拿枪进入赛尔的工作室，这里面肯定大有原因。"

"什么原因？"

"这就要看您怎么说了。我可以明确地告诉你，你儿子确实杀人了！"

此时，老太太的身体已经有些发抖，目光也不再那么有神。

"只要到了法庭上，你的儿子就是被告。他的第一个妻子也会很快被挖出来，我们会从她的身体里发现某种药物，这个你应该不会感到惊讶吧？"

老太太咬了咬嘴唇，慢慢站起身，她脸上还挂着一丝微笑。

"探长先生，我儿子为什么要杀害他的两个妻子呢？您能给我解释一下吗？"

梅格看着她，似乎有些惊讶。

"还是让我跟他谈一下吧，或许谈完之后，一切都会明白了。"

"不要急，赛尔太太，坐下，坐下。"梅格点起了烟斗。

"你说得没错，你儿子不是杀害两个妻子的凶手。"梅格语速很慢，透过烟斗里冒出的烟雾，他看到老太太的眉头紧锁，"他更不会杀害他的父亲，也就是你的丈夫。"

老太太脸上的表情是惊讶，是迷惑不解。

"听不明白吗？"梅格一边吐着烟圈一边说。

"您说的什么？我确实……"

"好吧，我说得仔细一点。你第一个儿媳是中毒死的，是慢性毒药，服用了砒霜或其他的什么。她肯定不会傻到自己去吃毒药，放毒的是个女人。你两个儿媳都有心脏病，你的丈夫也是。有一些麻醉药对于身体健康的人来说没什么大问题，对于心脏病患者来说却是致命的。据我所知，你丈夫生前有诸多恶习，比如酗酒和嫖娼，你对此很是担忧，因为沾染上这两样，家里的钱财迟早会被败光。丈夫死后，你对唯一的儿子赛尔管教很严，不许他在外边鬼混。你儿子结婚后，一个比你们家更有钱、和你的丈夫同姓的女人进入你们的家庭生活，你觉得有些不适应，矛盾很多。"

"你是说我杀了我的丈夫还有两个儿媳妇？可笑！真可笑！"

"别着急，往下听。一开始我也想不通，尸体为什么找不到了呢？如果玛丽只是被毒死的，你完全可以像前两次对待你的丈夫和第一个儿媳妇一样，把给玛丽看病的医生叫来开一张死亡证明，说她是心脏病突发，无法抢救，你就万事大吉了，但事情并不这么简单。她是死于枪杀，肯定有一个原因让你儿子向玛丽开枪。比如说，她那天晚饭后感到身体不适，想打电话叫人。她和你们生活了将近三年的时间，对你的为人非常清楚。她受过高等教育，读过许多书，包括医学方面的。当她明白有人对她下毒之后，立即走进你儿子的工作室，你当时肯定也在里边。我不清楚她是拿着枪进去的还是只准备给警局打个电话报警……但是那时你就只有一个想法：杀了她。"

"你是说是我杀了她。"

"听我继续往下说。我已经说过是你儿子开的枪，或者是他替你干的。你儿子以为你杀玛丽是为他着想，是为了让他得到一笔数目不小的钱财，可惜，他想错了！你杀人绝不是为了你的儿子，而是为了你自己！你到警察局也不是为了替他开脱，而是怕他说出事情真相。"

听了这些话，那个老女人就要崩溃了。

"对你来说，你儿子怎么样与你无关，坐牢也好，枪毙也罢，你不是很在乎。你只关心你自己，只要你过得好就行，关键的是，你还能独享一大笔钱财。我说得对不对？"梅格突然怒吼了一声，猛地抢过女人手中的手提包。她拼命想夺回，但终究没有如愿。梅格打开那个手提包，仔细翻寻着，像在找什么东西，最后他在最底层找到了两颗白色药丸。

"藏得好深啊，这就是你着急与儿子见面的原因吧。"他拿着药丸说，"只要这两颗药丸被他服下，一切都不会有真相了，你就可以得逞了吧？"

此时，电话响了起来：警察局的人已经在河边打捞出一个很重的大箱子，正往司法部门送。挂上电话后，梅格对身旁的老妇人说："跟我走吧，这里不适合你待下去了。"老妇人全身颤抖，惊恐地缩成一团。

当梅格经过接待室时，看到高个儿女人还在里面，身边多了一个身材瘦小的男人。他们好像正在说什么。梅格没有惊扰他们，只是给他们留了一个纸条："亲爱的阿尔弗雷太太：非常感谢您的帮助，请帮忙转告您的先生，注意休息，身体最要紧！梅格。"

盗尸

[国籍不详]弗雷克·西蒙内利

　　当我在长途汽车里看见了奎林·诺法德医学院灰石构造的塔楼时，天空几乎没了亮光。

　　我已经有三十年没来过这里了。这次我来奎林·诺法德医学院是因为收到了我的老朋友、老同学特莫斯·普里盖尔郑重其事而又颇有点神秘色彩的一封来信。他恳求我立即到奎林·诺法德医学院去一趟，并且要确保行程保密，他没进一步透露什么细节。自从1904年以后，我差不多有十年没见过特莫斯了，因此我断定他此次找我肯定有什么不寻常的事情。

　　我在主楼跟前下了车，然后马上找到医学院办公室，希望能在特莫斯下午下班前找到他。

　　秘书的座位上坐着一位面孔冷峻的女士，老远她就冲我大声说："这里晚上不办公。"

　　我说："我有事要见特莫斯博士，请为我通告一声。"说着我送上我的名片：吉尔·沙普托，医学博士。

　　她的表情有些古怪，回答说："先生……我恐怕……特莫斯博士不在了。"

"你是说他白天出去了？"

"不是的，先生……他……不在了。"

我几乎失控了："我的天啊！你用这种口气说他不在了，让我联想起最不好的事情。"

"厄洛姆博士也许能帮上你的忙。"

"谢谢你。"

这女人带我去见厄洛姆博士。厄洛姆博士坐在一张大桌子后面，既没有站起身来欢迎我，也没伸出手来，他说："我是威斯·厄洛姆，请坐。您是沙普托博士？"

"是的，我是来看望特莫斯博士的。如果您能费心指给我特臭斯博士的家，我将万分感激。"

"这不可能了。"

"什么？"

厄洛姆态度轻慢无礼，说话也冷若冰霜："特莫斯博士失踪了。坦率地说，我认为他死了。那天他在病理实验室工作，晚上九点还没回家，他女儿便让她丈夫到处找他。"

"是这样……您说的是不是他的小女儿甄妮？"

"对。她的丈夫霍顿是医学院的财务总管，她家与她爸爸的院子只隔着一户人家。那天霍顿没有在实验室里找到特莫斯，也没人见他走开。他失踪了。我们通知了警察局，进行了彻底调查，还是一无所获。"

"霍顿在实验室没有发现挣扎的痕迹之类的异常情况吗？"

"没有。留在那儿的唯一一件物品就是特莫斯的眼镜。"

"厄洛姆博士，您不认为现在就认定特莫斯已经死了早了点吗？或许……"

"这可难说。校园里五天前还出现了谋杀案，现在还没破。"

"谋杀案？"厄洛姆说的五天前，那正是特莫斯给我写信的前一天。

"被害的是我们这儿负责保存尸体的佣工，一个叫海格斯的老头儿。他好像是被木棒打死的。"

我站起来，和厄洛姆握手道别："占用了您这么多时间，谢谢。"

我就近找个旅店住了一夜。旅店不大，但相当舒适。第二天早上我步行去霍顿家，去看望特莫斯的女儿甄妮。那时还早，刚刚八点，我决定先去学校，为心中的一些疑问寻找答案。

特莫斯最后出现的地方是病理实验室，我先去了那里。门外贴着时间表，上午第一节实验课九点半才开始，所以我有足够的时间四处查看。实验室里面只有一个不到三十岁的瘦高个儿的小伙子，他没有询问我来干什么，专心在显微镜下看标本。

我问候他："早上好！我叫吉尔·沙普托。我在这儿获得了学位……我是1883年毕业的……如果我四处看看，你不会在意吧？"我不断找话说，但是出现了令人尴尬的沉默。过了许久，他才出声："我为什么要在意？"

我笑了："我猜也不会，但有些人对他们认为是领地的地方特别敏感。"

那人耸耸肩："我不是那种人。"他又回到他的研究中。

我四处转了转，没发现什么可疑的地方，想要离开。这时，厄洛姆走进了实验室。我站在离门很远的几个架子后面，他没注意到我。

厄洛姆叫道："弗罗德！"

年轻人笨拙地掩饰着对他的蔑视："厄洛姆，我没什么要和你说的。"

厄洛姆脸色通红："你听着，只要我是这儿的系主任，你永远不会拥有这儿的使用权。"

"校长已经准许了我的请求，开一个意见听取会，而且……"

"你这是越级上告！"

弗罗德的声调一下子高起来："你想怎么着？我就什么也不做，任凭你像扫垃圾一样把我扫走？！"

"那你就开你的意见听取会吧！可会议之后，我就要用我的权力行事，让你的合同不能续签。如果不是特莫斯干涉，一年前你就滚蛋了。"

"特莫斯！如果特莫斯有一点勇气，他早就该代替你当上系主任了。"

厄洛姆露出愤怒而惊恐的神情，他转身离开了实验室。弗罗德回到他的实验台前，踢凳子泄气。

"暴力行为可不好，博士。"

弗罗德猛地转过身，吓了一跳："我……我忘记你在这儿了，让你看笑话了。"

"好像是的。"

"他是个该死的笨蛋！"

我打断他："我想我已经了解一些了，弗罗德博士。我想知道特莫斯的事，我是他的一位朋友，对他的失踪感到极为困惑。"

"我能告诉你的不多。两天前的晚上，我正要离开实验室，特莫斯博士来了，他说他要加班，说了几句话我就走了。

大约半夜的时候，有人找我说，他失踪了。"

"特莫斯那晚工作的用品还有吗？"

"没有，只剩下眼镜和他的钢笔，他甚至忘了给笔盖上笔帽。还有一个笔记本，但上面什么也没写。"

"好，谢谢你，博士。"

我离开实验室，去霍顿家。在后门阶梯上，我一时分辨不清方向了。正好看见一个花匠正把阶梯下面几簇死去的玫瑰花移开，我去向他问路："请问，你知道去霍顿家怎么走吗？"

"知道。看见左面树林中的塔尖了吗？你顺着这条小道走，始终让自己看着那塔尖。出了后门就是大道，右手第一幢就是霍顿家的房子。"

"非常感谢。"

"别客气。"

好奇心使我注意起他手中的花，在一块大约五英尺见方的土地上，所有植物都死了，但它们确实不同于我所熟悉的任何植物病。

我仔细看着枯萎的叶子："不像是旱死的，也不是虫灾，这些花为什么会死呢？"

"谁知道呢，两天前把它们移过来时，还都好好的。"

"这不会是一种甲虫病吧，那种病两年前害死了我家所有的玫瑰花。"

"没有虫子，应该是土壤不行了。"

我说："好吧，无论它怎么了，只希望它别传染到别的地方。"

"但愿如此。"

霍顿家离路口不远，我很容易就找到了花匠说的那栋房子，上前敲了门。

一位年轻妇女来开门，她不过二十岁，身材苗条，容貌精致，一头齐肩长发在清晨的阳光下闪着金光。她还有一双特莫斯那样的水晶似的蓝眼睛，这一定是他的女儿甄妮。

她的嗓音很柔和："请问您有事吗？"

"您是霍顿夫人？"

"是的，您是……"

"我是吉尔·沙普托。"

"是您，沙普托！快请进来。多久没有见到您了。"

"谢谢，亲爱的，确实很久了。我来看你父亲，不过意外的是听说他失踪了，我想知道我能帮忙做些什么。"

一个年轻男子来到门厅，问："甄妮，这是谁？"

"这是我父亲最亲密的朋友沙普托博士。"她又对我说："这是我丈夫霍顿。"

我和霍顿握手寒暄。霍顿是个膀大腰圆的壮小伙子，方下巴，亮眼睛，带着一股聪明劲儿。霍顿关上门，我们一起进了客厅。客厅里已经有一个粗壮、秃顶的矮个男人，蓄着浓密的胡子，霍顿介绍说，那是多森警官。

多森问我："您怎么想到这个时候来这里？"

我犹豫了一下，决定不透露特莫斯的信。我说："我们都曾是奎林·诺法德医学院的学生，我的拜访纯粹是礼节性的。突然来访，现在的事令我十分震惊，我希望我能做些什么。"

"我理解。您怎么知道特莫斯失踪的消息的？"

"昨晚我下了长途汽车就直接去医学院找特莫斯，从那里得知了这个糟糕的消息。"

霍顿夫人用亲切的嗓音说："沙普托博士，从旅馆搬过来吧，我们有很多空房间。"

"亲爱的，你们太慷慨了，我很不好意思。"

"请来吧，博士，别客气。"

"那么，好吧。感谢你们热情的招待。"

"我知道我们一定会找到父亲的。"甄妮的眼里充满了泪水，依然强做出淡淡的笑容，"您一定能见到他。"

又聊了一会儿，多森、我和霍顿一起离开了。霍顿要陪我回客栈收拾行李，甄妮送我们出来。离开霍顿家，走到甄妮听不到我们谈话的地方，我对多森说："我估计特莫斯已经遇害了，我想帮助你找出凶手。"

"沙普托博士，这是警察的事。"

"我的医学知识也许正是你们需要的。"

多森认真地看了我一会儿，说："好吧，沙普托。一小时以后请到我办公室来一起谈谈。"

霍顿帮我在他家里安顿下来，又提议驾车送我去警察局。

"霍顿先生，你来奎林·诺法德医学院工作多久了？"

"四年前我是这儿的学生，可是我不喜欢学医，就申请退学了。然后我去伦敦进了一个一年制的商业学校，等这里财务总管的位置有了空缺，我便提出申请，然后在特莫斯博士的帮助下得到了这份工作。"

"你是在奎林·诺法德医学院时认识霍顿夫人的吗？"

"是那时候认识的，可是不太熟。我和甄妮真正熟悉是在我回来后的头一年，第二年我们就结婚了。博士，到了。"霍顿把车停在警察局的门口，对我说："晚上我们一起吃饭好吗？我们晚上七点开饭。不过我不指望我有多大的食欲。"

"为什么呀，霍顿先生？"

"院里管理尸体的老头儿上星期被人害了。找个顶替他的人相当困难，我暂时带着几个学生做着这个差事。"

"太可怕了。"

"无论如何，今晚您过来好吗？我们等您。"

"好的，霍顿先生，七点见。"

我从看门的警察那里打听到多森警官在二楼。多森警官刚刚向人了解完情况，送人出去。我们一起回到办公室。我问警官："您也认为可怜的特莫斯已经不在人世了？"

"目前只是预感，似乎这种解释的可能性最大。现在要紧的是找到特莫斯的尸体。当前这种情况下，我们甚至不能宣布发生过犯罪案件。如果您的朋友在实验室被杀，处置他的尸体就不很容易，一个人拖着一具尸体走过校园似乎不大可能。"

我提议一起去看看那个管理尸体的老头儿的小屋。这套小住宅只有两室一厅，一间是寝室，另一间是起居室。两间屋子堆满了各种各样新旧不一的收藏品。

多森说："没有什么有意义的东西，我和我手下的人把这儿上上下下都仔细检查过了，沙普托。他收集了很多乱七八糟的东西，我不明白他收集这些玩意儿有什么用。"

"警官，一个人眼中的废品也许恰好是另一个人的财宝。另外，我感觉海格斯凶杀案与特莫斯失踪之间存在着一定的联系。您感觉呢？"

"同感。"

我把每一个坛子里的东西都倒出来，仔细检查："我们可以这样说吧，在这儿发现的任何东西都可能帮助我们解开这两个谜。"

"您不会在这些坛子里发现您需要的东西，沙普托。我们都看过了，都是瓶盖儿、插销、钉子、打火石、粉笔头儿什么的……"

"这些是什么？"我抱起一个罐子。

多森的耐心很快就要磨没了："那是一堆生锈的支架。"

那是一些 4 英寸长的细铁棒，弯成了弧状，顶端有一个向里的钩子，至少有 60 件。

"这些东西是丧葬用品，亲爱的多森。它们被用来夹住死者的上下腭。这是一个非常有用的东西，没有它，死后僵直的尸体就会现出呼叫的模样，让送葬的人非常难堪。"我用一个支架先勾住左手的拇指，用右手模仿人的腭骨，拇指也套在支架的另一只钩子上。

多森从我手中拿过一个，细细查看："他保存这种东西真有点儿病态。"

"您忽略了一个相当有趣的问题，警官，海格斯从哪儿得到它们的？"

多森把支架扔到桌子上："沙普托，这个人恰好是个管尸体的。"

"警官，医学院用的死尸都是从医院买来的穷人的尸体。他们为了一笔数目很小的钱，事先订下了死后遗赠尸体的契约。他们死后不注重遗容，支架肯定不是这类尸体上的。"

"那又怎么样？"

"这个问题稍后解答。"我用手绢包起了两个支架，装进口袋。然后我们继续检查海格斯家的其他物品。我的注意力被屋外一个杂物棚里几件园丁工具吸引了过去。

我问："海格斯在学校里还负责园丁的工作？"

"据我所知没有。问这个干吗？"

"你看这里，这儿有三把长把儿锹，一把尖嘴锹，一个短把小斧头。海格斯不做园艺，又没有菜地什么的，他要这些工具做什么呢？"

我把工具上的土用另一个手绢包好，小心地放进自己的口袋里。

多森皱着眉头说："海格斯是个收藏家。"

"是的，他的收藏爱好给我们带来了诸多疑问。"

检查完海格斯的屋子，多森勉强同意陪我去查看海格斯的工作场地——存放尸体的地方。

我们顺着弯曲的铁梯子往下走了很久，通过一扇大铁门，才进入那屋子。我们点燃了煤气灯，这是一个令人生畏的地方，弥漫着死亡的味道。

警官说："上帝啊，我们在这儿能看出些什么呢？"正说着，铁梯上传来清晰的脚步声，有人喊："是你在下面吗，霍顿先生？"

"不，我们是沙普托博士和多森警官。"我答道。

是两个学生，拿着尸体提取单来领取上课要用的尸体。一个岁数大的学生说："今天琼斯博士那个班要一具男尸，洛克博上的班和病理实验室各要一具女尸。"他们爬上装尸体的桶边的梯子，用钩子捞起三具尸体，然后从靠墙的架子上取下一只水桶，从一个水龙头那儿打满水，又爬上梯子，把水倒入大桶。他们倒了好几次水，直到大桶里的水平面同捞出尸体前一样高为止。我发现一个问题，桶里水平面的高低受到尸体数目多少的影响。

我和多森帮两个小伙子抬着一具尸体出了尸体保存处。之后，我们沿着长长的走廊走向正门。在门口，我看见那位严肃的女秘书正从办公室那边跑过来，她大叫道："警官！快——要出人命了！"

"出什么事了？"

"弗罗德博士要杀厄洛姆博士！"

我们往厄洛姆的办公室冲去。办公室里传来猛烈的碰撞声，弗罗德正按住厄洛姆用拳头猛砸他的脸。我和多森上去一人拉住了他的一只胳膊："弗罗德，快住手，别打了！"

弗罗德拼命挣扎："放开我！厄洛姆，我要宰了你！"

我们把弗罗德拖到一边时，厄洛姆被打得满脸挂花，喘不过

气来。

几分钟之后，我把厄洛姆送到了二楼的外科手术室，看样子他需要休养很长一段时间。

我回到一楼时，弗罗德已经被警察带走了，多森正在向秘书小姐了解情况："你听见弗罗德对厄洛姆说什么了吗？"

"我没听清楚。门是关着的，他们提高嗓门时我才听见弗罗德博士叫嚷什么'销毁记录'。弗罗德博士的神经错乱了，他平时是个很安静的人。"

问讯结束后，秘书走了，只剩下我和多森两人。

"你怎么看，警官？"

"好像是厄洛姆触怒了弗罗德。"

"是的，这事我知道。"

"你怎么知道的？"

"今天早晨我去病理实验室调查，正好听到他们争吵。厄洛姆坚持不同意弗罗德续签合同，弗罗德则越过厄洛姆，直接让校长同意开一个意见听取会。厄洛姆很不满，威胁说不择手段要把他轰走。"

"他能做到吗？"

"能。所以，这个意见听取会对他们双方都至关重要。你对'销毁记录'一事怎么看？"

"据我判断，弗罗德正在进行一项研究工作，这项工作将给委员会留下重要印象，并且他要控告厄洛姆毁坏工作成果。不过，这只是推测。"

我们约好第二天厄洛姆恢复过来后，一起去对他进行问讯。

吃过晚饭，甄妮早早休息了。霍顿邀我到书房，在临睡前喝一杯。

我们谈起弗罗德和厄洛姆的争吵。霍顿认为弗罗德是个很难相处的人，并认为应该对弗罗德对厄洛姆的攻击引起足够的重视，他很有可能与自己岳父的失踪有关。不过，我则认为特莫斯失踪与海格斯被害关系更大。

"霍顿，你和海格斯熟吗？"

"一点儿也不熟，很少有人和他来往。据我所知，他也没有任何亲属。"

"但是作为财务总管，你和他的接触总该多一些吧。至少你在发薪水之前，会去看看他的那些尸体保管如何、数目是否正确。"

"是的，不过我们的接触仅限于此了。"

霍顿暗示我们的谈话到此结束，我们喝下杯中最后一口白兰地，互道晚安。

第二天，我和多森警官去看望厄洛姆。他的脸肿得很厉害，上面布满了伤痕。他有几颗牙齿被打碎了，鼻梁骨也断了，肋骨断了三根，呼吸很吃力。坦率地说，他捡了一条命。

每一个微小的动作都会使他感到痛苦不堪，学院派来的一名大夫给他打了一针麻醉剂。当厄洛姆看上去能够重新讲话时，我们便问起弗罗德说的厄洛姆要毁掉他正在完成的研究成果一事。

厄洛姆的声音含糊焦躁："我没有！他疯了，我甚至连他们正在搞什么都不知道。"

"他们？"

"弗罗德和特莫斯。"

"特莫斯？你是说弗罗德和特莫斯在一起研究项目？"

厄洛姆点点头，迸发出一阵猛烈的咳嗽，吐出一口夹着血和胆汁的黑色浓痰。大夫急忙制止了我们的问讯，我们满怀同情地退出了病房。

我一出房间便问多森：“你知道弗罗德和特莫斯在共同研究一个项目吗？”

多森得意地笑了：“今天早上我从弗罗德那儿了解了这事。他说他以前认为这事并不重要，不值得提，可是现在听起来，不感到奇怪吗？最后一个看见特莫斯活着的人正是跟他合作的人，他最后看见特莫斯的地方是他们自己的实验室，可是这位合作者却声称他完全不知道特莫斯在那儿干什么。”

“你怀疑弗罗德因为工作中的某个争端而杀了特莫斯？”

多森扳着手指头数：“第一，他有压力，必须得研究出成果保住职位；第二，他到现在才承认他一直与特莫斯在某个项目上合作，这项工作对他非常重要；第三，我们昨天了解情况时，他不提他和特莫斯的合作；第四，他是最后一个看见特莫斯的人；第五，我们都看到了，弗罗德天性好斗。”

“这些都是偶然因素，多森。你想，海格斯是怎么回事？你忘记那可怜的老头儿了吗？弗罗德也把他杀了？这解释不通。”

“海格斯的谋杀案与特莫斯的失踪丝毫没有联系，那是个巧合，我们要分开办理。”多森明显感到他自己已经完成任务了。

“真的吗，警官？你没法指控弗罗德犯有杀人罪，你没有足够的证据。”

“弗罗德是个暴躁的人，但并不是个老奸巨猾的惯犯，一审讯他就会承认的，我相信。”

“那么，特莫斯的尸体呢？找不到尸体你就没有实证。如果弗罗德不认罪，你就对他无可奈何。”

多森被我说服了。我们商议过后，决定去见弗罗德。

弗罗德被关在监狱的一个单间里，看起来很惊恐。我给他点上一支雪茄：“我刚去看过厄洛姆，你把他打得好惨。”

"他会死吗？"

"那倒不至于，不过要养好伤需要很久。"

弗罗德软绵绵地说："我不知道我怎么会做出那种事情……他是个可怕的人，非常可怕的人……"

"昨天你想杀了他。"

"是的，非常想。如果不是你和多森拦住我，我真把他杀了。这个职位对我来说太重要了。我没钱，没有家庭支援，我需要这个职位维持研究，而且厄洛姆明白我的研究对我申请延续合同会有很大帮助。他怎么能毁掉我所有的工作成果呢？他怎么能！"

"你肯定他要这么干？"

"我肯定，他讨厌我。"

"特莫斯呢？警察认为你杀了他。"

弗罗德非常吃惊："你说什么？"

"那天晚上实验室里到底发生了什么事？"

"我什么也没有隐瞒，真的。我正收拾东西，特莫斯进来了，他说他要工作一会儿。我们聊了一两分钟我就走了。那就是我最后一次看到他。"

"你们共同研究一个项目，你一定知道他要干些什么。"

"这么说不准确。一开始我们确实合作搞一个项目，而且特莫斯对我帮助很大，他不希望我离开。但我们在一起研究并不久，仅仅一两个星期，特莫斯就把它完全交给我来搞了。他好像彻底埋头于什么新课题的研究，非常神秘，他从不主动提起他的研究情况，我也认为那不是我该问的。"

"你和特莫斯刚开始一同搞的是什么研究，就是你后来独自完成的那个？"

"你知道，这儿是个产煤区，这个地区的大多数男人都在坑道里干活，有许多人死于肺结核。我们在这些人的软组织中，发现了残留下来的煤粉末的浓缩物。煤粉被吸收以后，通过血液最后聚集在嘴部的软组织里，大部分在牙龈和软腭上。我们有可靠的论据可以证明，如果在这些组织中发现了煤粉的存在，就能确定肺部已有类似的感染，必然导致呼吸系统的病变——肺结核的发生。如果我们证明它，对肺结核的早期诊断会有极大的帮助，并且能挽救许多人的生命。不过，沙普托，我不明白这和特莫斯的失踪有什么关系。"

"不仅有影响，而且也许是个关键，弗罗德博士。"我站起来准备离开，下面还有许多事要做。

下午四点钟，我拉着多森来到墓地。

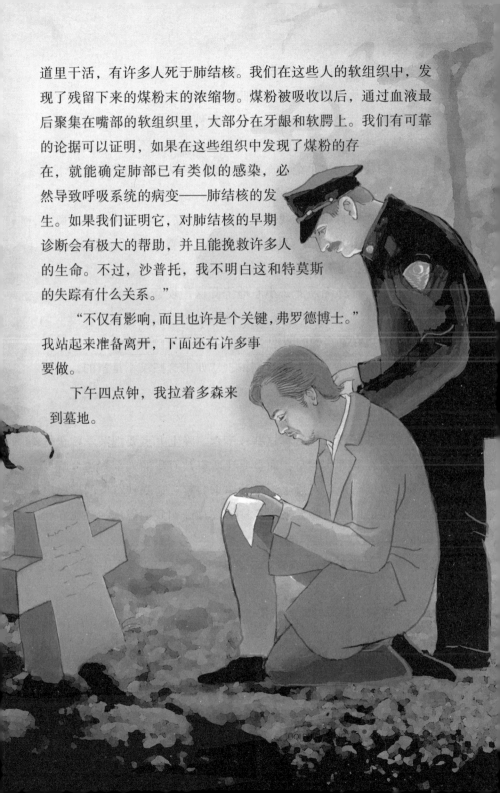

"我们要找什么？沙普托，我的耐心就要没了。"

我迫不及待地跳下车子仔细查找墓碑。

"嘿，就是这儿！完全一样。这种红棕色泥土与奎林·诺法德医学院的土不同，与刚才那几个墓地的土也不同。"我跪在地上，从口袋里掏出手绢，那里面包裹的是从海格斯工具上取下来的土块。

多森警官仔细端详我拿给他的土，然后又与他脚边的新鲜土比较："是一样的，但它又能证明什么呢，沙普托？"我们走回车子，多森十分小心地不让自己踩着任何坟墓。

我说："你无须那么小心地绕开这些坟墓，警官，它们全是空的。"

多森迈在半空中的腿停了下来，他吃了一惊。

我盯着身边墓碑上的日期说："如果这些坟不是空的，我倒会惊讶。"

"你想说什么？"

"现在还没时间解释这些，多森。晚上九点要把医学院全体职员集合在病理实验室，而且要让所有被召集的人都知道今晚九点凶手就要与他们对质了。再派一个警察去通知特莫斯的家属出席。你还可以派一些人来掘开这些坟墓证明我的说法——我向你保证，每座坟墓都是空的。"

多森似乎被我的话弄呆了，但是我坚决的态度让他无法说"不"。

他按我的意思写了几张条子。

"最后一件事，多森，今晚八点来尸体保存处找我。"

"在存放尸体的大桶前？"

"是的，只能在那儿。八点，我会把凶手交给你。"

当我在尸体保存处潮湿黑暗的角落里等待凶手到来时，我已经不像刚才对多森发号施令时那么自信了，意外随时有可能发生。一直等到七点一刻时，我终于听到了楼梯上的脚步声。杀害特莫斯的凶手举着提灯进了屋子，又用提灯点燃了另一盏挂在墙上的提灯，然后取过长钩爬上梯子，站在狭窄的桶边上钩取尸体。桶里的水黑暗混浊，这里面藏着我朋友的尸体。

我在角落里屏住呼吸，一动不动，但不知为什么凶手还是察觉了："是谁在那儿？"

我只好走出来："抱歉，妨碍你了，霍顿先生。你不认为应该把可怜的特莫斯捞上来了吗？"

"沙普托，你说什么？"

"霍顿先生，在多森警官来之前，我想我们可以坦率地谈谈。"

霍顿尖声叫着："你怎么知道的？"

"是那些玫瑰花告诉了我特莫斯在哪儿。"

"玫瑰花？"

"你杀了特莫斯后必须藏好他的尸体，但你无法扛着一具尸体走过校园，所以，你把他藏在了这儿。当然，你必须把他塞到下面，你不能让他和其他尸体一道浮在水面上。不过他的体积，还有你拴在他身上使他沉底的重物，都会让桶里溶液的水平面超出了正常的高度，那太明显了，于是你用虹吸管吸出了多出来的溶液，并把它们倒在后门外的玫瑰丛里。不过你没想到那溶液把玫瑰花杀死了。"

"沙普托，我警告你，往后点！"霍顿举起钩尸体的钩子对着我，我退后了几步。

我从口袋里拿出一个在海格斯家里发现的嘴部支架，举着给霍顿看："你和海格斯保持着良好的合作关系，海格斯盗墓，你来伪造付款的证明。你们从这项副业中捞到的钱比你们的薪水多得多，否则海格斯也不会变得那么贪婪了。他想分更多的钱，你不同意，他威胁要告发你，于是你杀了他。"我开始缓慢地向霍顿走近，想夺下他手中的铁钩。

"至于可怜的特莫斯，在他和弗罗德研究他们的课题时，他发现了死尸牙龈和软腭中的支架。从这一点上，特莫斯知道学院用的尸体不是通过合法途径买的，而是盗墓得来的！"我把手里的支架朝霍顿扔过去，他用长钩子把它打到一边，随即用铁钩子向我刺过来，我尽量小心地躲避他，试图拖延时间。

"特莫斯知道这事一定与海格斯有关，并且知道这种生意没有财务总管做同谋简直不大可能。所以海格斯被害以后，特莫斯得出了结论，那时他写信给我，要求我来看他。就在那天晚上，他把你叫到实验室去对证，你杀了他，销毁了他的笔记，把他藏到了这儿。你不知道这些事弗罗德知道多少，所以你认为你必须偷到他的研究笔记，弗罗德却以为是厄洛姆偷了他的东西，一气之下差点把厄洛姆打死。我分析得对吗？"

霍顿朝我扑过来，我急忙向后闪，但是脚跟不知被什么卡住了，差一点我就要从桶边上掉下去。我知道自己完了，举起双手希望能挡住袭来的一击。突然，我听到一声枪响，霍顿举着长钩不动了。他面无表情，双臂抱住胸抽搐着，跌进了黑浊的水里，无声无息地沉了下去。

我看到子弹打在了霍顿的胸部。

多森适时出现了。他走下阶梯，拾起霍顿掉在地上的钩子，试着想把霍顿的尸体捞上来。

穿羊皮大衣的人

[法]莫里斯·勒布朗

在那个星期天，圣尼古拉村的人很是受了一番惊吓。那天村里的人及附近的农民走出教堂，四散开去，突然，走在最前面已转到大路上的女人们发出惊恐的尖叫，向后狂拥。一辆汽车像个巨大而可怕的怪物猛冲了出来。人们看见一个男人在开车，穿着羊皮大衣，头戴皮帽，鼻梁上架着一副大眼镜。在他身旁，一个女人坐在座椅前部，身体弯曲向前倒，头部鲜血淋漓，悬在汽车发动机罩之上。人们还听见那女人令人毛骨悚然的叫喊，那是临终的呻吟！

在人们狂乱奔逃与惊叫之际，那辆汽车朝着教堂直冲过去，眼看就要在教堂门前台阶上撞个稀烂，却又急转弯擦过本堂神甫住宅的外墙，上了与国道相连的大路，急驰而去。实在是太惊险了！幸运的是汽车急转弯时，从广场上密集的人群中穿过，竟没有人受伤！

"流血啦！"有人大声叫嚷。这地狱般的屠杀场面，使在场的人惊愕得许久动弹不得。

满地都是血，广场的小石子上，被秋季初霜冻得坚硬的泥土上……当人们追那辆汽车时，只能靠这凶险不祥的痕迹指引。血迹沿着大路向前延伸，但十分离奇古怪！在辙印旁边，忽左忽右，蜿蜒曲折地洒着血迹，叫人战栗。那汽车怎么没撞到这棵树上呢？怎么能在汽车还没沿着这斜坡翻倒之前就一直向前呢？这绝对是个新手，是个疯子，是个醉鬼，或者是个惊慌失措的罪犯，不然绝对不会这么癫狂地开车。

"他们在树林里绝对转不了弯！"一个农民嚷嚷着。

"当然不行！这是在翻筋斗。"另一个农民应声说。

圣尼古拉村前行五百米便是莫尔格森林的起始处，这段路笔直，只是在出村时要拐一个小弯，往后路愈来愈陡，在岩石与树木间有个急转弯。要预先减慢车速，才能安全经过那里。

农民们气喘吁吁地来到山毛榉林子边上。

一个农民高喊道："坏了！"

"怎么了？"

"翻车了！"

不知什么神秘的力量造成了这场惨祸。那辆大型高级轿车的确翻倒过来了，扭曲变形，已经坏得要不得了。轿车旁边，躺着一具女尸。女人的脑袋被压扁了，难以辨认，一块巨大的石头就在旁边，穿着羊皮大衣的男人则踪影全无。那男人一定是逃到森林里去了。从莫尔格山下来的工人说，他们在路上连个人影都没看见。

那片树林虽然被称作森林，其实面积并不大，主要是因为树木生长年代久远的缘故。警察和预审推事们先后到来，在农民们的协助下仔细搜索了好几天，一无所获，相反，调查又引起了一个又一个的疑团。

调查发现，那块巨石来自距现场至少四十米的崩塌的石堆。

而凶手竟在几分钟内把巨石搬过来，砸向被害者的脑袋。另外，凶手肯定没有躲藏在森林里，不然早被发现了。最奇怪的是，凶手在案发一星期后，竟然回到山坡转弯处，把羊皮大衣留在了那里。他做这种冒险的事为了什么？出于什么目的？羊皮大衣里，除了一个开瓶器和一条毛巾外，什么都没有。

　　探员只好以汽车为线索去找汽车制造商，他记得那辆车，他说三年前把这辆轿车卖给了一个俄国人，那个俄国人不久又把轿车转卖给别人了。车上没有挂牌照，轿车卖给谁了也无从查找。

　　女死者的身份也不能确认。她的外衣、内衣没有任何商标。她的脸也毁得认不出来了。

　　保安局的密探们到这起神秘灾祸的当事人经过的国道上检查。但没人能证实前一天晚上那轿车经过了那条路。

　　调查还在继续。终于调查人员们得知前一天傍晚，距圣尼古拉村三百公里远，与国道相通的大道旁的一个村子里，一辆轿车曾在一家卖食物的杂货店前停过。司机采购了香肠、水果、糕点、葡萄酒和半瓶三星牌白兰地，还给车加满了油，买了几个备用油罐。车上坐着一位女士，她没有下车。轿车的窗帘是放下来的。一块窗帘动了好几下。商店伙计相信车内还有别的人。

现场没有任何迹象显示有第三个人，如果商店伙计的证言属实，问题就更复杂了。而且旅行者采购了食物，那么，他们到底做了些什么，那些剩余的食物又到哪儿去了？

探员们在回去的路上，在圣尼古拉村十八公里处的两条路的交叉口，遇到一位牧羊人，牧羊人说附近有块被灌木丛遮住的草地，他在那里看到过一些东西和一个空酒瓶。

探员们过去一看，牧羊人的话果真不假。轿车在那里停留过，陌生人也许在那里过了一夜，吃了饭，上午又继续前行。探员们又找到了食品杂货商出售的那半瓶三星牌白兰地的酒瓶。酒瓶在齐瓶颈处被打碎了。砸瓶子的石块找到了，带瓶塞的瓶颈也找到了。在封口的金属皮上，可以见到正常开瓶留下的痕迹。

沿着跟大路垂直的水沟，探员们继续搜索。探员们拨开荆棘，发现了一具尸体。那是具男尸，脑袋被砸得稀巴烂，血肉模糊，生了很多蛆虫。他穿着栗色皮上衣和长裤，衣袋里空无一物。没有证件，没有皮夹子，也没有手表。食品杂货商和他的伙计第三天被紧急招来辨认尸体。他们通过服装和身材，认出死者正是采购食物与汽油的旅行者。

出现了新案情，由于有意外发现，有未料到的证据……这不仅是一宗涉及一男一女两个人的命案——一个人杀死另一个人——而是涉及三个人的命案，两个被害者中的一个，恰好是被指控谋杀女伴的那个男人！毫无疑问凶手是坐在轿车内同行的第三个人，他谨慎地藏匿在窗帘后面。他首先杀死开车的男人，抢劫财物，然后打伤女人，带着她驾车拼命奔驰，奔向死亡。人们原本指望秘密就要揭晓，或者起码调查在探求真相的路上有所进展，然而仍然一无所获。老问题未解决，又添了新问题，对凶手的指控，从一个人转到了另一个人。

　　除了所掌握的这些信息，人们几乎一无所知。那神秘的凶手根本没有消失，他就在那里，他还回到过凶案现场，问题变得更加神秘莫测。除了羊皮大衣，人们有一天拾到了毛皮鸭舌帽。更令人意外的是，探员们在出事的岩石边守候了一整夜，次日早上发现了司机戴的眼镜，眼镜已经破碎，损坏得不能用了。凶手怎么能送回眼镜，而不被探员们发现呢？尤其令人费解的是，他为什么要送回他的眼镜呢？不仅仅是这些，连女人的姓名，男人的姓名，凶手的姓名，都成了猜不出的谜。

　　奇怪的事情还在发生。一天夜里，有个农民必须得穿过森林。他谨慎地带上他的猎枪，牵着两只狗，半路上在黑暗中跟一个黑影迎面相遇。他的两只非常凶猛的狼狗，向矮树丛猛扑过去，开始追踪。没追多久，那个农民立即听到两声可怕的嗥叫，紧接着是垂死的呻吟。随后，是绝对的寂静，农民吓得丢下猎枪撒腿逃跑了。

　　他第二天清早再去时，看到猎枪笔直地插在泥土里，枪托没了，枪筒里插着一枝花——一枝从五十步远的地方采来的秋水仙！而两只可怜的狼狗踪影全无。

　　人们觉得处在沉闷窒息的气氛中，似乎已无法呼吸，双眼已被蒙上，这使最有远见的人也感到困惑。这意味着什么？为什么插这枝花？这宗命案为什么节外生枝？为什么出现这些看似无用的举动？在这些反常现象面前，思维也变得混乱起来。

人们只是瞎忙一气。预审推事一病不起。没几天，接替他的法官承认，这案件他理不出什么头绪。警方逮捕了两个流浪乞丐，随即又把他们释放了。警方追捕第三个流浪乞丐，却未能捉到他，况且也没掌握任何证据。

这件事引起了社会的关注，巴黎某大报往罪案现场派了记者，这位记者在总结他的报道时写了下面一段话："这个偶然事件导致了问题的解决，更确切地说，决定了导致问题解决的整个环境：这是浓重、绝对、垂死的黑夜，毫无解决办法。我重复一遍，我们应该等待上帝的帮助；否则，只是浪费时间。对事件零碎不全的了解，甚至不足提出符合情理的假设。全世界的福尔摩斯之类的侦探们，在这个案件中也看不出所以然来，恕我直言，即使是亚森·罗宾也猜不出真相来的。"

出人意料的是，那家报纸在发表那篇报道的第二天，刊登了一封电报：

我不是什么都能猜到，但是从来不胡说八道。只有对吃奶的孩子来说，圣尼古拉村的悲剧才是个秘密。

亚森·罗宾

报社谨慎地在电文后登了一则声明：我们把这份电报作为资料刊载，但不排除是某位好事者的伪托之作。亚森·罗宾尽管喜欢故作玄虚，但也不至于这样幼稚地摆架子。

电文一刊出，立即引起了轰动。人们记起了那位神奇的冒险家。纷纷猜测，他真的插手这件事了吗？人们被勾起了强烈的好奇心。几天后巴黎那家报纸终于发表了一封著名的信，信写得如此详细，如此不容置疑。亚森·罗宾道出了谜底。下面就是该信的全文：

社长先生：

您向我挑战，抓住了我的弱点。既然有人挑战，我就应战。

我要重申的是，圣尼古拉村的悲剧，只有对吃奶的孩子来说才算是秘密。我根本不知道有谁竟会如此幼稚。我要做个简单的推理，证实这个案件并不复杂。以下就是我的论证：

当一件罪行看起来不自然、荒谬，超出了事物通常的衡量标准，就得去特别的、超自然与超人类的动机中去寻找解释。我说极有可能，因为总应该承认荒谬在最合乎逻辑与最普通的事件中应有的地位。但在这点上，说实在的，怎能不看看荒谬与差异确实存在？

从一开始，案件很明显的反常性使我震惊。

首先，他为什么把受伤垂死的女人放在汽车的前面座位上，在众人都能看见的地方，载着她飞驰？为什么不把她关在车内，或者把她当作死人抛弃在某个角落，就像把那男人抛弃在小溪的荆棘下面呢？

其次，汽车行驶的路线曲曲折折，忽左忽右，开得不熟练，有人也许会说开车的是个新手，还有人说那人是个酒鬼或者疯子……都是合理的假设。但发疯或醉酒都不能使人力气猛增，足以搬动那砸烂不幸的女人脑袋的巨石，尤其是在那么短的时间里。做到这一点，必须有强劲的臂力。我毫不迟疑地从中看到了那种反常性的第二个特征，它主宰着整个悲剧。

还有，只要用一块小石子就可以结果受害者的性命，为什么要搬动那块巨石呢？另外，在汽车可怕的翻转中，那凶手怎么没有死，或者暂时地不能动弹呢？他是怎样消失的呢？接下来他又做了反常的举动，无用而又愚蠢的行为——既然已经消失，他为什么又回到车祸现场呢？扔掉羊皮大衣以后，他为什么在另一天扔掉鸭舌帽，又在另一天扔掉眼镜呢？这些反常的现象，愚蠢的做法，看起来都是那么荒谬。一切都表明那像是一个小孩的作为。更确切地说，那是一个愚蠢疯狂的野蛮人，一个野兽的所作所为。

在羊皮大衣的口袋里找到的一个开瓶器，凶手是否使用过它呢？用过。开瓶器在封口的金属皮上留下的痕迹清晰可见。但是，其余的事对于他来说实在太复杂了，请看一看白兰地酒瓶吧，他用一块石子砸断瓶颈。

他用石头杀死男人，用石头杀死女人，还用石头来打开酒瓶！这是他习惯用的武器和工具。总是遇到石头，请注意这个细节，这是这个人使用的唯一武器与唯一工具。一个野兽，我重复一遍，一个发狂的野蛮人，突然发疯了。它被什么弄得发疯呢？就是这瓶白兰地酒。那野兽一下子把酒喝光了，趁着开汽车的人和他的女朋友在草地上吃午饭的时候。它曾坐在汽车内，穿着一件羊皮大衣，戴一顶毛皮鸭舌帽，跟随主人旅行时它走出汽车，拿起酒瓶，砸开酒瓶就喝酒。

它喝了酒，变得狂躁疯癫，毫无理由地乱砸一气。然后它本能地感到后怕，唯恐受到不可避免的惩罚，于是把男人的尸体隐藏起来，然后它愚蠢地把受伤的女人抱进汽车里，带她逃走。可是它不会开车，却一心想逃走。汽车对于它来说，就代表得救，意味着没人追得上它。这就是整个事情的经过。

"可是钱呢？被偷走的皮夹子呢？"你会问我。

"唉！谁对你说那不是尸体的气味吸引过来的某个流浪乞丐，某个农民所为呢？不一定是小偷拿走了它。"

你还会提出异议："好吧，那么，这个野兽本该被捉住的，既然它躲藏在转弯处附近，它无论如何也要吃东西，要喝水的呀……"

"怎么？难道你没猜到什么吗？"

"没有！"

"你肯定野兽始终在那里吗？"

"当然肯定，证据就是有个农民看见它的影子。两只凶猛的大狼狗也失踪了，也是证据。它像咬死家中的鬈毛狗一样，咬死了两只狼狗，让它们消失。笨拙地插在泥土里的猎枪枪筒，还有那枝花，也是证据……"

为这个荒谬而愚蠢的故事我们已经讨论得太多了，接下来还是去行动吧！您懂吧，最简单的办法，就是直接走向目标。因此，但愿警察局与宪兵队的先生们直接走向那个目标。要带枪去，要在森林里半径为两三百米的范围内搜索，别走得太远。而且，不要只顾低着头，盯着地面去搜索，而是要看着天空，抬头面对橡树最高的枝叶，朝山毛榉最难以达到的高处探望。请相信我，他们将会看到它的。那个畜生正在那里，惊慌失措，正在寻找被它杀死的男人和女人，它寻找他们，等待他们，不敢离开，也不明白它自己做了什么……

而我呢，万分遗憾，不得不留在巴黎处理重要的事情，着手侦查很复杂的案件，我将乐于对这个相当奇怪的案件关注到底。请您代我向司法界的好友致歉，顺便致以崇高的敬意！

亚森·罗宾

司法界与警方的先生们把这当作胡言乱语不屑一顾。但是，当地四个乡绅拿着猎枪去打猎，眼望天空。半小时后，他们发现了凶手，开了两枪。凶手想从一根树枝跳到另一根树枝上，结果掉了下来。它只是受了伤，被人抓住了。

就在那天晚上，巴黎一家报纸在不知道凶手已被抓到的情况下发表了如下一则启事：

杰出的考古学家布拉戈夫先生和夫人已于六个星期前抵达马赛港，在那里租了一辆轿车后，没有了消息。他俩在澳洲居住了很长时间，初次来到欧洲。他俩跟巴黎外国动物驯化园主任通过信，告知他说，他们将带来一个稀奇的动物，一个完全陌生的品种，人们说不清它是人还是猿。

根据布拉戈夫先生的说法，这个陌生的品种大概是类人猿，更确切地说，是猿人，直到这时人们还未证实其存在。这个特别的动物，聪明，善于观察，在澳洲它主人的家里，可以干仆人的活，擦洗他们的汽车，甚至试着开车。它的构造大概跟杜布瓦博士于1891 年在爪哇岛发现的直立猿人完全一致，而它的某些特征似乎支持阿根廷博物学家 M. 阿梅吉诺的理论。阿梅吉诺根据在修建布宜诺斯艾利斯港的挖掘工程期间找到的头盖骨碎片，就能够复原双门齿人。

布拉戈夫先生和夫人怎么样了？伴随他俩的奇怪的灵长类动物又怎么样了？……

多亏亚森·罗宾的指点，人们知道了悲剧的经过，并抓住了凶犯。

那个凶犯被关到了巴黎外国动物驯化园里。它名叫"三星"，它的确是只猿猴，但也是人。它有家畜的温驯与聪明，主人去世，它感到悲伤。但是，它的许多特点使它更加接近人类。它狡猾，凶残，懒惰，贪吃，脾气坏，尤其是嗜酒无度。这就是人们所知的那个可怕故事的结局。

摄像师失踪之谜

[英]伊安·摩森

与路易士太太初次见面时，介绍人对路易士太太夸赞奥波特非常正直善良、意志坚定，而且做事雷厉风行，一定能帮她找回她失踪的丈夫路易士。其实，奥波特自告奋勇前来帮路易士太太找人最重要的原因却是因为他急需一大笔钱。他正在追求漂亮的罗思莱·维尔丝小姐，与这位妙人儿打得火热，要知道，这可需要一大笔钱。他仅仅是殖民部的一个小职员，薪水不高——他一个人花是足够了，但要有更高的追求就远远不够了。

罗思莱·维尔丝正是他最心仪的那种女人，一旦下了决心，他就要想方设法得到自己想要的东西。当然，他也不是傻瓜，他知道自己个子矮，大脑袋，其貌不扬。有一次，他无意中听到罗思莱·维尔丝和朋友谈到他时，称他为"蝌蚪男"，令他揪心不已。他个子虽小却心比天高。为了追求罗思莱，他决定多赚些钱，所以当有人告诉他路易士太太想雇人寻找她失踪的丈夫时，他立刻就动身前往那个叫里兹的小村庄。

这个工作佣金丰厚，而且他这个人向来对私人侦探这一行很感兴趣。此外，罗思莱小姐也在里兹，代表一个社团与工会领导洽谈。他想见过路易士太太后就去找罗思莱小姐，给她一个惊喜。

"路易士太太，你说你丈夫是在由蒂疆去巴黎的火车上失踪的？"

"奥波特，我和你一样也是英国人，叫我伊丽莎白就行。"她说话略带北方口音。

奥波特对她笑了笑，问她："你是英国北方的吧？"

伊丽莎白羞涩地笑了，轻轻摆弄着膝盖上那只镶满了珠子的手袋。从她的衣着不难看出，她觉得自己的丈夫仍活着，她不是寡妇，寡妇通常都穿着一身黑服，而她穿了件乳白色衬衣，一条粉红的拖地长裙，裙边镶着白色蕾丝。

虽然奥波特也告诉她，她失踪了的丈夫很可能还活着，但私下里，他却觉得路易士已失踪六个月，即使活着，很可能也已在外面迷上了别的女人，不大可能回到他妻子的身边了。

伊丽莎白看出了他的心思，告诉他："我肯定我的丈夫不是因为别的女人离开我的，如果他对我不忠，我会觉察到的。他一直对我很忠诚。"

奥波特暗自想，女人们总是过度自信，直到丈夫的桃色新闻炸开了才知道自己的丈夫在外面拈花惹草，但是考虑到路易士太太的情感，他没有说出自己的想法，而改问别的问题："你说你丈夫去法国是为了家族生意，那是什么生意？"

"他是为了去继承一小份遗产。"

看来他不是因为缺钱躲债而失踪，而很有可能是遭到了抢劫。如果他遇到抢劫，被杀了，那么他的尸体和行李又被扔到哪里去了呢？

"你丈夫去法国之前在做什么？听说他是个摄影师？"

路易士太太自豪地笑了，她说："我的丈夫是个天才，他当时在做移动影像。"如果不是亲眼见过路易士做出的移动影像，他一定也会认为是痴人说梦。事实上，里兹之行有两件事让他心里不安。第一件事是他错过了和罗思莱小姐在里兹的见面。罗思莱小姐缩短了她在里兹的行程，消失了，但愿她不要像路易士那样莫名其妙地失踪了。第二件事是他在路易士的那间黑洞洞的工作室里见到了路易士移动摄像创作出的惊人效果。

奥波特也曾和其他好奇的年轻人一样，从手摇机的西洋镜筒里看过移动的画面，每到美女脱衣那幅画面就完了。但那些断断续续的移动画面和路易士太太投射到墙上的画面比起来，差了十万八千里。

路易士太太投放的画面就好像在墙上突然切开一个人窗望到街上，有点雾蒙蒙，却非常逼真。街上马车缓缓行驶，人们疾步行走，和真实场景别无二致。路易士太太倒带重放，马车和人又按原来的路线走了起来。奥波特看得目瞪口呆，非常着迷，一遍又一遍地要求路易士夫人倒带重放，直到胶卷发烫变弯，差点儿引起火灾。

奥波特沿着路易士走过的路线寻，先到了蒂疆，拜访了路易士的弟弟。他是最后一个见到活着的路易士的人。当奥波特和路易士的弟弟在蒂疆火车站握手道别时，他意识到自己现在做的一切都是在重复着几个月前活着的路易士的所作所为，这种感觉很难形容。路易士的弟弟碰巧也叫奥波特。他没有提供什么线索，只是确定说路易士当时看上去有点紧张、兴奋。他说："我当时认为那是因为他手上抱着个大照相机的缘故。"

"大照相机？"奥波特不解地问。

路易士的弟弟耸耸肩，摆出一副对他哥哥不屑一顾的样子。奥波特刚见到路易士的弟弟便已痛心地察觉到他对他哥哥的敌意。他甚至想到路易士的弟弟可能是杀害路易士的凶手。他得查查路易士在蒂疆是否收到了他继承的那份遗产，可目前他还得礼貌地听路易士的弟弟接着唠叨:"我哥哥有一份很体面的工作,在他妻舅生产墙纸的工厂上班。但他对摄影着了魔,整天捣鼓摄影,常常泡在到处是各种难闻气味和危险化学品的工作室里。他最近搞的破玩意好像是做什么移动影像的……就是西洋镜。"

奥波特忍着没告诉他,他哥哥在做一项奇迹般的发明,不是什么破玩意儿。他回想起在工作室和路易士太太一起观看移动影像时,胶卷总是可以适时地倒带重放,以便从各个角度细细观察每一幅画面。如果对路易士失踪的始末也能这样观察,那么他的侦探工作就会容易很多。如果当时有人把路易士和他弟弟在车站握手的移动画面拍下来,侦查的进展也许会顺利得多。

"你认为你哥哥当时抱着的是照相机,而其实是很贵重的可以拍摄移动画面的摄像机?"

"看来你对我哥哥的情况还不大了解吧,那当然不是可以拍摄移动画面的摄像机。"路易士的弟弟冷笑了一声,"如果相机能拍出移动画面,那么蒙娜丽莎就能站起来,走出画框了。他说还有一个问题没有解决,拍不出移动画面。"

路易士的弟弟轻蔑地笑了笑,接着说,"路易士总说有这样那样的技术问题没解决,我猜这次是最后一个技术问题了。他说他已经知道怎么解决了。"

火车长鸣着进站,轰隆隆的声音淹没了他俩的谈话声。路易士弟弟显然想把这个好事的英国人打发走,表现得极不耐烦。奥波特暗想,他是不是该把路易士的弟弟也列为怀疑对象。

当他登上火车时,路易士弟弟轻轻拍了他一下。他回过头,期望他能最后再透露一点线索。路易士的弟弟傻呵呵地笑着说:"你可别像我老哥一样失踪了啊!"

奥波特非常心寒,路易士的弟弟对他哥哥的失踪如此漠不关心。他哥哥的尸体也许就躺在某处铁轨边还未掩埋。火车开动了，他忽然想起了一个问题，于是对渐渐远去的路易士的弟弟大喊："路易士遇到的最后一个技术问题是什么？"

"新型显影液……赛璐珞……巴黎的玛雷先生提供的……"

奥波特听得不是很清楚，火车的轰隆声再加上车站上的人声使周围过于嘈杂。不过，这一切已不那么重要了。他坐了下来，幻想着路易士当时在火车上的情形，试着进入路易士当时的思维状态。

下午2点42分由蒂疆开往巴黎的火车马上要进站了。蒂疆火车站人潮汹涌，每个人都在忙着自己的事，但路易士觉得有人跟踪他。那人又高又瘦，穿着长披风。他拉了拉衣领，觉得心里发毛。

刚才他和弟弟握手道别时，瞥见了那个家伙。上站台等车时，又看见那个家伙站在车站柱子旁。当他与他目光相遇时，那个家伙就压低礼帽，避开他的视线。

火车拖着浓烟开进了车站，车门打开了。旅客涌上了站台，那个家伙消失在人潮中。他对他弟弟挥手道别后就上车去找座位。

他自己小心翼翼地抱着照相机盒，把包递给了身边一位搬运工。突然，他感到有人在盯着他，他扫了一眼，看到几个人登上了其他几节车厢，却没见到那个瘦高个儿。当他从车窗往外看时，却看见了火车门前浓烟中随风翻飞的长披风，那个家伙正径直向他这节车厢走来。他不由得抱紧了胸前的相机，相机的镜头紧紧压着他的胸口。他猫着腰，不想被那个家伙看见，可惜他个子太高，不起作用。

他不想坐下来，却想立刻下车逃走。可搬运工已把他的提包放在一个空位子上方的行李架上。那搬运工奇怪地看了他一眼，招招手让他坐下。他知道这些有点小权的小职员的德性，也只有服从，于是很不情愿地坐了下来，从口袋里摸出了小费。搬运工很满意自己安排好了这个乘客，接过小费，又去为其他乘客服务了。

他坐在座位上，感到非常烦躁，不停地搓着左手上那道又痒又痛的伤口，把口子搓出血来。突然，他看到了那个瘦高个儿出现在他的眼前，而且坐在他的正对面。

那家伙抖了抖斗篷上的雨水，对他笑了笑，似乎没有一个形容词能准确形容那种笑，笑中透着轻蔑，还有些诡异，掺杂着怜悯。他绞尽脑汁终于想到了一个词——凶残。

路易士躬下身，紧张地想着下一步该怎么办。那家伙的鹰钩鼻让他想到了盘旋在约克郡悬崖上空的秃鹰，时刻寻找着下一个可怜的猎物。

虽然奥波特努力尝试投入路易士当时的思维状态，他的思绪却时不时地飘到罗思莱小姐身上。他第一次遇到罗思莱小姐，是在三年前一次社团活动中，她高傲的举止征服了他。她看起来有点像德国人，当时知识分子都崇拜德国人，奥波特觉得自己也是一个知识分子，所以他对罗思莱小姐鞠躬致意。罗思莱小姐说她当时根本就没注意到他，他觉得很尴尬，但他并没有泄气。无论什么都阻挡不了他追罗思莱的信心和热情。从第一次见到她的那一刻起，他就知道，自己和她是天生的一对，并且他坚信，总有一天罗思莱小姐也会像他这样想。

他心满意足地盯着车窗玻璃上自己的倒影，没有注意到窗外逐渐涌起的乌云。玻璃上映出他浓密的头发和茂密的络腮胡须，他自我欣赏了一会儿，便在闷热的车厢里打起了瞌睡来。梦境中，他恍惚又看到了路易士。

路易士汗如雨下，头也随着火车的摇晃声一摇一摆。对面的家伙长着一张三角脸，从未摘过头上那顶礼帽。帽檐在他眉上投下一抹暗影，却挡不住他那灼灼的目光。每一次抬头他都看见那家伙不怀好意的目光。

路易士松了松衣领，觉得心跳越来越急促，呼吸也越来越困难。他感觉空气突然变得又潮又重，令他肺部紧张得透不过气。奇怪的是，别的乘客却像没事人一样，似乎没人注意到他的异常。

事实上，他觉得每个人都像是对焦不准而形成的模糊影像。他使劲睁大眼睛，想看得清楚一点，却一点也不管用，他唯一看得清楚的是对面那个瘦高的家伙凑过来的脸。

那家伙似乎俯身对他说了什么，他没听清，话音在他耳边嗡嗡响。他用力闭上眼，不看那家伙满带嘲弄的脸，体内却感到一阵颤抖的剧痛，痛苦和恐惧让他几乎尖叫起来。他忽然睁开了眼，意识到当时的颤抖是火车在蒂疆郊外铁轨接口处发出的。

火车一过了接口，便开得更平稳了。

他定了定神，觉得自己有点傻——对面那个似乎一直跟踪他的瘦高个儿只是和他一样在蒂疆等着去巴黎的车，二人相遇也只是巧合。瘦高个儿和他上一样的车厢是因为当时下车的大潮汹涌，为避免人潮上了就近的这节车厢，对瘦高个儿的种种猜疑只是他的臆想而已。

为了让自己的思路正常一些，他鼓起勇气，用干裂的嘴唇对瘦高个儿挤出了一丝微笑，逼着自己正视瘦高个儿。瘦高个儿对他说了什么，他却依然听不见。

他对瘦高个儿说："对不起，我没听清。"

瘦高个儿说："你是不是身体有些不舒服？看起来脸色不好。也许是你膝盖上的盒子影响了呼吸。那个盒子看起来很重，我帮你拿好吗？"

他大声推辞掉，把盒子紧紧地抱在胸前，生怕瘦高个儿碰那盒子。其他旅客诧异地望着他，他又变得不安起来，紧紧地靠在椅背上，似乎希望椅子能把他吞进去。他的脑子转得飞快，瘦高个儿又变成那个跟踪他的恶人，要偷走他新发明的相机，偷走他的一切美梦和希望。他必须想个办法摆脱这个家伙。

火车在铁轨相交处猛烈抖动了一下，把奥波特从梦中惊醒，他怎样也抹不去脑海中路易士被人追踪的情形。

追踪他的人想要抢他的相机。路易士太太说过，美国的发明家爱迪生也在研究这个项目。如果路易士真的发明了能拍摄移动画面的摄像机，而且解决了摄像机胶卷的问题，那么那些想把这项发明窃为己有的人，或是破坏这项发明以免其成为竞争者的人就会想要抢走他的相机。奥波特认为，要解开这个谜团，就必须弄清楚路易士和那位追踪者去了哪里。

他从巴黎坐火车来蒂疆时，曾在每一个站点下车，向车站的人了解情况。所有人都说从来没见过貌似路易士的人下过车。

现在奥波特坐的是由蒂疆开往巴黎的火车，所经过的路线与他从巴黎到蒂疆的列车相同。这次虽然见到了路易士的弟弟，可是没有收获什么有价值的线索。

火车驶过静谧的田野，路易士却变得更加焦躁。每停一站，便有乘客下车，车厢变得越来越空。很快车厢里便会只剩他和那个穿着长披风的瘦高个儿了。他猜不出瘦高个儿的想法，那家伙目光深沉、阴冷，像两颗钉子一样把他钉在椅子上。

火车将要进下一站了，这一站叫森思，还有一半的旅程便到巴黎。除了他和瘦高个儿外，车厢里仅剩的两位乘客也站起身来准备下车，他想要跳起来拉住他们，请他们留下来。也许他能劝他们不要下车。如果他们不下车，肯陪他一起去巴黎，他甚至会请他们去首都巴黎观光，他可以请他们去高级餐馆吃饭，请他们住高级饭店，他还可以用他的新式相机给他们摄像，让巴黎的玛雷先生用赛璐珞做的胶卷将他们的影像永久保存。他在脑子里不断地乞求他们，却始终说不出口。

那两位乘客缓缓地下车，走了。

路易士感到膝盖上的相机盒子越来越重，重得难以忍受。他突然想了个能给自己壮胆的主意。他悄悄地把相机镜头对准了坐在对面的那个家伙，虽说相机里的胶卷不如赛璐珞好用，但也能拍摄下那家伙的举动。

他调好了焦距，定定地看着焦距框里那家伙的模样。太奇怪了，通过镜头来看那家伙并不那么吓人，觉得他只不过是个个头高高的普通乘客，被长途旅行弄得很累，一心想要回他在巴黎的家。

每到一站都有人站起来下车，车厢渐渐空了。奥波特用生硬的法语努力试着和乘客们交谈，寻找线索。有些人说他们常在这条线上跑，却没见过大个了、深肤色、长络腮胡子的，抱着个镶着铜边的大盒子的路易士。

一个豁牙的农民和他攀谈了起来，他说："说真的，先生，有时候我都记不起我老婆的名字，不过健忘也不一定是件坏事。"

火车在一个小站停了下来。他向窗外望去，看见站名叫森思。奥波特想也许路易士没走这么远。这时，一个穿着体面的男人上了车坐在他对面。

倾盆大雨从天而降，由于火车前行的惯性，雨柱斜斜地划过窗玻璃。

路易士只用眼角的余光瞟了一眼窗外，他的注意力仍集中在镜头里的那个家伙身上。他掀了掀把手，知道胶卷快用完了，害怕照相机给他们俩带来的沉静即将结束。这种紧张害怕让他喉头发干、心跳加速，几乎昏倒在地。他努力睁开眼，看到了那个家伙眼里露出的凶光。

他又转过头，看窗外的雨柱直直地顺着窗玻璃往下淌。

火车猛然停了下来。

火车的急刹车把奥波特惊醒了，他赶紧抓住了座位的扶手，坐在对面的那位体面的绅士也被震得前俯后仰。

火车猛地停了下来。路易士紧紧地抱住他的相机，从镜头里，他看见那家伙猛地向他扑了过来，风衣像邪恶的蝙蝠高高飘起。

他别无选择，只能动手了。

奥波特向窗外望去，外面一片漆黑，什么也看不见，看见的只有他自己映在窗玻璃上影影绰绰的影子。

"先生，为什么要停车，这里并没有车站啊！"他问坐在对面的男人。

那位衣着体面的人掸了掸大衣上的灰，苦笑了一声，无奈地点了点头，告诉奥波特火车在这里总会停下来。刚才那一阵急刹车弄得他几乎扑到奥波特身上。他说道："两条铁路在这里交叉，这辆车停下来为的是给另一辆火车让路。司机早就知道这里该停，可每次他都好像遇到意外似的来个急刹车。"

奥波特意识到这样的急刹车可以把一个面朝火车尾部坐着的乘客从座位上颠出去。他很庆幸坐在他对面的男子事先做好了准

备，没有颠到他身上。但即使是这样，那位男子仍然未把持住自己，手撑在了奥波特的膝盖上。

奥波特意识到了一条很重要的线索。

火车正要启动时，他摇摇晃晃地站了起来，拿起背包打开车门，跳进了漆黑的夜色中。

路易士跳下火车时摔了一跤，行李袋和照相机摔了出去。他还扭伤了脚，踝关节肿了起来。他连滚带爬地沿铁路边的斜坡往下摸，灌木枝撕破了他的衣服，最后他滚到斜坡底下的水沟里，刚巧躺到了滚在沟里的行李袋上。

他坐了起来，擦了擦脸上的雨水，看见火车头的灯光离他渐去渐远。

奥波特从满是泥浆的水沟里爬了起来，他知道自己的行为有多么疯狂。但是他坚信六个月前路易士也是这样从火车上跳了下来。如果警察在蒂疆去巴黎的各站都找不到路易士下车的线索，那么这里便是路易士唯一可能下车的地方。

刚才那个巴黎绅士说火车总在这里给另一辆火车让路。当时路易士也一定出于某种原因，拿着行李袋和相机从这里跳下了火车。当时是不是有人在追他？那些人追他出于什么目的呢？奥波特的大衣上沾满了泥浆。他拉起衣领，摸到了行李袋，爬出了水沟，走上了一条布满了车辙的乡间小道。他站在路旁，不知道该走向哪里。路易士当时是往哪个方向走的呢？正在这时，他看到左边有一丝灯光透过树梢照了过来。开始他以为是马车，决心向马车夫求救，相信马车夫会停下来帮他这个浑身沾满泥浆的落难者一把。后来他意识到不是马车灯，而是远处树林里一座大房子的灯光。树梢随风摇摆，引得灯光摇摇晃晃。

雨越下越大，为了避雨，他朝大房子走去。围墙的大门由于年久失修，半敞着歪斜在荒草中，门上没写房子和主人的名字。奥波特又冷又饿，他希望不管主人是谁，都能帮他这个夜间的旅人一把。

通往门廊的路也是荒草丛生。奥波特期望房子里有人住，他也的确从楼上的窗户里看到了灯光。这时他听到黑洞洞的楼上发出了凄厉的惨叫，他顿时迟疑起来，不知是否应该打扰住在里面的人。

接待他的是贾斯德医生，一个二十多岁的年轻人。这里是座精神病院，贾斯德是院长。

奥波特私下里觉得他太年轻，管不了这个精神病院。但贾斯德已在当地赢得了一定的声誉，完全能胜任这家精神病院院长的职位，而且为了养家糊口，他也甘愿在这个破旧的精神病院待下去。这位好医生似乎很喜欢他目前在精神病院的工作。他告诉奥波特，目前他正在写一篇论文，研究精神衰弱症和精神分裂症的起因。

奥波特向贾斯德医生讲述了事情的经过，并询问六个月前的深夜是不是也有一位高个子、深肤色的人和他一样来过这里。贾斯德顿了好一会儿，似乎若有所思。当他的目光回到奥波特身上时，显得有几分阴郁。

他笑了笑，指了指这座黑乎乎、孤零零的房子说："大概没有，没有人愿意主动拜访我们。病人们的家属……"他踱了几步想找到合适的词能绕过"囚禁"这个字眼，"病人……和我们住在一起……有的时候付不起医疗费，所以房子破旧也没钱修缮。"

贾斯德医生滔滔不绝地谈起了精神分裂症的诱因，在奥波特听来就像一支催眠曲。突然他意识到医生谈起了路易士的事。医生说："你找的那位路易士失踪了，一点也不奇怪。那个成天研究摄影技术的人对氰化物一无所知。"

奥波特皱了皱眉，问道："医生，氰化物和这件事有什么关系？你是说路易士中了毒？"

贾斯德医生笑着说："四年前有个叫阿克的人发现火棉胶是绝好的胶卷材料，但还没找到合适的定影液。很多摄影师用氰化物、钾和硝酸盐调配成定影液，这种调配毒性很大，不能碰到伤口，人也不能吸进这种气体，否则会中毒。很多摄影师都为此丧了命。"

奥波特记起了路易士的弟弟提过他哥哥用火棉胶，而且成天泡在化学品里。他不由得问贾斯德医生："这种中毒有什么症状呢？"

贾斯德医生说："起先病人会头痛、乏力、焦虑、口干舌燥，后来会变得兴奋、不安、心跳加速，再往后就是昏迷、抽筋、四肢麻木……最后是死亡。"

"看来你对这种毒很有研究。"

"噢，是的。我对这种症状进行过很系统的研究，也在这座房子里观察过好几个研究对象。"

奥波特对贾斯德医生的这种麻木不仁不寒而栗。在这个医生的眼里，那些中了毒的精神病人只不过是研究对象而已。

"那么如果那天他从火车上跳了下来，活下来的可能性有多大呢？"

医生叹了口气，说："如果藏在了某个地方，氰化物中毒发作，心律失常，呼吸困难，即使当时不死，最后还是会孤独、痛苦地死去。"

"那么看来我是浪费时间了。我一直以为他是被对手谋杀了，而事实上他是精神失常，自己折磨自己。"

"不是那么回事，幸好你遇上了我，知道事情的真相，找机会好好和路易士太太谈谈吧！"医生靠在椅子上，对奥波特说，"几里之外有个小村庄，我让我的助手用马车送你过去。"

奥波特还想客气地推辞，医生却说："你今晚最好不要在这儿过夜。我的病人见了陌生人会激动不安的。"

奥波特看到自己的侦查任务已经完成，也就接受了医生的好意。他想路易士一定是不小心中了毒，掉下火车死了。即使没死，也一定是受了重伤爬进树林，毒性发作在荒野中死了。一想到路易士的命运很可能就是他自己的命运，他就心里发抖。

离开精神病院，与医生告别时他轻松了许多，医生举着灯笼一直站在门口目送着他离开。现在，奥波特一心想找的是一家暖和、干净的旅店。

目送奥波特乘车离开后，贾斯德医生回到了屋里，整个精神病院就是他的领地。他关上大门，从口袋里摸出一串钥匙，小心地反锁上大门，转过身，走过空荡荡的大厅。

黑夜就像一张沉甸甸的蜘蛛网，罩在大厅上空，但灯笼发出的光足够为医生照路。医生对这座大房子也是了如指掌，大厅边上通往二楼的楼梯间开了一扇暗门，医生从口袋里摸出另一把钥匙开了门，进去后就立即关上了。

熟悉的尖叫声传入耳中，他踏上了通往地窖的阶梯，一步一步走到地窖门前。那呻吟是从门后发出的。门上方有百叶窗，他轻轻地拨了拨百叶窗，观察着那个最近才来的研究对象。这个研究对象对科学研究、对他的学术声望将做出重大贡献。他仔细观察着这个一阵阵地抽搐着的精神病人。

这个病人长着络腮胡须，恐惧地瞪着墙上的光斑，似乎出了神。墙角放着个镶着铜边的木盒子，很可惜，即使镶了铜边，木盒子里的东西还是砸坏了。现在贾斯德医生明白了，那是这个病人从火车上跳下来时撞坏的。盒子摇起来哗哗响，但这个病人不肯把盒子交出来。病人又开始大声尖叫起来，医生拉上了百叶窗，他知道这种尖叫又要持续好一阵。他很想知道病人瞪着墙到底看到了什么。整日整夜，他都让地窖里亮着一盏灯。其实墙上除了一块煤气灯投射上去的淡淡的光斑，什么也没有。想到一块淡黄的光斑也能让这个病人恐惧，医生费解地摇了摇头。

　　路易士呆呆地瞪着地窖内的那堵墙，墙上的光斑投射出的是瘦高个儿的影子，像真人一样。他觉得瘦高个儿就像在火车上一样坐在他对面，冷冷地盯着他。

　　当时车厢里只剩下他们俩，瘦高个儿脸上渐渐呈现出了猛兽般歹毒的神情，沉默的唇中似乎要吐出几个字："把照相机给我。"路易士心里猛地一沉，目不转睛地盯着他，极力想把他看清楚。但瘦高个儿看起来仍是模糊不清，就好像照片放在显影液里，斑驳不清，得加些钾进去才行。

　　他瞪着眼，预感到不可避免的争斗就要来了。

　　火车猛地急刹车，瘦高个儿的影像摇晃起来，他一跃而起，扑向路易士。路易士举起相机，镜头砸向瘦高个儿的脸。顿时，路易士感到双臂像是骨折般痛得发麻。瘦高个儿缓缓倒向门边，身下压着路易士。门被冲开了，二人摔出了火车，掉进了黑漆漆的夜。

　　路易士发出了惊恐的尖叫。

手杖上的刻痕

[英] 马西阿斯·麦克杜奈尔·鲍特金

当他把那个用牛皮制成的黑色小手提包，小心地放在自己身边的那个空位上时，他才算放下心来。

他是一个魁梧的青年，但是提那个包时，还是费了不少的劲。他很帅气，头发和胡子是黄色的，脸圆圆的，应该是个老实忠厚的人。他似乎有些紧张。这没什么诧异的，他正经历着极大的风险。他身边那个皮包里装着五千英镑。身为赫赫有名的戈华—格兰特银行的职员，正打算将这笔钱从伦敦总部送往两百英里外的一处分行。

以前经常干这项工作的职员，在临行前突然病倒。银行经理不得不临时找人替换，杰姆·潘克就被他选上了。他觉得他高高大大的，身材魁梧，没有哪个人敢惹他。这样，这副重担就压到了杰姆肩上。要是在英国抢购一场足球赛门票，他会毫不犹豫地冲上前去应对任何人，但现在，他就像一个小孩那样惊恐不安。一路上，他的右手一刻也没有离开过那个皮包，好像真的要发生什么事一样。终于到了埃迪斯柯姆联轨站，他已经把自己一个人关进一节头等车厢的单间里，他期盼着火车快速行驶，要走四十七英里才能到下一个车站。

进入车厢的杰姆顿时轻松了下来，他拿出烟斗，点着，一边看报纸上的体育新闻一边放松自己紧张的心情。就这时，火车的汽笛声想起，列车终于开动了。杰姆仍然在看他的报纸，没有注意周围的情况。在他对面的阴影里有个人正鬼鬼祟祟地做着什么，他一直看着杰姆，似乎要打他的主意。看着看着，一个人影晃动了起来，向杰姆这边走来，慢慢地，悄无声息。

杰姆什么也没感觉到，直到一双手卡住他的脖子，用膝盖狠狠地顶住他的胸。杰姆想反抗，但他甚至没来得及使出半点力气，就已经被压在车厢的地板上，一块浸透了麻醉药三氯甲烷的手绢塞在他的嘴里。但他还是拼命挣扎着，他用自己强壮的身体去反抗，他几乎快把歹徒给顶翻了，然而麻醉药还是使他的力气和知觉消失了。他重重地摔在地板上，像死去一样躺在那里。当他迷迷糊糊地醒来后，他的第一个念头就是：钱全没了。此时，火车仍在开动，车厢门仍然锁着，车厢是空的。

他惊恐地在行李架上、座位底下寻找，可是一无所获。杰姆大喊一声："我的钱丢了。"一群人便在瞬间聚集在他身边。杰姆接着说："我的一个装了五千英镑的黑色手提包被人抢走了！"

这时，列车员推开人群走了过来。

"你的包是在哪儿被抢的？"他问这话时似乎半信半疑，因为衣冠不整的杰姆让他觉得不像有钱人。

"从埃迪斯柯姆到这个车站之间。"

"不可能，从埃迪斯柯姆到这个车站之间，我们的车是不停的，而且车厢是空的。"

"我在埃迪斯柯姆时也以为车厢是空的，但我的皮包确实被偷了，而且是在毫不注意的情况下被打劫的。所以，我觉得肯定有人躲在座位下面。"

"现在在座位下面可没有人，不然，你还是把你的情况跟警察讲吧，站台上有个侦探，他或许会帮你。"

于是，杰姆只好将自己刚才经历的一切跟那个侦探说。他非常认真地听完后对杰姆说，在破案之前，他要好好地想一下。

出事后第三天，女侦探杜拉·米尔斯正在她的小客厅里工作，外面送进来一张名片，"格里高雷·格兰特爵士"，一位身材高大的中年绅士走了进来。

"请问是米尔斯小姐吗？"那男人问道，"我的朋友密立森勋爵曾对我谈起过您。我是来向您求助的。我是戈华—格兰特银行的主要合伙人。您可能已经知道铁路上那件抢劫案了吧。"

"我所知道的就是登在报纸上的那些情况。"

"我也无法向您提供更多的情况，因为我也知道的不多。但是因为我对这件事非常关心，所以特意亲自来拜访您。当然了，我来这里的目的不是为了钱，虽然那笔钱确实不少。我为的是银行的信誉。一直以来，我们银行没有发生一起欺诈或舞弊的案件，我们对此引以为豪，但是这次让我有些失望。这可能会对我们银行的信誉造成损害，至于那个年轻人，我是说那个叫杰姆的职员，我觉得他最值得怀疑。如果他是有罪的，我希望他得到严惩；如果他是无辜的，那么我要求恢复他的自由。这就是我来找您的原因。"

"警方怎么看呢？"

"他们觉得肯定是他作的案。因为警方说车厢里没有别人。那时，列车正在飞速前进，没有人能离开车厢，也没有人能进入车厢。杰姆应该是把皮包交给一个预先埋伏好的同伙。"

"警方已经采取了什么行动？"

"警方已经把我们的职员抓了起来，并悬赏重金缉拿一个带着黑色皮包的人。他们已经成竹在胸地表示，自己已经抓到该案的主犯，抓获另一个也是迟早的事。"

"您怎样看？"

"米尔斯小姐，坦白地跟您说，我对这个案子有些怀疑。这个案子看起来好像没有什么疑点，任何人想从全速前进的列车上跳下来是不可能的。但我见过这个小伙子，我还是有些怀疑。"

"我能去看看他吗？"

"要是您能去看他，我会非常高兴。"

同杰姆谈了五分钟之后，米尔斯把格里高雷爵士拉到旁边。

"我觉得有办法了，"她说，"我将接受这个案子，但有一个条件。"

"随便收多少钱都行。"

"不是钱的事。我从来都是在案件结束后才收钱的。我的意思是，格里高雷爵士，你的判断是对的，通过我跟杰姆先生谈话，我觉得他是无辜的，我可以帮他。"

之后，银行撤回原本的起诉，杰姆解除监禁，然后和杜拉·米尔斯乘车从伦敦赶到埃迪斯柯姆。他心中对面前的这个人充满了感激之情，除了向她表达自己的感谢，他也向她谈起了这桩案子的经过。

"杰姆先生，你的那个皮包挺重的，是不是？"米尔斯问。

"是的，不算轻，但我能提着它走上一段不短的路程。"

"你身体素质确实挺好的。"

她用指尖碰了碰他隆起的上臂肌肉，他的脸唰地一下红了起来。

"如果你再看见抢你的那个人，还能认出来吗？"米尔斯问道。

"肯定不行。我当时还没明白怎么回事呢，一双粗壮的手就卡住我的脖子，麻醉药立即塞进了我的嘴里。那时火车大概刚刚开出埃迪斯柯姆九十英里。老实说，米尔斯小姐，您能相信车厢里还有人，我感到非常惊讶，您可能是唯一一个相信这件事的人。

不过我并不怪他们，因为火车当时开得很快，大概每小时六十英里吧。如果换作我，我也不会相信车里还有人的。"

他停顿了一下，继续说："我有一点不明白，米尔斯小姐，您能告诉我他玩的什么花样吗？"

"杰姆先生，少安毋躁，我可以告诉你，但不是现在。先耐心地等一下吧，等到了埃迪斯柯姆，我会找一个有弯把手杖的人，而不是有黑色皮包的人，那时候，谜底或许就会慢慢揭晓。"

他们到达埃迪斯柯姆一周后，一个天气晴好的下午，在他们住的旅馆里，当布朗小姐（杜拉·米尔斯的化名）从楼上下来时，迎面碰见一个身材高大的中年人，腿有点跛，拄着一根结实的橡木手杖，黑色，把是弯的。米尔斯装作很随意似的走过去了，没

有再看他第二眼。当天晚上她和收拾房间的女佣聊天的时候，知道那个人叫麦克·克劳德先生，是做生意的。他已经在这家旅馆里住了一段时间了，有时会坐火车去伦敦，有时会悠闲地骑自行车去乡下。女佣说，那人说话一向和善，是个谦谦君子。

第二天，杜拉·米尔斯又在楼梯上同一位置碰到了那个人。不知道是她不小心还是他没注意，当她靠边给他让路时，她的小脚钩住了那根手杖，把它从那人手里猛地拉出来，手杖从楼梯一直滚到门厅。米尔斯赶紧跑下楼去捡那根手杖，拿回来还给那个商人，并且深表歉意。在这之前，她已经在这手杖弯把朝下的某处，看到 道很深的凹痕，漆都没有了，凹痕刻进了木头。

那天吃晚饭的时候，他们的桌子正在麦克·克劳德旁边。吃到一半，她说自己的表停了，让杰姆看看表几点了。这是个有些奇怪的要求，当时，米尔斯的面前就是钟表，而杰姆转身才能看见。但杰姆还是按她的话做了，他一转身，就与麦克·克劳德迎面相对，克劳德见了他就像见到鬼一样猛吃一惊，瞪大了眼睛。杰姆呆头呆脑地向他看了一眼，脸上没有任何异样的表情。过了一会儿，克劳德先生继续用餐。接着，米尔斯开始弄她的表，或者说做出弄表的样子，这一幕小小的古怪插曲也就结束了。晚饭以后，米尔斯在她的私人起居室里心不在焉地弹着钢琴，她是在沉思。突然，她砰的一声合上了琴盖。

"杰姆先生在吗？"

"我在这里。"杰姆说。

"明天咱们一起骑自行车出去一趟。现在还确定不了几点，不过你得先准备一下，到点咱们马上走。"

"好的，米尔斯小姐。"

"对了，别忘了在你口袋里装上一根结实的绳子。"

"没问题。"

"你有左轮手枪吗？"

"我从没碰过那东西。"

"要是现在给你一把，你会用吗？"

"我真不懂怎么用枪，但是如果抡拳头，我还可以来几下子。"杰姆说。

"拳头是用不着的，只要一把枪就够了。好了，不多说了，准备吧，绳子和自行车。"

"好的，我记住了。"

第二天，他们很早就吃完了早饭，之后，米尔斯在空荡的客厅里找了一个望得见街面的窗户，拿着一本书，蜷缩在沙发上。她一边看着书，一边看着窗外，从这里可以清楚地看到旅馆门前的石阶。九点半左右，米尔斯看见麦克·克劳德先生走下石阶，腿一点也不跛了，推着他的自行车，车把上绑着一个很大的帆布车兜。

看到他出去了，她以最快的速度跑到门口，和杰姆骑着自行车沿街飞驶，这时的麦克·克劳德正在远处的一个街角，快要消失了。

"我们一定要盯住他，"米尔斯说，"这样，我盯住他，你盯着我。我在前面领路，你在后边跟着我。尽可能离远一点，只要看得见就行。我一挥白手绢，你就用尽全力往前冲，听清楚了吗？"

"听清楚了。"

杰姆点点头，跟在后面。三个人就这样每人相隔半英里骑出城区，进入旷野。最前面那个人保持每小时十二英里的速度，虽然有些快，但路面条件很好，所以米尔斯不用费多大劲就能追上，杰姆则要故意放慢速度，这是米尔斯的意思，虽然他并不明白她的真正用意。

麦克·克劳德出城的时候是向着铁路线相反方向去的，现在他开始掉过头来向铁路线骑去。有一次，他回头望了望后面，路上什么人也没有。过了一会儿，他又回头望去，还是什么人也没有，那时候，米尔斯正在拐弯的弯道上。

现在，他们离那个电线被拉断的地点只有大约一英里了。米尔斯对这一带非常熟悉，她知道他们这次短暂的自行车旅行就要结束了。公路在这里是一段长长的、弯曲的缓坡，两边树林繁茂。麦克·克劳德加快了速度，米尔斯也跟着加速，后面的杰姆更是拼命向前冲。不一会儿，麦克·克劳德就骑过了山坡最上面的那段弯道，急转弯下坡骑得飞快，这里树荫浓密。

下坡后半英里，他回头朝来时的路迅速看了一眼，然后突然跳下车。他没看到人，因为米尔斯故意在转弯的地方放慢了一些速度。左边有一道墙，墙前面是一道深沟，一般过路的人不会注意这些。他把自行车一直推到墙根，从车把上解下车兜，爬上墙去。他爬墙的动作相当敏捷，和他的年龄多少有些不符。

这时候，米尔斯已经转过弯来，正好看见他从墙上跳下，钻进树林。她立刻取出白手绢挥舞，接着又骑上车，风似的骑下山坡。杰姆看到了讯号，也加快速度，骑车上坡。

麦克·克劳德放在路边的自行车像是给米尔斯立了一块指路牌。她也翻身越过墙头，落地之后，她仔细地听着、看着。刚开始什么也没发现，过了没多久，她就听到一阵轻轻的树叶摇动的声音从不远处传了过来。米尔斯悄悄地挪了过去，她从枝叶的缝隙中看见一件深灰色的上衣。她又往前走了几步，一个人正背对她跪在地上，身边是一个黑色皮包。米尔斯小心地向前移动，走到快要接近那个人的时候，她突然喊道：

"早安，麦克·克劳德先生！"

那人一惊，转过身来，看见了面前的米尔斯。他嘴里好像骂了一句什么，接着把手从皮包上拿开，伸进了兜里。

"别动！举起手来！快点！"

一支手枪对准了他，握枪的人是米尔斯。杰姆此时也跑了过来。

"杰姆，不要走进我的手枪射程。从左边绕过去，缴了他的枪。现在，用你事先准备好的绳子把他的手捆起来！"米尔斯说什么，杰姆就做什么。当他看到那双粗壮的手时，想起了列车上发生的一切，就又加大力气，捆得更严。

"现在，把那个装皮包的车兜拿起来。"米尔斯说，"你不会嫌重吧？"

杰姆只是笑，他怎么会嫌重呢？

"站起来！"米尔斯对克劳德说。他绷着脸站了起来。"在前面走。我要把你带回埃迪斯柯姆。"

他们走到路边，杰姆把车兜挂在自己的车把上。

"杰姆先生，我可以麻烦你把这位先生的自行车脚蹬卸一个下来吗？"米尔斯说。

"当然没问题。"杰姆不一会儿就卸下来了。

"把他扶上车，"米尔斯对杰姆说，"他得用一个脚蹬骑回去。"听了这话，那个抢劫犯就求饶似的举起了被绑的双手。

"你可以的。我注意到你刚才骑出来的时候是抓住车把中间的，现在回去也应该可以，不是吗？现在你必须得这样，是该为自己做错的事付出代价了。"

一个骑着一个脚蹬自行车的抢劫犯就这样回到了埃迪斯柯姆，随即被押送到警察局。劫犯被抓一事在埃迪斯柯姆全城引起轰动。米尔斯给格里高雷·格兰特爵士发了一份电报，他下午就乘火车赶来了。当晚，他请米尔斯和杰姆吃饭，以庆祝这次来之不易的胜利。

"祝你健康，杰姆先生。"银行家对那位小职员说，"我们

要给你做出补偿。米尔斯小姐，我决定把追回的钱款的一半作为您的酬劳。除了这些，我最好奇的一点就是，您是怎么找到那个抢劫犯和这些钱的？"

"格里高雷爵士，您只要仔细想一下就不难发现，罪犯只要不是傻瓜就不会在这时候带着一个装满钱的皮包在国内乱窜，他知道大家正在通缉他。他的计划是先把皮包藏好，自己也隐藏起来。但是在旅馆看见了杰姆先生，所以，他加快了行动的步伐，而这正是我所希望的，他的行动正是我计划中的一部分。"

"可是您是怎么发现这个人的？在列车以 60 英里时速前进的时候，他怎么离开列车的呢？杰姆，你知道这是怎么回事吗？"

"先生，别问我任何问题。这一切都是米尔斯小姐的功劳，她完全凭自己的力量去对付那个人。我所知道的只是那个家伙的手杖上刻着一个凹痕。但到底是怎么刻的，我就说不出来了。"

"米尔斯小姐，请您尽快揭晓这个谜底吧。"

"格里高雷爵士，我很愿意这样做。您一定同我一样注意到，在电线被破坏的地方，铁路路基垫得很高，电线离列车车厢很近。一个手脚灵活的人很容易把一根像这样的弯把手杖（她一边说一边举起麦克·克劳德那根手杖）钩住两三股电线，把自己在空中吊起来，脱离列车车厢。他会通过惯性沿着电线溜到一根电线杆旁边，这就有可能把绝缘瓷瓶打破。"

"是啊，您说得太对了。不过我还得好好想想，似乎还有些不明白。"

"电线的摩擦，加上人体的重量，会在手杖上刻下深深的凹痕，就像这样。"她把那根手杖的弯把拿给格里高雷爵士看。

"我一看到这个刻痕，就知道麦克·克劳德是怎样在他的手杖弯把上留下凹痕的。"米尔斯有些自豪地说。

从海上漂来的木乃伊

[美]爱德华·D.霍克

　　圣诞节过后几天，我和西蒙·达克抵达巴西的里约热内卢。当时那里依然是炎热的夏天，而我们的出发地纽约则寒气逼人。这次到里约热内卢时，西蒙提前给我打了电话，他说："老朋友，我需要你帮助我。你是当今世界上最聪明的人之一。"

　　"为什么要去里约热内卢，那里有恶魔在等着你吗？"我问道。我们已经相识25年，彼此知根知底。"可能吧，"他回答说，"今天早晨，一位以前就认识的律师打电话给我，说当地发生了一件不可思议的事情。在坎波卡巴那海滩上，发现了一具从海上漂来的木乃伊。"

　　"一具木乃伊！一具干尸？就像埃及金字塔里的那种？"

　　"是的，就是那样的。"

　　"也许木乃伊是从某艘船上不小心掉下来的。它已经很陈旧了吧？"

　　"不，是一具新尸，看了就会让人大吃一惊。死者是那位律师的当事人，是在圣诞节来临的前一天失踪的。"

听了这种情况，我当时就觉得，我和西蒙一定得去里约热内卢一趟了。

我的妻子谢利在知道我要离开家的时候，显得有些不高兴，但她完全能理解我和西蒙之间的关系和工作内容。通常情况下，西蒙专心致志地调查他那些离奇的案件，我则在一旁记录，把他神奇又有些不可思议的破案过程撰写成书，交由我的公司出版。西蒙曾夸张地说，他已追踪了恶魔将近2000年。他说得很夸张，我当然不能相信，但有一点我得承认，他的确是位破案能手。你只要看一下他机警的表情，就会有点相信他说的。

我们在飞机上度过了一段短暂的旅程，很快抵达了里约热内卢。

把我们请来的那位律师叫费利克斯·布赖特，是个美国人，长得非常强壮，年龄在 40 岁左右，是西蒙在纽约的旧相识。当我问及西蒙，那位律师为什么来巴西的时候，西蒙机警地一笑，说："我猜他肯定是陷入了某个金钱的圈子里。当然，巴西和美国之间并没有签订引渡条约。"不管这个律师是因为什么原因来巴西，他在这儿确实干得不错。他的办公室在一座新建的大厦里，站在窗边，眼前就是美丽的大西洋，不远处就是坎波卡巴那海湾。

　　"这是一个非常广阔的海湾，"西蒙说，"尸体是浮在海边的吗？"

　　"对。不过是被海水冲过来的。"

　　"请你具体说一下被害者的情况，好吗？"西蒙对费利克斯·布赖特律师说。

　　"其实我对死者也不是非常了解。他叫塞尔吉·科斯塔，有个弟弟叫卢以兹。他们兄弟俩在下面那条街上开了一家商店，专门经营当地的手工艺品，我平时给他们提供一些必要的法律援助。塞尔吉之前结过婚，不过早已经离了。弟弟还是单身，他们俩住在卡农尔区的一间小屋里。受害者是在圣诞节前失踪的，最开始的时候卢以兹并没当回事，他以为哥哥又是因为婚姻的事去借酒消愁了，后来觉得情况不对，才跟我说的。"

　　"说说尸体的情况吧。"

　　"尸体是在两天前被海水冲到海滩上的，我们发现它的时候它已被香料等涂抹防腐，并用粗绳紧紧地捆着，看上去真像刚从坟墓里挖出来的埃及木乃伊。"

　　西蒙点了点头说："这很像是恐怖组织干的事，他们会用这种办法来吓唬老百姓。在巴西，你们有没有和当地的武装组织发生过冲突呢？"

"没有。而且塞尔吉和卢以兹也不是什么有钱人，即使敲诈也拿不出钱来。"

"也许他们还有下一步棋，"西蒙沉思着说，"塞尔吉的死只是个开始，是杀鸡给猴看，让其他的商人受到威慑，在遭到勒索时乖乖把钱拿出来，不然就是死。"

"这种可能性当然是存在的，但这里还存在另一种可能，这也是我之所以找你来的原因。我记得你对于一些稀奇古怪的事，特别是有关宗教和对各种神灵崇拜的事非常有兴趣。"

"是的，你想说什么？"

"里约热内卢狂热的崇拜者不但对神灵顶礼膜拜，对鬼怪也是如此。"

"你知道魔鬼艾克苏吗？"

"知道。"

"精灵庞帕·吉拉呢？"

"也知道。"

"这样说来，你一定知道海神耶曼雅了。她被描绘成了一位穿着蓝色长袍、一头乌黑长发的美女。过不了多久，在新年前夕，外边的海滩上将聚集起无数的人，他们都是海神耶曼雅的崇拜者。到时，他们会把鲜花、珠宝和一些动物当作祭品扔到海中。如果这些祭品被海浪卷走，就意味着耶曼雅会帮助和保护众生灵；如果这些祭品被海水冲回海滩，就代表她漠视众人的行为，予以拒绝。"

"你是说你觉得……"

"对，塞尔吉是被别人杀死的。他的尸体被当作耶曼雅的祭品扔进海中。但是耶曼雅拒绝了，他被冲回来了。"

听了他们的对话，我开始想，费利克斯·布赖特可能是长期待在里约热内卢的缘故，也受到了当地一些怪异念头的影响，但令我吃惊的是，西蒙看起来竟也一本正经地在听，甚至接受了律师的说法。

"这种可能性的确是存在的，"他赞同地说，"但我想明确知道的是，你对这个案子感兴趣的原因是什么？"

"我是他的律师啊，我为他写下遗嘱，应该对他负责任。所以我觉得，应该找人查出他的死因，找出凶手。我之所以没跟警方说这件事，是因为他们只能做一些常规的判断，这种案子他们并不在行。"

"塞尔吉有什么财产？都是由他弟弟继承吗？"

"无非就是小店的一半股权而已，值不了多少钱。在离婚协议书上，塞尔吉的住房和所有的存款都已经判给了他的前妻。他一直在赡养前妻和两个孩子。"

"这件事我得跟警方沟通一下。"

"你可以找马库斯·奥林斯，他是当地的侦探。如果需要，我可以为你们安排会面。"

布赖特拨打了电话，用葡萄牙语简略地谈了几句，之后就挂上电话，说："已经联系好了，马库斯·奥林斯会在一个小时后和你见面，地点他建议在市内停尸间。马库斯·奥林斯说他会尽一切可能为你提供帮助。如果你在这个过程中得到了什么最新的消息，希望能够尽快告诉我。"

"这样说就不用尸检了吧？"我嘟囔着说。

随后，我就和西蒙一起去了停尸间。

三

马库斯·奥林斯长着黑色的卷发，留着几缕小胡子。他比我想象的要年轻得多。尽管他的手中有一件棘手的案子，但见到我们后，还是满脸堆笑。在做了自我介绍后，他把我们带到了一张用被单盖着的陈尸台旁。

"太恐怖了。"马库斯·奥林斯指着尸体对西蒙说。

"他是如何被害的？"西蒙问道。

"我们怀疑是被毒死的。我们会取下尸体上的一些组织做进一步的化验。当然，尸体本身已经做了防腐措施，所以很难判断出死者被害的确切日期。"

西蒙俯下身去仔细看尸体的皮肤，像在寻找什么。

"你们现在有什么最新的线索，比如尸体为什么被做了防腐处理呢？"

"没有最新的线索，我们国家的工业水平还不是很发达，在山区居住的老百姓生活条件很差，他们死后，常常在进行防腐后被埋掉。我们正在询问所有圣诞节前夕做过防腐处理的承办丧事的人，但如果是杀人凶手亲自为塞尔吉进行防腐，我们就无能为力了。"

"你相不相信，对尸体进行防腐，是祭拜海神耶曼雅的一个组成部分？"

"我可不是有神论者，我是警察，警察在办案的时候，从不牵扯迷信。"

"我想，费利克斯·布赖特律师之所以把我找来，是因为他相信在这个案子中，有一些非常规的因素存在。"

马库斯·奥林斯笑了一下说道："他的办公室正面对着坎波卡巴那海滩，在那里，他很容易就可以看到海滩上密密麻麻的人群。此时此景，换作任何一个人，都可能把自己当作一个神灵。神灵是迷信的产物，对不对？"

西蒙也微微笑了一下。据我观察，他虽然没有直接点头表示同意，但他的表情已经说明了对那位侦探的敬佩之情。或许，他们俩都已经洞察了费利克斯·布赖特性格中的某个方面，但是我没有任何发现。

"我想最后再确认一遍，你们没有找到最新的线索，是不是？"我们就要走的时候，西蒙对侦探说。

马库斯·奥林斯耸耸肩："明天就是新年，是祭拜海神耶曼雅的狂欢之夜，会有数不清的蜡烛在海滩上晃动。大海本身可能不会做出回答，但我到时会过去看一下。"

"我觉得你并不迷信。"

"那当然，不过凶手可能是个迷信者。"

从停尸间出来后，清新的空气让我的心情好了许多。我看着西蒙问："接下来去哪儿？"

"去看一下死者的弟弟卢以兹吧。"

四

塞尔吉和卢以兹兄弟俩很会为商店选择地理位置，他们的商店位于街道最繁华和最热闹的地方。穿过马路，我和西蒙一起走进商店的前门，柜台上放着各种各样的雕刻品和手工编织的小篮子。

"我们马上就要关门了，"站在柜台后面的一个男人说，"家里有丧事。"

那个男人个子不高，胡须刮得非常干净，如果他蓄起胡子，简直就和停尸间里的那个死者一模一样。

"你是卢以兹·科斯塔先生吗？"西蒙问道。

"是的，你是哪位？"

"我来自纽约，这次是专为了调查你哥哥的死因来的。"

"是谁把你请来的呢？我并没有这样做啊。"

"是他的律师费利克斯·布赖特先生让我来的，我对这种案子比较擅长。"

"你是说你这样一位老人要调查杀害我哥哥的凶手？"

"对，没错，所以我今天来找你。我想弄清楚凶手的杀人动机。据你了解，谁最有可能杀害你的哥哥呢？"

"没有任何人，除了他的前妻罗塞塔。那个女人什么事都干得出来。"

"因为婚姻破裂就杀死自己的丈夫，这好像站不住脚。"西蒙说。

"怎么不可能？她把我哥哥的每一分钱都拿走了。弄到最后，我哥哥只能和我住在一起，靠这个小店生活。"

"好吧，你具体说说你哥哥失踪这件事。"

"他是在圣诞节前夕不见了踪影的。我们这个商店不大，平时只要一个人留在店里就行，在圣诞节的时候，我们还找了一个临时工。我哥哥以往都会在圣诞节的时候给孩子们买礼物，那天他也是这么做的。但到了晚上6点钟，他还是没有回来。我刚开始没有想到会出现意外，我以为他跟孩子在一起。直到圣诞节一早，罗塞塔打来电话，我知道出了事。"

"他去过他前妻那儿吗？"

"没去过，至少她前妻是这么说的。我就赶紧给他的几个朋友打电话，问他们有没有见到我哥哥，所有人都说没有。当天晚上，我哥哥还是没有回来，我觉得不能再拖了，就把这件事报告给了警方。"

"后来警方就发现了他的尸体，对吗？"

"对。28号早晨，他的尸体就被冲上了海滩。"

"你哥哥的尸体现在仍放在停尸间里。"

卢以兹点了点头："是的，警方想搞清楚他的死因。今天晚些时候，遗体就可以拿回来了。这就是我急着关门的原因，明天要举行葬礼。"

"布赖特律师说，你觉得你的哥哥是因为感情方面的事外出酗酒去了。"

"我确实这样想过。我非常讨厌那个女人。你知道我们是个信奉基督教的国家，离婚是件非同小可的事，对每个人的打击都非常大，对我哥哥也是如此。"

"只是因为这个原因他就酗酒？"

"对，这不奇怪。"

我站在柜台旁边，随手拿了一个很小的美洲驼石雕说道："这个东西有不短的时间了吧？看上去挺值钱的。"

"原件是哥伦布航海时期的石雕，是秘鲁的国宝，这只是个仿制品。"

我把那个石雕轻轻放回原处，西蒙也问完了他想问的问题。他在看一张兄弟俩的照片，看了一会儿，就告别卢以兹，和我一起走出小店。

"西蒙，你对他的印象怎么样？"我问道。

"现在还很难说。你注意到没有，他们兄

弟俩长得太像了，卢以兹要是留起胡子，真是跟他哥哥一模一样。"

"是啊，我也正在想这件事呢。"

"你知道吗，尸体在防腐以后，就不能再做血型鉴定。防腐的时候，体内的血液会被全部排出，以防腐液替代。"

"什么？你是说躺在停尸间里的可能不是塞尔吉，而是卢以兹？"

"现在还确定不了，我们等着看吧。"

回到旅馆后，西蒙给马库斯·奥林斯打了个电话，询问他有关尸检的情况。那边的消息让他有些失望。

"罗塞塔确定死者就是自己的前夫塞尔吉，指纹鉴定的结果也如此。看来，躺着的那个人是塞尔吉无疑了。"

晚上，我们在旅馆附近的街上散步，走着走着看见一个书摊，我们就停了下来。书摊上摆放着各种宗教的图片和杂志，有在十字架上耶稣的图片、耶稣和十二门徒最后的晚餐等各式各样的图片。

在众多图片中，还有一张画像，画的是一位海浪中的长发美女，她的身边是无数鲜花。

"这一定就是海神耶曼雅了。"西蒙说。

"他们把各种宗教领袖混杂到一起了。"

"在拉丁美洲国家，各教派的教徒是混杂在一起的。"

五

第二天早晨，西蒙说应该去见见死者的前妻了。

"只要是死者的妻子，不论是现在的还是以前的，都是值得怀疑的对象。"西蒙说。

"可是我们现在还不能确定这一定就是谋杀，除非马库斯·奥林斯找到了确凿的证据，证明死者的死因是服了毒药。"

"马库斯·奥林斯刚才在电话中说，他已经找到了证据。我们现在就到那女人那里看看吧。"

我们到那女人的住宅时，全家人刚从公墓回来。我忘了那天是举行葬礼的日子。罗塞塔穿着丧服，在院子里等着我们。她是一位有着一头乌黑长发的美丽女子，让我惊讶的是，我好像在哪儿见过她，只是一时想不起来了。几分钟后，我突然想起，她竟然跟昨晚我们在书摊上看到的那幅海神像惊人地相似。

我看了一眼西蒙，他也正在打量着罗塞塔。

"塞尔吉夫人，您觉得您丈夫会是谁谋杀的呢？"

"不好意思，我纠正一下，他只是我的前夫，我们已经离婚两年了。平时我只是在他来看孩子的时候才见他一面。今年圣诞节，他甚至没有给孩子们买礼物。当时发生了什么事我不知道，不过如果他和那些信徒们混在一起，那就是自找麻烦了。"

"你能够证明他确实曾和他们混在一起吗？"

"我想我得再说一遍，我们已经离婚了，他现在是不是那样我不知道，以前倒是做过那样的事。我现在以当模特来维持自己的生活。一位画家甚至把我画成了一个海神。"

"耶曼雅。"西蒙说道。

"是啊，你怎么知道？"

"我见过，画得确实太像了。"

"他们要我每年都到海滩上参加祭拜海神耶曼雅的活动。今年由于塞尔吉的葬礼我本不想去了，但后来一想，还是决定去了。因为对我来说，塞尔吉已经死了两年了。"

"你不去海滩是对的。我想知道你跟塞尔吉弟弟的关系怎么样？融洽吗？"

"你问这个干什么？"

"据我观察，葬礼结束以后，他就没到这里来。"

"你观察得够仔细的啊。我和他没什么特别的往来。我和塞尔吉离婚以后，卢以兹和他住在了一起。整个离婚过程中，他也是站在他哥哥一边的。"

"你觉得作为塞尔吉的弟弟，他这样做正常吗？"

"这是很正常的事，他们是兄弟。"

"去过他们开的小店吗？"

"离婚之后就再也没去过。"

"好了，再问你最后一个问题，据你的判断，塞尔吉是否卷入过任何犯罪活动？"

"你指的是祭祀活动吗？那些人从事的可不是犯罪活动，除非有人施展什么妖术。"

"我指的不是祭祀，是说其他的事情。"

"没有，我敢肯定结婚以来他从未干过这样的事。至于离婚以后的事嘛，我就不清楚了。"

问完这个问题，我们就离开她家，回到租来的汽车中。

"西蒙，你是不是已经知道了什么？不然为什么要问最后那个问题？"

"没有，知道的和你差不多。"西蒙说。

尽管这样，在回来的路上，我还是一直在考虑刚才的事情。

回到旅馆的时候，桌子上有一张字条，是让我们跟侦探马库斯·奥林斯联系。我们把电话打过去以后，奥林斯说："到警察总署来一趟吧，塞尔吉的案子已经有重大发现了。"

我们刚到警察总署，奥林斯就笑着朝我们走来。

"我们刚刚抓获一个名叫胡安·米拉的秘鲁人，并对他提起了诉讼。"马库斯·奥林斯说。

"是控告他谋杀了塞尔吉吗？"西蒙问。

"对。他还违反了一些海关条例，当然还有别的罪，关键是他已经交代了一切，除了谋杀塞尔吉这件事。但我坚信，他到最后会招出来的。"

"他触犯了什么海关条例？"西蒙问道。

"走私哥伦布时期的艺术品。我可以让你再听一遍胡安·米拉交代的事实。知道吗，我们已经盯他很长时间了。"

马库斯·奥林斯向手下发出指令后，一个又瘦又高的男人被押了进来。他本来可能是不愿意交代的，但我一看他的样子就知道他不得不说：脸上青一块紫一块，走路很是艰难，他身上肯定还有瘀伤。

"过来吧，胡安·米拉，这两位先生想听听你的供词，把跟我说的那些再说一遍吧。"

胡安·米拉坐在椅子上的时候还在不停地挪动身体，看样子身上还是有些疼痛，他想找一个稍微舒服点的坐姿。看到他的样子，我想起了巴西司法审判中在犯人身上用烙铁的新闻报道，他们可以对犯人严刑拷打。警察执刑队在搜出注册在案的犯人时，可以直接处以死刑。在一刹那间，我甚至怀疑塞尔吉是不是就死于警察执刑队之手。但是不管怎样，这只是我的猜测，而胡安·米拉的讲述也已经开始了。

"秘鲁政府对出口哥伦布时期的艺术品有严格的禁令。塞尔吉偶然想出了一个办法，让一些人用亚马孙河上游的一些小型游船，把那些艺术品运出秘鲁。亚马孙河发源于秘鲁的安第斯山脉，距著名的印加遗址不远，游客们常去那里游玩。他们往往乘坐小船顺流而下，进入土著人居住的村庄，这时小船就接近国界了。我是个经验丰富的潜游者，会在小船靠近国界的时候将那些东西放在身上，从水下带入巴西领土，然后再转移到塞尔吉的船上。他买下以后，再转手高价卖出。"

"你把上个星期的事情跟他们说一下吧。"奥林斯催促着。

"圣诞节前一个星期，我打电话给塞尔吉，说有一笔大生意要做，约定见面时间和地点。我们平时很少见面，一年顶多两三次，都是在需要交易的时候才这么做。这一次，我们约在里约热内卢游艇俱乐部里见面。见面后，我把一个包裹交给他，里面装着十六件走私文物。按理说他应该给我钱了，没想到他说，第二天才能把钱给我，我当时就有点生气，这种事情是不允许的。但他跟我解释说，他弟弟已经越来越怀疑他了，不太容易从店里拿钱，他承诺第二天一定把钱给我，地点还在这里。然而当我第二天再去的时候，他却没有赴约，并从此失去了消息。店里也只有他弟弟一人，不见塞尔吉的踪影。"

"说得再清楚些，当时具体是什么时间？"

"圣诞节的前两天。我想尽办法找他。第二天离圣诞节还有一天的时间了，我还问了卢以兹他哥哥去哪儿，他说哥哥已经失踪了。"

马库斯·奥林斯对西蒙说："怎么样，我说得没错吧。胡安·米拉一直在找塞尔吉，他赖账不还，胡安·米拉就把他给杀了。虽然这一点胡安·米拉还没有招供，但也是迟早的事了。"

听了马库斯·奥林斯的话，胡安·米拉露出了极其恐惧的表情："我并没有找到他，我不是杀他的凶手。"

奥林斯冷笑一下，做了个手势，手下就把胡安·米拉带出去了。

西蒙看着我问道："你真觉得那个人就是杀人凶手吗？"

"我觉得完全有可能。"

"也许他并不是凶手，塞尔吉把走私文物拿到手后，可能另外有人把他杀了。"

"还有一种可能是，胡安·米拉撒了谎，他已经拿到钱，而且把塞尔吉杀了。"侦探马库斯·奥林斯说。

"我看，我们还是往回考虑一下吧，"西蒙说，"尸体为什么要做防腐处理？为什么要紧紧地把它捆成木乃伊的样子扔到大海里？如果胡安·米拉是凶手，他完全可以把尸体扔到一个隐蔽的山沟，为什么还要那么麻烦地防腐、做木乃伊，他不是给自己添麻烦吗？这样不是更危险吗？"

但是马库斯·奥林斯仍然固执己见地认为："胡安·米拉肯定是凶手，他只是没有招认，只要他招认，一切都万事大吉了。"

一旁的西蒙有些无奈，他并不认可侦探的这种说法。

因为对凶手是谁一直没有定论，在一次散步的时候西蒙问我："你对这个案子怎么看？"

"我想咱们的观点应该是一致的。这是一场罪犯之间的火并。它复杂的地方在于，被害人究竟是在什么情况下被杀的？"

正走着的时候，我看见前面大楼的窗户里往下扔废纸和旧卡片，其中还夹杂着一卷卷的卫生纸。这让我想起了美国摩天大楼上落下的彩色纸带。今天是新年，抛纸这种行为只是里约热内卢的一个古老风俗。

西蒙看着飘落到身旁的纸片，好像想起了当地庆祝新年的方式。

"今晚我们到海滩看看吧。"西蒙说。

"你仍然认为，塞尔吉是被当作祭祀用的供品而遭谋杀的，对不对？"

"我们总会得到一个结果的。"

晚上，坎波卡巴那海滩上已经挤满了前来祭拜海神耶曼雅的信徒。我们在人群外游荡。走了一会儿，我对西蒙说："这里真像美国加油站那样拥挤。"

"这是他们的信仰，是对海神的尊敬。"

没多久，海滩上就燃起了数万支蜡烛。每一小堆的人群都排成特定的形状。有的是个"十"字形，有的是个圈，中间放着的是给海神的供品。有那么一瞬间，我觉得这个海滩上好像汇集了世界的宗教信徒。我们走到一堆摆放着香槟酒和啤酒的人面前。

西蒙小声地提醒着我："千万不要打扰他们。"

"那些祭拜者也在这里喝酒吗？"

"这只是供品，是用来祈求海神显形的。"

我们走到一大群崇拜者的面前。他们围坐在一尊耶曼雅雕像周围。海神的样子让我想起了罗塞塔。

"快看那里。"

西蒙碰了一下我的身体说。我看到了一个熟悉的身影——让我们来里约热内卢的律师费利克斯·布赖特。他正在和一位抽雪茄的老妇人谈话。他一看见我们，马上停止谈话，向我们走来。

"看见了吧，场面很壮观吧。"费利克斯·布赖特说。

"我没想到会在这里碰见你。"西蒙说。

"为什么没有想到呢？我为什么不能来这里呢？我那位当事人的尸体就是在这附近找到的。我有一种直觉，这些狂热的崇拜者可能会知道些什么。"

"那个跟你说话的老妇人是谁？"

"她叫班伯·英，她可是个传奇人物，能洞察过去、占卜未来。"

"这么说，她也是我要找的人了。"

我们就走到那个老妇人跟前，她一转过脸，我就感到极不舒服，她生得丑陋至极，和耶曼雅的美色有着天壤之别。

"朋友，你需要我为你做些什么？"她问西蒙。

"我需要你为我解释一件事情：塞尔吉·科斯塔是怎么死的？"

听了西蒙的问话，老妇人笑了起来："我为什么要告诉你这些？"

"费利克斯·布赖特先生说你是个传奇人物，能洞察过去、占卜未来。"

老妇人还是一直在笑。

"塞尔吉的死是否和献给海神耶曼雅的祭品有关？"

"这件事就要请耶曼雅说了，我什么都不知道。"

"既然这样，费利克斯·布赖特先生刚才为什么又和你谈话呢？"

"他想知道未来的一些事，他给了我一些钱，我就给他算算。"

西蒙笑笑，给她一张钞票，说："请帮我们也算算，说说过去的一些事，告诉我们塞尔吉的死因。"

她刚想开口，海滩上就出现了骚动。祭拜的人海浪般地朝水边扑去，海滩上只剩下闪烁的蜡烛。这时，费利克斯·布赖特再次出现在我们身边。

他们准备在子夜时分带着献给海神的祭品冲进浪花中。

"不对，"西蒙说道，"应该还会有别的东西。"

在我们的背后，一个土著少年正在卖力地击鼓。周围的人在高声唱歌，远处还有跳舞的人。

"耶曼雅！耶曼雅！"我们终于看见她了！她在无数烛光的照明下，像真正的海神一样从浪花中走了出来。

"不能过来！快回去！"西蒙猛地大叫了起来，我还没来得及阻止他，他已经朝她跑了过去，"快回去！快回去！"

但是，崇拜者的欢呼声已经压过了西蒙的声音。耶曼雅光彩照人地从浪花中向人们走来。我们曾经看到的那张画里的人物真的复活了。当我突然意识到海神就是乔装打扮了的罗塞塔时，一声枪响猝不及防。海神突然摇摇晃晃，鲜血从他身上渗了出来。"快抓住那个凶手！"西蒙高喊着。

我拼命向那个凶手追去，当我就要追上他的时候，他突然掉过头。上帝啊！那张脸竟然是停尸间里塞尔吉的脸！我瞬间怔住了，有些发愣，头脑一片空白。凶手却举枪对着我，我知道，死神已经离我越来越近了。在这千钧一发的时刻，侦探马库斯·奥林斯突然冲了出来，一下子踢倒凶手。这时，他的枪也响了起来，只是子弹是向天空飞去的。我赶紧跑了过去，帮助他对付凶手。

"西蒙，快来看，他是塞尔吉！他根本就没死！"我高声喊道。

但是西蒙一把扯掉了杀人犯脸上的假胡子，"塞尔吉已经死了，这是卢以兹！他杀了自己的哥哥。"抓到了杀人凶手，我们押着他回到了警局。

"罗塞塔可能会摆脱生命威胁，医生正在全力救治她。"侦探马库斯·奥林斯在办公室中对我们说。

"我想不通，真的想不通，卢以兹为什么要杀罗塞塔呢？"我对西蒙说。

"这是因为卢以兹从一开始就犯了一个大错，而这个错误，只有罗塞塔一人能看得出。先从为什么对尸体做防腐开始讲起吧。卢以兹之所以给尸体做防腐处理，最重要的原因就是为了隐瞒杀害哥哥的具体日期。我现在已经确定，塞尔吉早在失踪前的一周就已经被卢以兹给杀了。"

"不可能吧，塞尔吉要留在店里守着，这谁都能看见。再说了，那个秘鲁人还和他在游艇俱乐部见过面呢。"

"是这样的，有一件事你应该不会有什么怀疑：他们兄弟俩的唯一区别就是长不长胡子，是不是？卢以兹在圣诞节之前的一个星期就毒死了他的哥哥，自己戴上假胡须，伪装成塞尔吉。他今晚在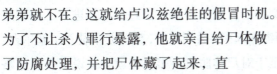海滩上不也是这个样子吗？还有一点，他们在自家的那间小店是轮流坐庄的，弟弟在店中，哥哥就不在；哥哥要是在，弟弟就不在。这就给卢以兹绝佳的假冒时机。为了不让杀人罪行暴露，他就亲自给尸体做了防腐处理，并把尸体藏了起来，直至圣诞节以后才扔进了海里。"

"他为什么要这么做？动机是什么？"

"卢以兹想得到胡安·米拉手里的那批走私文物。我猜想，

卢以兹可能知道一点他哥哥的违法行为，就决定先把哥哥杀了，他就可以独吞那批珍宝了。所以，卢以兹冒充哥哥去和胡安·米拉见了面，拿到了那些珍宝。胡安·米拉却上了当，以为拿货的是塞尔吉，就对欠债不还的塞尔吉恨在心头，但他一直不知道事情的真相。"

"难道胡安·米拉一点也没看出来那人不是塞尔吉吗？"

"你不记得胡安·米拉说他平时很少和塞尔吉见面的吗？一年只有两三次啊。也许当时胡安·米拉给塞尔吉打电话的时候，接电话的不是塞尔吉而是卢以兹。他接了那个电话后，就想杀了哥哥，然后冒充他去拿货。说第二天给钱全是骗人的，第二天他就宣布哥哥失踪了。"

"那个木乃伊又是怎么回事呢？"

"卢以兹不能让警方找到塞尔吉的尸体，也不能让任何人知道塞尔吉早已经死了一个星期。如果走漏消息，胡安·米拉就不会再拿那些珍宝去交易了。既然卢以兹已经对尸体进行了防腐处理，他就把尸体用粗绳捆起来，丢到海里，制造是信徒杀了塞尔吉，丢到海里的假象。至于对尸体防腐一事，也就会被说成是制作祭祀品必需的一个过程了。"

听了西蒙的解释，马库斯·奥林斯非常激动。他问道："今天晚上他为什么要杀死罗塞塔呢？"

"因为他想起自己犯了一个大错误。塞尔吉每年都会在圣诞节前好几天给孩子寄出贺卡，这次却没有。我曾经到邮局问过，如果想让贺卡在圣诞节前到达收件人手中，就得提前五六天寄出。罗塞塔已经对今年塞尔吉没有给孩子们寄贺卡表示了不满。卢以兹知道后就非常害怕。如果罗塞塔意识到这里边的问题并揭发出来，卢以兹就是死路一条。为了避免这样的事情发生，他才乔装打扮枪杀罗塞塔。"

"当罗塞塔化装成海神出现在大家面前时，我就感到有什么不对劲的地方，马上观察人群有什么异常举动。当有人握着枪慢慢抬起时，我就拼命地一边大喊一边朝罗塞塔跑去，告诉她不要走近人群。但当时人们的声音太大了，罗塞塔完全听不到，悲剧就在这个时候发生了。"

侦探马库斯·奥林斯也不得不佩服地点点头。

"西蒙先生，你为什么会对整个案件了解得如此透彻呢？"

"要想明白这些，你就要好好想想这些事情：塞尔吉为什么会突然不给孩子寄贺卡？兄弟俩竟然长得如此像。塞尔吉为什么离奇地中毒而死？想一想，谁最容易给他下毒？只有住得最近的人才行。给尸体做防腐处理需要什么？最需要的是时间和秘密地点。谁有这样的条件？只有卢以兹。而且，他在说整个事件的时候还出现一个大漏洞：他在圣诞前一天告诉胡安·米拉自己的哥哥失踪了。但是他后来跟我们说的却是，知道自己的哥哥失踪是在圣诞节当天的早晨。这就不由人不去怀疑他了。"

听完了西蒙的描述，案件就基本告一段落了。我们和侦探马库斯·奥林斯先生告别后，就来到了海滩上，那里还残留着祭祀海神用的纸带和啤酒瓶。

"看，是费利克斯·布赖特先生吧？"我指着远处一个身影说。

"是他，我们过去看看吧。"西蒙说道。

看见我们过来，费利克斯·布赖特向我们转过了身，"你们已经把案子了结了？"

"对，已经办完了。"

"但是你们并没有为我做什么事啊，你们只是在替警方出力。"

"你把我们找来，是想得到那批文物是吗？作为塞尔吉的律师，你肯定知道他在走私文物。他被杀后，你也一直想得到那些东西，是不是？"

"你怎么会知道这些事情？"

"我是昨晚才知道这些的。昨天晚上，我找那个丑陋的算命女人聊了一会儿，她跟我说那天你跟她聊的内容了，你要算那笔文物藏到哪里了。"

"可她并不知道文物放到哪儿了。"

"她当然不会知道，她那些把戏全是骗人的。"

"但是你现在已经知道那些东西放哪里了吧？"

"我是猜到的，那些文物现在正放在卢以兹小店的柜台上，等着美国的巨商去买呢。"

费利克斯·布赖特长长地叹了一口气。

"我是拿不到那些东西了，它们早在警方那里了。"

西蒙拍拍他的肩说："好了，不要想那些了。新的一年已经到来，忘了那些可恶的想法吧，和我一起回宾馆喝杯咖啡吧，我们就要离开这儿了。"

注定的命运和亡灵

谋杀审判

[英] 查尔斯·狄更斯

　　当我和非常聪明而有知识的人在一起，听说一些非常奇特的心路历程时，我经常发现自己需要一些勇气。几乎所有人都担心他们的故事不能引起听者的共鸣，或是遭到怀疑和嘲笑。一位诚实的旅行者，假设他曾经看到了类似海蛇一样的奇异的生物，他就不应该害怕提到这件事。还是同样这位旅行者，如果他有了一些奇怪的预感、冲动、幻想（所谓的）、梦境或其他一些显著的脑部印象，在他说出这些事情之前，他已好好地考虑一番了。对于一些人的沉默寡言，我把它们归结为与这些主题有关的含混不清。当我们进行客观创作的时候，我们不习惯彼此交流对这些主观事物的经历。

　　不管怎样，在我所要叙述的事情中，我并不打算创立、反对或支持任何一种理论。我了解柏林图书出版商的历史，我曾经研究过大卫·布鲁斯特先生最近创作的那本《皇家天文学家》中妻子的案例，而且我还对我的私人朋友圈中出现的更为奇怪的想法进行过详细地研究。说到这里有必要声明一点，受害人（一位夫人）和我没有任何关系。有些人可能会错误地认为这是我个人经历的一部分——不过仅仅是一部分——而这是毫无根据的。它与我的任何怪癖无关，也与我先前的任何经历无关，更与我此后的经历无关。

这场凶案刚被发现的时候，没有任何嫌疑人——或者我应该这么说，没有人公开认为这个随后被送上法庭的人有重大嫌疑。因为在报纸上没有任何对他的报道，由此可知，报纸也就不可能对他做出任何描述。必须要记住这个事实。

吃早餐时，我打开了我的晨报，继续关注着有关那个首次发现的消息，我觉得它特别有意思，我仔细地读着文章。我把那篇文章读了2遍，如果不是3遍的话。报纸上称事件是在一间卧室里面发生的，当我放下报纸的时候，灵光一闪我不知道该怎么形容，找不到一个词来描述我的状态——我经过自己房间的时候，仿佛看到了那间卧室，就像是一幅图画不可思议地出现在奔腾的河流上。尽管这一刻转瞬即逝，它还是相当清晰的，以至于我清楚地观察到床上并没有死尸。

在一点儿也不浪漫的地方，我出现了这种古怪的感觉，那是在皮卡迪利大街的房间里，离圣詹姆斯大街的拐角很近。这种感觉对我是陌生的，当时我正坐在摇椅里，伴随这奇怪感觉而来的一阵颤抖让椅子开始晃动起来。要说明的是，通过小轮可以很容易地晃动摇椅。

我走到一扇窗户前（房间在2楼，房间里有两扇窗户），看着楼下皮卡迪利大街上移动的物体，让我的眼睛放松一下。那是一个明媚的秋日清晨，大街上欢快的人群川流不息。风很大,当我向外观望的时候,从公园那边吹来了几片落叶,一阵狂风挟带着它们,打着旋。当风稍小些的时候,树叶也就散落一地。我看到马路对面的两个男人,正在从西侧走向东侧,他们一个紧跟在另一个身后。前面的那个男人频频地回头张望,第二个男人跟在他身后大约30步的距离,他威胁性地举着右手。在大庭广众之下的这个威胁性手势的奇异和始终如一吸引了我的注意,但奇怪的是,没有人注意到他俩,他们在行人中穿梭前行着。就我所能看到的,没有任何一个人给他们让路,和他们发生接触,或关注他们。经过我的窗口时,他俩都抬头注视我。我仔细地打量了这两张脸,我确信,不论在什么地方,我都能认出他们。我并没有刻意观察他们脸上的所有特征,走在前面的那个男人看上去愁眉苦脸的,跟在身后的那个男人脸色像不纯净的石蜡。

我是一个单身汉,我的男仆和他的妻子就是我的全部家当。我在一家银行上班,我希望我作为部门主管的责任能像它们通常所被认为的那样轻松。那个秋天,我被留在镇子上,那段时间我处于变化之中。我没有生病,但是我感觉不好。我的工作快要让我的疲倦感达到顶点了,并让我对单调的生活产生了压抑的感觉,另外我还有一些"轻微的消化不良"。我那颇有名望的医生向我保证说,我那时候的身体完全没有问题,我引用他诊断书中的话回答了自己的提问。

随着连环谋杀案的案情逐渐明朗化,对公众的情绪产生了越来越强烈的影响,身处普遍的对此问题的关注之中,我尽可能让自己少了解其中的情况以免受到影响。但是我知道,警方已经对谋杀嫌疑犯提出了蓄意谋杀的罪名,他已经被送进新兴门监狱关押了。我还知道,以一般性偏见和准备辩护所需时间为由,他的审判已经被推迟到下一轮中央刑事法庭开庭。我可能还知道，但我认为我并不知道，何时或大约何时，延期的审判将开始。

　　我的起居室、卧室和更衣室都在同一层楼上，更衣室与卧室相通。事实上，更衣室有一扇门通往楼梯，我的洗浴设施目前——其实已经很多年了——从那个房间通过。而作为同一设施的一部分——那扇门早已被钉死了。

　　一天晚上，我站在我的卧室里，在我的男仆临睡前对他做一些指示。我的脸正对着唯一可以通往更衣室的那扇门，当时门是关着的。我的仆人背对着那扇门。在我和他说话的时候，我看到那扇门打开了，一个男人往里张望着，他很诚挚而又神秘地对我招手。那个人就是走在皮卡迪利大街上的两个男人中的后面那一个，他的脸色像是不纯净的石蜡的那个。

　　过了一会儿，那人向后退去，关上了那扇门。我毫不迟疑地穿过房间，打开了更衣室的门，向里看去。我的手上举着一支点着的蜡烛，我心里并没有指望能在更衣室里看到刚才那个人，而且我确实没有看到他。

　　我知道我的仆人站在那里感觉很迷惑，我转过身对他说：“德里克，你能否相信，在我很镇定的情况下，我想我看到了一个……”正当我把手放在他胸口的时候，他突然开始猛烈地颤抖，并且说：“哦上帝呀，是的，先生！一个在招手的死人！”

　　直到我凑巧碰到他之前，我都不认为这个我认识了 20 多年的、忠实的仆人，约翰·德里克，曾经看到过如此可怕的东西。当我碰到他的时候，他的变化如此令人吃惊，让我完全相信他在那一刻以某种不可思议的方式从我这里证实了他的所见。

　　我让约翰·德里克拿来了一些白兰地，我为他斟了一杯，同时也给自己倒了一点儿。对于发生在那晚之前的事情，我从未向他提过一个字。但我很肯定的是我以前从来没有见过那张脸，除了皮卡迪利大街的那次偶然情况。我把那人刚才在门口招手的表情和当我站在窗口他盯着我看的表情比较了一番，我得出了结论，首先，他试图把他自己绑定在我的记忆中；其次，他确保自己能够被立即回想起来。

那天晚上，我不是特别舒服，这很难解释，尽管我很肯定那个人不会再回来了。第二天白天，我好好地睡了一觉，约翰·德里克在床边叫醒了我，手中拿着一张纸条。

看上去，这张纸条在送信人和我的仆人之间经过了一番争夺。那是一张传票，要求我在即将到来的中央刑事法庭的开庭中充当陪审员。约翰·德里克知道，我以前从未被要求出任这样的陪审团。他认为那种级别的陪审团成员应当在比我等级低的工作行业中挑选，于是，他一开始拒绝接受这张传票。送来传票的人非常冷静地处理了这件事情，他说，我的出席或是缺席与他没有任何关系。于是，这张传票就到了我的面前，我应当亲自来处理这件事情。

在一两天的时间里，我都无法决定是否回应这一传召，或是将它置之不理。不管怎样，我都没有意识到最细微的神秘的偏见、影响或是吸引力。我很清醒自己在这里所说的话。最后，我决定了，就当是打破我单调的生活，我将出席陪审团。

预约的那个早晨是11月份中一个普通的清晨。皮卡迪利大街上弥漫着浓浓的棕色雾气，它逐渐变成了黑色，在圣殿酒吧的东面颜色最重。我借着煤油灯的光亮找到了法院的走廊和楼梯，法庭上也点着煤油灯。我想，直到法警领着我走进法庭，我看到拥挤的人群之前，我都不知道今天就是判决谋杀犯的日子。直到我费力地挤进法庭之前，我都不清楚应该参加两个法庭中的哪一个陪审团。只是这绝对不能作为一种肯定的断言，因为我对自己头脑中的任何一个想法都不满意。

　　我在陪审员的位置上坐下了，透过重重的浓雾，我环视着法庭，感觉其中气氛沉重。我注意到了高大的窗户外面凝结着一层窗帘一样的黑色水蒸气，我还注意到街道上车轮压在废弃稻草上那令人窒息的声响，还有聚集在一起的人群发出的嗡嗡声，人群中不时发出一声尖锐的口哨、高声的歌唱或是对其他人打招呼。

　　随后，两名法官走了进来并坐下，法庭上的嗡嗡声停止了，谋杀犯被带到了审判席上。他出现的那一瞬间，我认出他就是皮卡迪利大街上那两个男人当中走在前面的那一个。

　　如果有人那时候叫我的名字，我都怀疑我是不是答应了。不过，在我的名字被点了 6 次或 8 次之后，我回过神来，答了一声：“到！”当我走上陪审席的时候，犯人开始骚动起来，向他的辩护律师招手示意。犯人反对我的意愿是如此的明显，引起了一阵暂停，在这期间，辩护律师靠在被告席旁，和他的客户耳语一番，并且摇着头。随后我从那位绅士那里得知了犯人所说的话，这些话实在令人惊奇，“反对那个人做陪审员！”但是由于他提不出任何理由，并且也承认直到我的名字被提起之前他从未听说过我，所以，他的反对也就无效了。

　　基于已经解释过的理由，我避免想起那令人生厌的、不受欢迎的谋杀者，而且由于他的详细审判情况对于我的讲述而言是可有可无的，所以，在陪审团成员聚集在一起的 10 天 10 夜中，我尽量约束自己不去提起这些与我自身经历有关的事情。

　　我被选为陪审团主席。案件审理的第二天早晨，在进行了两个小时的举证之后，我无意间看了一眼其他陪审团成员，我发现很难数清他们有多少人。我数了好几次，还是数不清楚。简而言之，我总是多数出一个来。

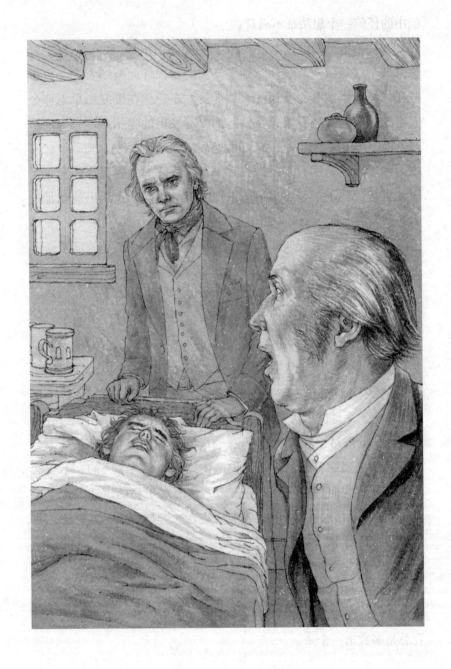

我碰了碰坐在我旁边的陪审员，低声对他说："帮我数一下我们有多少人。"他对我这个要求感到很奇怪，但还是转过头去数人了。"为什么，"他突然说，"我们有13——，不，那不可能。不。我们只有12个人。"

根据我的计算，我们那天仔细数的时候，人数都是对的。但是粗略地看起来时，总是多一个人。没有人出现，也没有其他人来解释这个现象，但是我有预感有人确实来了。

陪审团下榻在伦敦宾馆。我们睡的是一个大房间里的单人床，我们发誓一直都与保护我们安全的警官在一起。我没有理由隐瞒那位警官的真实姓名。他很聪明，非常有礼貌，而且负责任，在这座城市受到尊敬。他的名字叫哈克。

当晚上我们睡在床上的时候，哈克先生的床铺就靠近房间门口。第二天晚上，上床睡觉之前，我看见哈克先生坐在他的床上，便走过去坐在他身边，递给他一小撮鼻烟。当接过鼻烟时，哈克先生的手碰到了我的手，一阵奇怪的颤抖流过他全身，他说："这是谁？"

顺着哈克先生的目光，在房间的那一端，我又一次看到了我曾经见过的那个人——皮卡迪利大街上两个男人中的后面那一个人。我站起身来，向前走了几步，然后停住了，回过身来看着哈克先生。他显得非常冷淡，并以很高兴的口吻说："一时间，我以为我们有13个人，不过我看那只是月亮的影子。"

我没有对哈克先生说什么，而是邀请他和我一起走到房间的尽头，我要看看那个人在做什么。他在另外11个陪审团成员的身边靠近枕头的地方都站了一会儿，他总是站在床的右手边，并且从另一张床的后端经过。从他头部的动作看起来，他正焦急地看着每一张睡眠中的脸庞。他并没有注意到我，或是我的床铺，我是离哈克先生最近的。他似乎要从月光照进来的那个高大的窗口踩着空中悬梯走出去。

第二天早饭的时候，看起来每个人昨天夜里都梦到了那个被谋杀的人，除了我和哈克先生。

我现在可以确定，皮卡迪利大街上走在后面的那个人就是被谋杀的那个人了（可以这么说），仿佛他直接向我证明了这一点。

审判的第五天，当审判接近尾声时，受害者的一个小塑像被作为证据提交到法庭上。在案发现场，警察并没有在他的卧室中看到过这个东西。后来有人在一个隐秘的地方发现了它，那人还看见凶手正在那里挖坑。经由证人确认之后，它被送到法官席上，随后传至陪审团以供检视。当一位穿着黑色长袍的警官拿着它从我身边经过时，皮卡迪利大街上的第二个男人从人群中一跃而出，从警官手中夺过塑像递到我手中，同时用低沉而空洞的声音说："我那时候还很年轻，我的脸也没有被抽干血。"这一幕同样发生在我将塑像传递给其他陪审员的时候，以及陪审员之间传递这个塑像的时候，但是，他们当中没有人觉察到这一点。在所有的陪审员传阅一遍之后，塑像又回到了我手中。

在餐桌边，当然了，我们都处于哈克先生的保护之下，我们对今天的审判过程好好地讨论了一番。第五天，案件审判结束了。面对摆在我们面前的问题，我们的讨论既热烈又认真。陪审员中有一名教会成员——我所见过的最愚蠢的蠢蛋——他对明摆着的证据提出了荒谬的反对意见，他还得到了两个优柔寡断的教区寄生虫的支持，这3个来自一个地区的陪审员狂热地认为，他们要对500名杀人犯实行他们自己的审判。当这些头脑错乱的人大声宣扬他们的观点的时候，我们中的一些人已经准备睡觉了。这时，我又看到了那个被谋杀的人。他忧愁地站立在他们身后，向我招手。当我向他们走过去并加入他们的谈话时，他突然不见了。这只是他在我们那个长长的房间里面频繁现身的开始。无论什么时候陪审员聚集在一起时，我都能在他们中间看到那个被谋杀的人。当他们的言语不利于他的时候，他就会严肃而又不能抑制地向我招手。

我注意到，在那个小塑像出现在第五天的法庭上之后，我就再也没有在法庭上看到它出现过。现在那个人就出现在法庭上，只是他再也不对我说话了，而是冲着正在发言的人讲话，例如被谋杀的人的喉咙被直直地切断了。在公开辩论的时候，有人暗示受害人的喉咙可能是他自己割断的。就在这时，那个人——他的喉咙就像被提及的那样（这里不得不提前隐去）——紧紧地站在发言人的身边，一次又一次地划过自己的气管，一会儿是右手，一会儿又换成左手，他强烈地向发言人暗示自己用任何一只手都不可能造成那样一个伤口。再比如，一位让人——一位妇女——说犯人是最和蔼可亲的人。在那一刻，那个人站在她面前的地板上，直直地看着她的脸，伸手指着犯人那张邪恶的面容。

让我印象最深的第三个变化也是所有变化中最显著、最令人震惊的。我没有将它理论化；我只是很精确地描述它，然后将它放在那里。尽管那人的出现并没有被那些他对着讲话的人察觉，但是他靠近这些人时我总能发现他们在颤抖或心神不安。对我来说，这些迹象似乎是可以预防的，但依据法律我没有向其他人揭示这一点的责任，而且他仿佛能够无形地、无声地并且暗暗地遮蔽他们的思想。当首席辩护律师暗示案件为自杀时，那人站在这位学识丰富的绅士旁边，令人可怕地锯开了自己已经受伤的喉咙，不可否认的是，辩护律师这时候突然支支吾吾起来，几秒钟的时间里都无法继续他的发言，他用手帕擦着前额的汗水，脸色变得异常苍白。当那位证人面对被害者的时候，她的眼神直直地跟着他手指所指的方向，非常犹豫地看着犯人的脸。

另外两个例子更具说服力。在审判的第八天，我和其他陪审员在法官返回之前一小会儿回到了法庭。那人站在陪审席上看着我，我一直以为他已不在那儿，直到我无意间将目光转向走廊时才看见他向前弯着腰靠在一位非常端庄的夫人身上，好像无论法官是否回来，他都要确保自己为人所信服一样。突然，那位夫人大叫了一声，晕了过去，随后被人抬了出去。同样的情况也发生在主持审判的那位令人尊敬的、有远见的、耐心的法官身上。当案件结束时，他整理了下自己的衣服，并收拾好文件。这时，被谋杀的人从法官门中走进来，走到法官席前，非常急切地看着法官手中的文件。法官转过身来，脸上的神情发生了变化，他的手停在空中，紧接着我非常熟悉的一阵颤抖流过他的全身，他结结巴巴地说："请原谅，先生们，混浊的空气让我感觉不太舒服。"直到他喝了一杯水后，他才恢复过来。

　　在单调的6天里，同样的法官坐在法官席上，同样的谋杀犯关在被告席里，同样的律师坐在桌边，同样的问题和答案回响在法院的屋梁之间，同样的人流涌进涌出，有自然光的时候，在同样的时间灯就被熄灭，下雨天落着一样的噼里啪啦的雨水，日复一日，狱吏和犯人在同样的木屑上留下同样的脚印——所有的这

些都千篇一律，让我感觉我好像已经做了很长时间的陪审团主席，皮卡迪利大街在同样的时间里如巴比伦一样闪耀，我能够看到被谋杀的那个人的每次现身。作为一个事实，我不能省略的是，当我叫着被谋杀人姓名的时候，我从未见过被谋杀的人看着那个杀人犯。我一次又一次地想："他为什么不去看他呢？"他从来都没有那么做过。

那个小塑像出现之后，他就再也没有看过我，直到审判最后时刻的来临。晚上差7分10点的时候，我们退席考虑。那个愚蠢的教会人员和他的两个优柔寡断的寄生虫给我们带来了大麻烦，我们不得不两次返回法庭，请求从反复宣读的法官记录中摘录部分内容。我们当中的九个人对这些记录毫不怀疑，我想法庭上的人也是这么认为的。我们最终成功得出了陪审意见，随后陪审团返回了法庭。

那时，被谋杀的人站在陪审席的正对面。当我坐下时，他的眼神极为关注地看着我，他看上去很满意。当我给出陪审团裁决时，"罪名成立！"一切都不见了，他所站的地方空空如也。

在执行死刑之前，法官询问杀人犯是否还有什么话要说，他模糊不清地嘀咕着什么，他所说的话出现在第二天的主要报纸上，那只是一些不连贯的、断断续续的、只能模糊听清的话语，他被认为是在抱怨对他的审判不公平，因为陪审团的主席对他有所反感。实际上，他所说的话是这样的："我的上帝呀，当那个陪审团主席走进来的时候，我就知道我是一个注定了命运的人。上帝呀，我就知道他不会放过我的。因为，在我被捕之前，那天晚上他不知怎么来到了我的床边，叫醒我，然后把一条绳索套在我的脖子上。"

克罗普斯堡要塞

（节选）

[国籍不详] 拉尔夫·A.克兰姆

　　许多年前，我的祖父死后不久，麦特真来到我们这里，那时候我还是一个小女孩，我太小了什么事情都不记得了，除了那些让我非常恐惧的可怕事情。两个曾经跟着我祖父学习绘画的年轻人从慕尼黑来到布利克斯莱格，他们一部分是为了绘画，另一部分是给自己找点乐子——"捉鬼"。正如他们自己所说的，他们是非常敏感的年轻男人并且以他们自己为骄傲，他们嘲笑一切形式的迷信，特别看不起那种相信鬼神并且害怕鬼神的人。你知道，他们从来都没有见过真正的鬼魂，他们属于那种没有亲眼看到就决不会相信的人——那些在我看来特别狂妄的人。他们知道，在低谷里有着许多漂亮的城堡，他们猜想，而且确实如此，每个城堡至少有一个与之相关的鬼故事——于是他们选择这里作为他们的狩猎地，只不过他们的猎物是鬼魂而不是羚羊。他们的计划是去查探每一个据说有鬼出没的地方，拜访每一个出名的鬼魂，然后证明实际上它们根本不存在。

　　那时候，在山谷下有一座小旅馆，一位名叫彼得·罗斯科普夫的老人经营着它，那两位年轻人将这里作为他们的指挥部。第一个晚上，他们就开始从年迈的旅馆主人那里探听所有的和布利克斯莱格以及它的城堡有关的传说和鬼故事。旅馆主人是一位年老的绅士，他讲述的在齐勒阿谷出口附近城堡的鬼故事让两个年轻人欣喜若狂。这位老人对自己所讲的每一句话都深信不疑，所以你可以想象出他的恐惧和惊慌了，在向他的客人讲述克罗普斯堡和那鬼魂出没的监狱之后，两个年轻人里面较年长的那一个，我忘了他姓什么了，只记得他的教名是鲁珀特，平静地说："您的故事很精彩，我们明天晚上将在克罗普斯堡的监狱过夜，希望您为我们提供所有我们可能要用到的物品。"

老头差点儿掉进火堆里。"你是不是砖头脑袋啊？"他大叫着，瞪着大大的眼睛，"我告诉你，那监狱是艾伯特伯爵鬼魂出没的地方！"

"这就是我们明天晚上要去那儿的原因了，我们想认识一下艾伯特伯爵。"

"但是，以前有一个人在那里待过，第二天早晨他就死了。"

"他真够笨的。我们有两个人呢，而且我们都带着左轮手枪。"

"可那是一个鬼啊，我跟你说，"旅馆主人几乎尖叫着说，"鬼会害怕火器吗？"

"不管它们怕不怕，反正我们不怕它们。"

这时，较小的那个年轻人插话了——他的名字叫奥托·冯·克莱斯特，我记得这个名字是因为我以前的一位音乐老师也叫这个名字。克莱斯特很不体面地辱骂那位可怜的老人，并告诉他，他们不管什么艾伯特伯爵和彼得·罗斯科普夫，反正是非要在克罗普斯堡过夜不可，而且他还可以充分利用这一点高高兴兴地挣大钱。

一句话，他们最终威逼这位老人屈服了。当第二天清晨到来时，老人着手为这个自杀行动做准备，每当他想到这一点，就不停地叹息，还不停地摇头。

你知道，那个城堡现在除了烧焦的墙壁和坍塌的砖石碓外，什么都没有。在我告诉你这些的时候，那个监狱还被部分保留着。不过它最终也于几年前被一群从珍巴哈来此度假的淘气男孩们给烧毁了。当捉鬼者来到这里的时候，尽管城堡的第一二层已经倒塌进地下室了，但是第三层还保留在地面上。农夫说那一层不会倒塌的，它将一直矗立到审判日来临的那一天，因为邪恶的艾伯特伯爵就是坐在这里看着大火吞没雄伟的城堡和他囚禁的客人的，这里也是他最终上吊自杀的地方，他死的时候穿着他中世纪的祖先——克罗普斯堡伯爵传下来的那套盔甲。

没有人敢去碰他，所以，他在那里吊了 12 年。在这段时间里，冒险的男孩和胆大的男人经常爬上塔楼的楼梯，从门缝中向房间里张望，那里面既有杀人犯也有受害者，他们慢慢地回归尘土，正如他们本身来自尘土一样。最后，艾伯特伯爵的尸体消失了，没有人知道它去了哪里。又过去了 12 年，那个房间一直空空如也，除了年久的家具和腐烂的吊索。

当这两个人爬上楼梯走进那间闹鬼的屋子时，他们发现那里面的东西和现在的都特别不一样。房间原原本本地保持着艾伯特伯爵火烧城堡那一夜的样子，除了悬挂在那里的盔甲，原本穿着它的艾伯特伯爵的尸体早已不见了。

没有人敢跨过那道门槛，我认为，40 年来没有任何生物走进过那间恐怖的房间。

房间的一边是一张巨大的用罩盖着的黑木床，上面的缎带饰物已经发霉了。床上的铺盖摆放得整整齐齐，一本打开的书，面冲下放在床上。房间里的其他家具就是几把旧椅子、一个雕花的橡木柜子，还有一张巨大的镶嵌着花的桌子，上面堆满了书本和纸张，桌子的一角放着两三只瓶子，瓶子底部有着黑色的沉淀物，还有一杯同样有黑色沉淀物的葡萄酒，已经被倒在杯中差不多半个世纪了。墙上的挂毯长满了绿色的霉菌，但是却没有破裂或脱落。尽管每一件东西都覆盖着40年的厚重灰尘，但是这个房间并没有遭到进一步的破坏。在菱格窗户的窗台上没有看到一个蜘蛛网，没有任何老鼠牙印，甚至没有一只死虫子或是死苍蝇，这间房间似乎彻底与生命绝缘了。

这两个人好奇地打探着房间，而且我敢确定，他们没有一点敬畏的感觉或是无知的恐惧。但是，无论如何，他们感到了一种本能的畏缩，他们什么也没说，而是很快开始动手整理房间好休息一下。他们决定不去碰那些一点儿都没有改变的东西，于是，在一个角落里，他们用旅馆里的床垫和亚麻布为自己铺好了床。他们在巨大火炉里那已经熄灭了40年的、结成硬块的炉火灰烬上添加了许多柴火，他们把一个旧箱子里的东西都倒在桌子上，摆满了他们晚上消遣的东西：食物、两三瓶葡萄酒、烟卷和烟草，还有他们不能分开的旅途伙伴——棋盘。

他们俩做完这一切，旅馆主人甚至不愿意走进外面庭院的围

墙。那个老人坚持自己已经从整个事情中摆脱出来了，就让愚蠢的笨蛋们自己走上不归路吧。他不会帮助他们了，更不会教唆他们的。其中一个稳重的年轻人将装有食物的袋子、柴火和床铺放在了盘旋的石头楼梯上，以确保钱财、祷告、威胁都不能把他带进被诅咒的围墙里。黑夜降临得如此之快，当他们在房间里为夜晚的准备忙碌时，他害怕地看着那个浮躁的年轻人。

终于，东西都准备好了，在最后一次去旅馆吃了晚饭之后，鲁珀特和奥托在日落时出发前往要塞。一半的村民都跟着他们——因为彼得·罗斯科普夫将整个故事都告诉了这些目瞪口呆的人们——好像行刑一样，敬畏的村民都默默地跟着这两个年轻人，很好奇地想知道他们是否能将计划付诸实施。但是没有人敢走进楼梯外面的门廊，因为它在夜色中已经渐渐模糊了。在一片寂静中，村民们眼看着这两个有勇无谋的年轻人手提着自己的性命，走进了那座要塞。要塞像一座塔楼矗立在石堆中间，那些石堆曾经是它的围墙并且连接着城堡的大半部分。过了一会儿，楼上的窗户出现了一道灯光，村民们叹了一口气，离开了。他们麻木地等待着，直到第二天清晨的到来并证明他们的害怕和警告的正确性。

捉鬼者升起了一堆高高的火焰，点亮了许多蜡烛，坐下来等待事情的发展。

后来鲁珀特告诉我的叔叔说，他们一点都没有感觉到害怕，只是怀着迫切的好奇心，他们胃口很好地吃了晚饭。那是一个长长的夜晚，他们下了很多盘棋，等候着午夜的到来。一个小时一个小时地过去了，没有出现任何事情打断这无聊的夜晚。他们给火堆添了一些柴火，点燃了新的蜡烛，察看他们的手枪——继续等待着。村子里的钟敲响了 12 点，钟声透过高高的窗户传了进来。什么事情都没有发生，这里仍然一片寂静。带着一丝失望，他们互相对看着，知道他们自己受了冷落。

终于，他们决定不再干坐着，也不让自己继续无聊下去，他们需要更好的休息。于是，奥托躺到了床垫上，立刻就睡着了。鲁珀特又坐了一会儿，抽着烟，透过模糊的玻璃看着外面的星星，火堆都熄灭了，奇怪的影子在发霉的墙上神秘地移动着。天花板中央橡木横梁上的铁钩令他着迷，他一点儿也不害怕。就是在那个钩子上，12年，冬夏变换的12年，杀人犯和自杀者，艾伯特伯爵的尸体穿着奇怪的中世纪盔甲，在那里悬挂了12年。艾伯特伯爵将人们聚集起来进行狂欢，谁曾想这竟是最后一次的放荡，等待他们的是可怕的死亡。那是多么奇怪而又残忍的想法，年轻英俊的贵族在放荡者的狂欢里毁灭了他自己和他的家族，他把那些放荡者聚集到一起，只知道爱情和享乐的男男女女，享受着最后一次辉煌而又可怕的奢侈放荡。随后，当他们都在舞厅跳舞时，伯爵把门锁上，连同里面的人一起，点燃了整个城堡。这时候，他坐在宏伟的要塞里面，听着他们的惨叫，看着火焰吞没一切，直到整个城堡都葬身火海。然后，他穿上了他的曾曾祖父的盔甲，在骄傲的贵族城堡的废墟中吊死了自己。一个繁盛的家族也就此结束了。但是，那是40年前的事情了。鲁珀特昏昏欲睡，火炉里的火光忽暗忽明，蜡烛一支接一支地熄灭了，房间里阴影越来越厚重。为什么那只大铁钩那么明显地伸着？为什么那些阴影在它的后面跳舞而且还笑得发颤？为什么？鲁珀特慢慢地停止了一切探究。他睡着了。

但他感觉自己好像立刻就醒了过来，火堆还在燃烧着，尽管已经快要熄灭了。奥托仍在睡觉，呼吸低沉而均匀。影子聚集在他周围，厚实而阴沉。一瞬间，火光熄灭了，他感觉自己冻僵了。在寂静中，他听到村子里的钟敲打了两下。突如其来的恐惧让他

畏缩起来，突然抬头看着天花板上的那个铁钩。

是的，它还在那儿，他知道它会在那儿。它看上去很自然，如果他什么都没有看到的话，他会很失望的。但是现在他知道了，那个故事是真的，知道他自己错了，也知道死神已经回到了大地。因为，在迅速加深的影子里，那把悬挂着的黑色煅钢钩子，时不时地转动一下，那暗淡生锈的金属闪烁着点点光芒。他静静地看着它，他几乎感觉不到害怕了，一种悲伤和知天命的感觉袭了上来，那是对一些未知的、不可想象的事物的令人沮丧的预感。他坐在那里，看着它消失在黑暗之中，他的手放在他身旁箱子上的手枪上。什么声音都没有，只有床垫上睡着的奥托的呼吸声。

夜完全黑了，一只蝙蝠在窗户的破玻璃上拍着翅膀。他想知道，自己是否发疯了——他不愿对自己承认这一点——他听见了乐声，遥远的、令人好奇的乐声，奇怪的、豪华的舞会，很模糊也很微弱，但是却不会听错。

像一道闪电一样，在他对面的空墙上闪现了一道火光。那火光停留在那里，逐渐变亮，散发着苍白的冷光照耀着房间，在他面前出现了房间的所有细节——熄灭的火炉，一缕青烟从柴堆上升起，巨大的床，还有，在房间中间，黑白映衬之间，一个穿着盔甲的男人或是鬼魂或是恶魔，站立在那里，不是挂在那儿，而是站在生锈的铁钩下面。随着墙面的破裂，乐声越来越近了，但是听起来依旧是那么遥远。

艾伯特伯爵举起他戴着盔甲的手，向他招手，随后转身走进了裂开的墙壁里面。

鲁珀特一言不发地站起身来，跟在他后面，手中握着手枪。艾伯特伯爵穿过巨大的墙壁，消失在怪异的光线中。鲁珀特机械地跟在后面，他感觉到脚下灰泥的崩塌，也感觉到他双手触摸到的墙壁的坚硬。

要塞孤零零地矗立在废墟中，在穿越围墙时，鲁珀特发现自己在一条又长又不平整的走廊里，走廊的地板松弛下陷，在一边的墙壁上挂满了巨大的已经褪色的劣质肖像画，就像在佛罗伦萨连接比提和乌飞齐之间的走廊里面的那些肖像画那样。在他的前面走着艾伯特伯爵——在逐渐变亮的光线中的一个黑色轮廓。乐声越来越清晰，一个疯狂、邪恶、诱惑的舞会正施展着魔法，即便它令人厌恶。

在最后一抹跳动的、令人难耐的光辉中，在仿佛从疯人院爆出的地狱一般的乐声中，鲁珀特沿着走廊走进了一间宽大的房间。起初他在那里什么都没有看到，没有分辨出任何东西来，除了一群疯狂旋转着的人群，白色，在一间白色的屋子里，在白色的灯光下——站在他前面的艾伯特伯爵，是一个能看到的黑色物体。随着他的眼晴渐渐适应了这里的光亮，他发现自己正看着一场被诅咒的人在地狱里才能看到的舞会，任何活人从未见过的一场舞会。

在可怕的灯光下，不知来自于何处，但是一下子全都出现了，那群已经死了四十年的人在疯狂地跳舞、大笑、令人生厌地喋喋不休，有些白色的、磨得发亮的骷髅，身上没有血肉和衣服，有一些身上带着可怕的碎条状的干瘪肌肉，破烂的裹尸布在他们身后招摇。他们是许多年前就死了的人。还有些是最近才死的人，有着发黄的骨头，可怕的头颅上长长的、披散的头发在空中飞舞。另有一些绿色的和灰色的尸体，膨胀得已经没有了形状，带着泥点或是滴洒着臭水。到处都是白色的、发亮的东西，就像雕刻的象牙、过去的死人、咔嗒作响的干枯的骷髅手臂。

一圈又一圈，巨大的死亡的力量在这个房间里盘旋，空气中的毒素越来越浓，地板上布满了裹尸布的碎片、黄色的羊皮纸、咔嗒作响的骨头和杂乱的头发。

在这圈死人的中间，无法用言语或思想表达的一幅场景，将永远留在看过它的人的脑海中：美丽的女人和鲁莽的男人跳着舞走向死亡，在他们身旁熊熊燃烧的城堡，如今已是一片废墟，是一座活着的无比恐惧的礼拜堂。

静静站着的艾伯特伯爵看着注定命运的人的舞会，突然他转向鲁珀特，第一次开口说话了。

"我们现在已经为你准备好了。跳舞吧！"

一具已经死了几十年的骨架，用它那个没有眼睛的头颅朝鲁珀特频送秋波。

"跳舞！"

鲁珀特默默地站着，一动不动。

"跳舞！"

他坚强的嘴唇动了动："除非地狱的恶魔让我这么做。"

当狂笑的鬼魂们涌向鲁珀特时，艾伯特伯爵向空中挥舞着他那巨大的双刃剑。

这房间、号叫着的死人，还有黑色的预兆在鲁珀特面前盘旋着，他用最后一点力气保持着清醒，他终于拔出了手枪，对着艾伯特伯爵的脸开了火。

一片寂静，一片黑暗，没有一丝呼吸，没有一点声音，如长期封闭的坟墓一般的寂静。鲁珀特仰面躺着，他晕倒了，感到很无助，冰冷的手中紧紧地握着那把抢，火药的味道弥漫在黑色的空气中。他在哪里？死了？在地狱？他小心地伸出手，他碰到了满是灰尘的地板。远处，传来了三下钟声。他是不是在做梦？当然不是，但又是多可怕的一个噩梦啊！他牙齿打战，轻轻地叫着："奥托！"

没有人回答，他一遍又一遍地叫着，但还是没有人回答。他很虚弱地摇晃着站起来，摸索着寻找火柴和蜡烛。可怕的恐惧袭向他——火柴不见了。

他转向火炉，白色灰烬中一根炭火在发光。他从桌子上抓起一些纸和满是灰尘的书本，用颤抖的手将它们放进灰烬中，直到成功地点燃。随后，他又添了一些旧书，惊恐地四下张望着。

哦，他不见了——感谢上帝，钩子是空的。

但为什么奥托睡得那么沉，他为什么没有醒？

借着点燃的旧书发出的光芒，他摇摇晃晃地穿过房间，跪在床垫旁。

第二天早晨他被发现时仍然是那个样子。没有人从克罗普斯堡要塞回到小旅馆，瑟瑟发抖的彼得·罗斯科普夫知道情况不妙，他组织了一支营救队伍——人们发现鲁珀特跪在奥托躺着的床垫旁，奥托被射中了喉咙，已经死了。

德国学生历险记

［美］华盛顿·欧文

　　在法国大革命的动荡时期，一个暴风雨的夜晚，一位年轻的德国人在很晚的时候，穿过巴黎旧城，回到了他寄宿的地方。闪电瞬息一现，巨大的雷声炸响在狭窄的街道上——但是，现在我先要对你说一些这个年轻的德国人的情况。

　　戈特弗莱德·沃尔夫冈是一位来自于良好家庭的年轻人，他在哥廷根学习了一段时间，但是由于他爱幻想和充满激情的性格，他陷入了那些经常令德国学生迷惑的疯狂而充满冒险性的学说。隐居的生活和他研究的对象对他的思想和身体产生了严重的影响，他的健康日益恶化，他的想象力逐渐衰退。他沉湎于对超自然物质的奇怪思索之中，直到像斯威登伯格那样，他拥有了他自己的理想世界。他声称，不知道是出于什么原因，有一股邪恶的力量围绕在他身旁，一个邪恶的天才或是魂灵想要诱捕他并且毁灭他。这样一种想法作用于他那阴郁的气质上产生了令人沮丧的结果，他形容枯槁，意志消沉。他的朋友发现精神疾病正在折磨着他，他们认为最佳的治疗方法就是让他换一个环境。因此，他被送到巴黎，在欢快的气氛中完成他的学业。

革命爆发之际，沃尔夫冈来到了巴黎。他整天沉迷于政治和哲学的理论，但是随之而来血腥的场面震动了他敏感的本性，社会和世界令他感到厌恶，让他比以前更像是一个隐居者。他把自己关在佩斯·拉丁的一个独立公寓里，他独自走在距离索邦神学院围墙不远的阴沉街道上，沉思着。有时候，他可以花上好几个小时流连于巴黎的各大图书馆，或是那些已故作家的地下坟墓中，在他们满是灰尘的遗物中为他糟糕的胃口寻找精神食粮。他像一个文学幽灵一样，在教堂里大口吞食着腐朽了的文学作品。

沃尔夫冈过着独立、隐居的生活，他虽然有着热烈的性格，不过，那纯粹依据他的想象力才会发挥作用。他过于害羞并且忽略了外部世界，以致都不敢到集市上去，但他也是女性美貌的崇拜者，在他孤单的小屋里，他常常在对他见过的人和面孔的幻想中迷失自己，他幻想中事物的魅力远远超出了现实。当他的思想处于这种激动的、理想化的状态时，一个梦对他产生了特别的影响。那一印象是如此深刻，以致他一次又一次地梦到。白天，那个影子纠缠着他的思想；夜晚，那个影子影响着他的睡眠。总之，他狂热地迷恋上这个梦中的影子。这一现象持续了相当长的时间。

这就是戈特弗莱德·沃尔夫冈，这就是我所提到的那个时候的他的情况。在暴风雨之夜，穿过清水湾的阴沉老街，他在很晚的时候回到了家里。清水湾是巴黎老城的一部分。

炸响的雷声在狭窄街道上的高大房屋之间回荡。他来到协和广场，这是执行公开死刑的一个广场。闪电在古老的市政厅的尖顶上晃动，照耀着前方空旷的地方。就在沃尔夫冈穿越广场的时候，他突然发现自己就在断头台的旁边，不禁害怕起来。它是恐怖统治的顶点，那时这个可怕的死亡工具随时随地都做好了准备，它的刑台上一直流淌着善良的和勇敢的人的鲜血。每天都有人踊跃应聘这一屠杀的工作，它矗立在令人生畏的军队中间，在这个安静的、沉睡的城市之中，等待着新鲜的牺牲品。

当看到一个阴影蜷缩在断头台的台阶下面时，沃尔夫冈感到那恐怖的断头台在震动。一连串闪电将那影子照射得更加清楚，那是一个女人的形象，穿着黑色衣服。她坐在断头台前的台阶上，向前弯着腰，她的脸藏在膝盖中，她的长长的鬈发拖到地上，伴随着洪流一般的雨水一起流动着。沃尔夫冈停下了脚步。这个孤独而悲伤的影子有着一些奇怪的地方，这位女性的穿着打扮似乎属于上流社会。他知道那个时代充满了兴衰更替，他也知道许多曾经高高昂起的头颅如今也过着无家可归的日子。或许这就是某个可怜的忏悔者心碎地坐在这生死一线之间，从这一线开始，那些对她意义珍贵的东西都已转入来世。

他慢慢走近她，怀着同情的心情对她说话。她抬起头，受惊似的看着他。在凝望那一刻，他是如此吃惊，借着闪电的亮光，他看到了他魂牵梦萦的那张面孔。她面色苍白、郁郁寡欢，但却难以掩住她的美丽。

因强烈而又矛盾的情绪而微微颤抖的沃尔夫冈，再一次和她说话。他说了一些有关这样的深夜她还独自一人在外的话，以及对这场暴风雨的愤怒，并提出将她送回她朋友那里。她用一个含有可怕含义的手势指着断头台。

"在这个世界上我已经没有朋友了！"她说。

"但是你还有家。"沃尔夫冈说。

"是的——在坟墓里！"

沃尔夫冈的心被这些话触动了。

"如果一个陌生人敢于提出请求，"他说，"没有被误解的危险，我会将我的蜗居供您遮风避雨，让我成为您的忠实朋友。我在巴黎没有什么朋友，只是一个陌生人。如果我的生命能够发挥价值的话，那就是供您驱遣，并且在您将受到伤害和侮辱之前，我会牺牲自己来保护您。"

年轻人诚实的热情起到了作用，还有他的外地口音也帮了他的忙，这说明他不是一个陈腐的巴黎人。事实上，无须怀疑热情中的那份雄辩与口才。这个无家可归的陌生人含蓄地将自己托付给了沃尔夫冈。

他搀扶着脚步蹒跚的她穿过新桥，就是在这里，亨利五世被人民剥夺了皇位。暴风雨减弱了，雷声也在远处回荡，整个巴黎又安静了下来。人类情感的巨大火山在做短暂的休眠，为第二天的爆发积聚新的能量。穿越拉丁村古老的街道，经过索邦神学院的围墙，来到了他居住的邋遢的旅馆，沃尔夫冈一路上履行着自己的保护职责。年老的女门房惊讶地看着不同往常那个抑郁的沃尔夫冈，他的身边陪伴着一位女性。

走近了他的公寓，沃尔夫冈第一次为自己居住环境的简陋而脸红羞愧。他只有一个房间——一间老式的沙龙——里面有着厚重的雕刻，他用前一位房客留下的物品简单装饰了一下，这只是卢森堡地区众多旅店中的一个，这些旅店曾经都是属于贵族的。房间里胡乱堆放着书本和报纸，还有这位学生的一切家当，他的床窝在房间的一端。

当灯光亮起来时，沃尔夫冈有了更好的机会来仔细观看这个陌生人，他完全被她的美貌给迷住了。她的脸色苍白，但是有着令人着迷的清秀。她的头发乌黑浓密，她的眼睛又大又亮，有着近似于野性的单纯眼神。至于她的黑色衣服所展现出的身体线条，呈现出完美的匀称。

她是那样的令人吃惊，尽管她只穿着最简单的服饰。她身上唯一最近似于饰物的东西就是她脖子上的宽大的黑色丝带，一些钻石紧紧地扣在上面。

现在，对于如何安置托付给自己保护的这个无助的人开始令沃尔夫冈困惑不已。他想过要把自己的房间让给她，然后在其他地方给自己找个窝。但是，他是那么沉迷于她的魅力，仿佛对他的思想和意识都是一种符咒，因此他不愿将自己和她分开。而且，她的举止有些怪异甚至无法解释。她除了断头台之外什么都没有说，她的悲伤已经减轻了不少。

沃尔夫冈的关心先是赢得了她的信任，后来又明显地赢得了她的芳心。显而易见，她和他一样也是一个狂热者，两个狂热者彼此互相理解。

在这醉心的一刻，沃尔夫冈表白了对她的感情。他告诉她有关他的神奇的梦境，还有她是如何在他们相遇之前就已经俘获了他的心。

她对他的叙述有一种奇怪的感动，随后她也承认对于他，她也有同样不可解释的心跳感觉。这就是疯狂的理论和狂热的举动来临的时刻，古老的偏见和迷信都抛在了一边，一切都处于理性女神的控制之下。

在旧时代其他的糟粕中，婚姻的形式和庆典在可敬的思想看来已经是多余的了，社会影响也无关紧要了。沃尔夫冈不再是受到白天文学理论影响的那个理论家了。

"我们为什么要分开？"他说，"我们的心是连在一起的，在理性和荣耀的眼中，我们就是一个整体。还要有什么肮脏的仪式来将两颗高尚的灵魂连接在一起呢？"

陌生人满怀激情地听着，很明显，她也是在同一所学校接受的启发。

"你没有家也没有亲人，"他接着说，"让我成为你的一切，或者让我们成为彼此的所有。如果形式是必需的，我们就举办一个仪式——这是我的手。我向你保证自己，永远。"

"永远？"陌生人奇怪地说。

"永远！"沃尔夫冈重复了一次。

陌生人紧紧地握住伸向她的手。"那么我就是你的了。"她低声呢喃着，陷入了他的怀中。

第二天沃尔夫冈离开他的新娘时，她还在睡觉，他很早就出发了，想去找一个宽大一些的公寓。当他回来时，他发现她躺在床上，头搭在床边，一只胳膊伸展着。他跟她说话，但是没有得到任何回答。他走上前去想把她从那个不舒服的姿势中叫醒，他摸着她的手，感觉冰凉——没有脉搏——她的面色像死人一般惨白。一句话，她已经是一具尸体了。

惊恐而又疯狂的沃尔夫冈惊起了整栋房子里的人，随之而来的是一片混乱。警察也被叫来了。当警官走进房间看到尸体时，他突然退缩了。

"这个女人是怎么到这儿来的？"他大声问道。

"您知道和她有关的事情吗？"沃尔夫冈急切地问。

"我知不知道？"警官惊叫道，"她昨天刚被砍了头。"

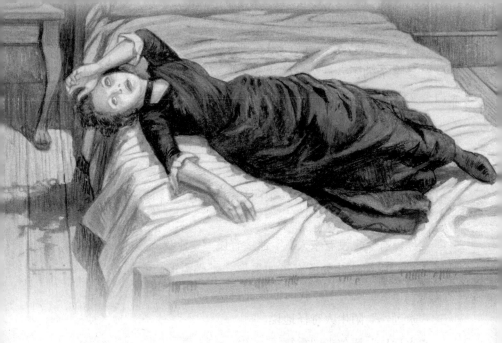

　　他向前走了几步，解下了尸体脖子上的黑色丝带，然后那颗头颅竟然滚落到地板上！

　　沃尔夫冈突然一阵狂怒，他大喊着："魔鬼！魔鬼操控了我！我永远地迷失了。"

　　他们试着抚慰他，不过都是徒劳的。他固执地认为邪恶的魂灵驱使这尸体来诱捕他，他的精神崩溃了，最后死于一所疯人院内。

　　在这里，年老的绅士写完了他的故事。

　　"这是一件真事吗？"好奇的绅士问道。

　　"不容置疑的事实，"另一位如是回答，"我从最权威的人士那里得知的这一事情。沃尔夫冈亲口告诉我的。我在巴黎的一所疯人院见到了他。"

鬼仔马车

[国籍不详] 艾米莉·B.爱德华兹

我将要向你们讲述的事情是有事实依据的。它们发生在我身上，我对它们的回忆是非常生动的，就好像它们刚刚发生在昨天一样。尽管如此，距那个夜晚已经过去 20 年了。在这 20 年中，我只把这个故事告诉了一个人。我现在带着难以克制的情绪来讲述这个故事。同时，我要恳求的是，你们不要将你们自己的结论强加在我头上。我不想解释任何事情，我也不需要任何争辩。我对于这一问题的决心非常坚定，基于我亲身感觉为证，我愿意严格遵守它。

好吧！现在就是 20 年前，在松鸡季节末的一两天里，我终日带枪外出，无所事事。风向，正东；月份，12 月；地点，英格兰北部的阴冷沼泽地。我迷路了，这可不是什么迷路的好地方，冬季暴风雪来临前的第一缕雪片轻柔地飘落在石南花上，沉重的夜色从四面八方包围过来。我向着黑暗的深处不安地探望着，在那里紫色的沼泽地聚集为一条低矮的山脉，大约 16 千米或 20 千米之外。我环顾四周，看不到一点儿炊烟、人迹、篱笆或是羊群的足迹。除了接着往前走外别无他途，而且，顺便我还可以碰碰运气看能不能找到一个容身之处。所以，我又把枪扛上，疲倦地向前走着，我已经从天亮后的一个钟头一直走到现在，打早饭开始我就再没有吃过东西了。

雪花开始飘落，同时起风了。随后，天气更加寒冷了，夜晚迅速到来了。至于我，我的前途随着渐暗的天色也泡汤了。当我想到我年轻的妻子正在窗边盼我归来时，当我想到在这个令人厌烦的夜晚那些等待着她的痛苦时，我的心情越来越沉重。我们已经结婚4个月了，在高地度过了秋天之后，目前居住在英格兰沼泽地边缘的一个遥远的小村庄里。我们非常相爱，当然了，生活也非常愉快。

今天早晨，当我们分别的时候，她请求我在黄昏之前回去，我也向她保证我会做到。我究竟该怎样履行我的诺言呢！

即使现在我非常疲倦了，但我觉得如果能有一顿晚餐、一个小时的休息、一个向导，我还是能够在午夜前回到她身边的。

雪一直在下着，夜色凝重。我停下脚步，偶尔大声呼喊几声，但是我的喊声似乎只是令寂静更加明显而已。我产生了一种模糊的不安感，我开始回忆起那些故事，讲的是那些旅行者在雪中一直走啊走，直到完全虚脱，不得不躺倒在地，长眠于此。我问自己，在这漆黑的长夜有没有可能一直行走下去？会不会有那么一刻，我的四肢用尽力气，我的决心也荡然无存？那时候，我也必须与死神同眠了。死亡！我战栗着。当生命在我面前如此美丽绽放时死亡是多么痛苦！我的爱人将要多么痛苦，她的整个心——那个想法是不能有的！为了驱逐刚才的念头，我又一次大叫，叫声更长更响亮，而且听起来更加急切。是我的呼声得到了回应，还是我仅仅感觉我听见了遥远的哭泣？我一次又一次地打招呼，回声紧随其后。突然在黑暗中出现了一点摇晃着的灯光，摇动着，消失了，随即在更近处出现，更加明亮。我冲着那灯光全速奔去，欣喜万分地发现我遇上了一位老人和一盏灯笼。

"感谢上帝！"不知不觉间我发出了这声呼喊。

他一边皱着眉头眨着眼睛，一边提起灯笼凝视着我的脸庞。

"为什么？"他不高兴地发着牢骚说。

"因为我看见了你。开始我害怕自己会在雪地里迷路。"

"呃，人们在这一带的确经常出事。"

"如果这是上帝的旨意，我和你可能会一起迷路，我的朋友，我们必须服从，"我回答说，"但是，没有你，我注定要迷路。我现在距离德沃尔丁有多远？"

"差不多 32 千米。"

"那么最近的村子是？"

"最近的村子是怀克，它在那个方向，距离这儿约 20 千米。"

"您住在哪儿？"

"更远的地方。"他说着，手中的灯笼轻微地摇晃了一下。

"我猜，您这是要回家？"

"或许是吧。"

"那么，我和您一起走吧。"

老人摇着头，用提灯笼的手挠着鼻子，沉思着。

"那没有用，"他抱怨说，"他不会让你进去的——他不会的。"

"我们到时候看吧。"我兴致勃勃地说，"他是谁？"

"主人。"

"谁是主人？"

"那与你无关。"我得到了是无礼的回答。

"好吧，好吧，你带路，我保证你的主人今晚会给我一个容身之处和一顿晚餐。"

"呃，你可以试试看！"我那勉强的向导嘟囔着，他一直摇着头。他像一个侏儒似的，在纷飞的雪花中蹒跚前行。

一大群人从黑暗中走出来，一只巨大的狗狂吠着奔出来。

"这就是你的家？"我问。

"嗯，这就是。蹲下，贝伊！"他在口袋中摸索着钥匙。

我紧紧地站在他身后，准备好了不放过任何一个进门的机会，在灯笼发出的小小光环中，我看到那扇门上满是铁钉，仿佛监狱里的门。随后，他转动了钥匙，我从他身边蹭进了屋子。

一走进屋子，我就带着好奇四下打量，我发现自己在一个宏伟的大厅里面。这个大厅得到了充分利用，大厅的一端像谷仓一样，是一直堆到屋顶的玉米；大厅另一端堆放着面粉袋、农业用具、木桶和各种各样的杂木；屋顶上悬挂着一排排的火腿、咸鱼咸肉，还有为冬天准备的成捆的药草；地板中央摆放着一个高大的物体，上面盖着邋遢的布条。掀起布条的一角，我惊讶地发现了一座体积庞大的望远镜安放在一个粗陋的、可移动的有着四个小轮的平台上。望远镜是由上了漆的木头做成的，就我在昏暗的灯光下的估计，反射镜的直径至少为38厘米。当我在研究这台机器并且自问它是不是某个自学光学仪器的制造者的杰作时，响起了一阵尖锐的铃声。

"那是在叫你，"我的向导说，他带着不怀好意的微笑，"去那边他的房间。"

他指着房间那一边一扇低矮的黑色小门。我穿过大厅，大声地敲着门，没有等着受到邀请就自己走了进去。一位高大的白发老人从一张堆满了书本和报纸的桌子后面站起来，严厉地盯着我。

"你是谁？"他问，"你怎么到这儿来了？你想要干什么？"

"我叫詹姆斯·穆雷，出庭律师。我徒步穿越沼泽，现在我需要肉、水和睡眠。"

他皱着自负的浓眉。

"我的房子可不是消遣娱乐的地方，"他傲慢地说，"雅各布，你竟敢允许这个陌生人进来？"

"我没有允许他，"老人抱怨道，"他一路跟着我，然后用肩膀挤着抢在我前面走进来的。我可不能和一个1.9米高的人较劲。"

"请问，先生，你就是那样强行进入我的房子的吗？"

"如果我要溺水了，我还会以同样的方式爬到你的船上。这是自卫的权利。"

"自卫？"

"屋外的雪已经有2.5厘米厚了，"我简短地回答说，"天亮之前，它足以掩埋我的尸体。"

他走到窗边，掀起一面厚重的黑色窗帘向外看去。

"那好吧，"他说，"如果你愿意，你可以留下，直到明天早晨。雅各布，去准备晚餐。"

他挥手示意我坐下，他自己也坐下了，然后又沉浸在我刚刚打断他的研究之中。

我把枪放在角落里，拖了一把椅子坐在壁炉旁，然后从容地查看我所在的这个地方。这个房间比大厅小一些，布置得也更加协调一些，里面有许多东西引起了我的好奇心。地板上没有铺地毯，一部分石灰墙上画着一些奇怪的图表，其他部分则堆满了自然科学仪器的书架，许多仪器的用途对我来说是未知的。火炉的一边立着一个书柜，塞满了褪色的纸张；另一边有一架小风琴，雕刻着中世纪的圣徒和恶魔。从房间那一头碗柜半开的门看去，我看到了一长列地理标本、药用制剂、坩埚、曲颈瓶和装着化学品的广口瓶。在我身边的壁炉架上的许多小玩意中，有一个太阳系的模型、一个小电池和一个显微镜。屋里的每张椅子上都放着东西，每个墙角都堆着高高的书垛，地板上铺着地图、模型、报纸、摹图和种类繁多的杂物。

这些东西令我非常惊奇，我从未见过如此奇怪的房间，而且，在一片荒芜的沼泽地中的农舍里发现这样一个房间就更为奇怪了！我一遍又一遍来回看着房子的主人和他周围的东西，我问自己：他是谁，他会是怎样的一个人？他的大脑出乎寻常的杰出，但是比起哲学家的大脑来，更像是诗人的大脑，天庭饱满而高耸，覆盖着满头白发，它包含着所有智慧，就像路德维格·冯·贝多芬的大脑那样。他的嘴角有着深深的皱纹，眉毛也紧紧地皱在一起。当我正在观察他的时候，门开了，雅各布端着晚餐走了进来。他的主人合上了书本，站起身来，比之前更有礼貌地邀请我入席。

我的面前摆放着一盘火腿和鸡蛋、一块黑面包，还有一杯值得赞赏的雪利酒。

"我只能给你提供农家风味的食物了，先生，"我的款待者说，"我相信，你的胃口将增加我们食品库的不足。"

我已经开始向食物发起进攻了，此时，带着一位饥肠辘辘的冒险家的热情，我声称从未吃过如此美味的食物。

他僵硬地鞠了一躬，然后坐下来，享用他那一份晚餐，他的晚餐只是简单的一杯牛奶和一碗粥。我们安静地吃着，吃完之后，雅各布收走了碗碟。我把椅子重新拖回火边。让我惊讶的是，屋主人也这么做了，然后突然转向我，说："先生，我在这里隐居了23年了。在这段时间，我从未见过陌生人，也没有读过一份报纸。你是4年多来，第一个跨进我大门的陌生人。你能不能帮我一个忙，

对我说一说我离开了那么久的外面的世界现在的情况呢？"

"请尽情问我吧，"我说，"我会衷心地为您服务。"

他点头致谢，然后向前探着身，手肘支在膝盖上，用手掌托着下巴，定定地看着火堆开始向我提问。

他的问题主要和科学方面有关，特别是已经应用于实际生活用途的科学技术，他对此几乎一无所知。我根本不是一名理科生，我只能用我贫乏的知识尽可能地回答他。但是这个任务可不那么容易，当提问过渡到讨论阶段时，我感觉放松多了，他开始就我刚才试图给他讲明白的事实提出他自己的结论。

他滔滔不绝地说着，我在一旁听得入迷。他一直讲着，我相信他几乎已经忘了我的存在了。我以前从来没有听过像这样的叙述，从那之后我也再没有听过类似的讲述。他熟悉所有的哲学体系，精于分析，大胆概括，他连续地提出自己的观点，依旧维持着他前倾的姿势，眼神定定地注视着火堆，从一个话题到另一个话题，从一个论点到另一个论点，他就像一位获得了灵感的梦想家。从实用科学到精神哲学，从电线中的电流到神经中的电流，从物理到催眠术，从莱辛巴赫到斯维登伯格、斯宾诺莎、康迪拉克、德斯喀特斯、伯克雷、亚里士多德、柏拉图，还有东方三博士和东方神秘主义，他的思维极具跳跃性——尽管我对各种流派和范畴感到困惑——但各种观点从他口中像音乐一般流淌出来，听起来是如此的简单、协调。不久以后——我现在忘了他是如何用说明或图解来承上启下的——他进入到超自然的那个领域，甚至说到了推测哲学，他谈到了灵魂及其渴望、精神及其力量、第二视野、预言，谈到了那些借用鬼魂、鬼性和超自然外观名义的现象在各个时期已经被怀疑论者所否定并且被轻信者所证明。

"这个世界，"他说，"对于超越了其狭窄范围的所有事物的怀疑，每个小时都在增长着，我们自然科学家鼓励这一趋势。我们谴责所有那些反对实验的谎话，我们反对那些所有不能经受实验室或解剖室检验的错误论断。我们发动了反对迷信以及反对鬼神说信仰的长期而顽强的斗争，但是迷信长时期地并且牢固地控制着人们的思想。我为你展示了物理、历史、考古等方面的事实，这些事实得到了广泛而多样的证据的支持。被全人类所证明的，在所有世纪中以及在所有的思潮中，被最为清醒的古代圣贤，被今天看来最为鲁莽的野蛮人，被天主教、异教徒、无神论者、唯物主义者所证明的，我们这一世纪的哲学家们却把这些现象当成幼儿故事来对待。原因与结果的比较，尽管在物理科学中是很有价值的，却被他们认为是没有价值、不可信赖的而搁置在一边。证人的证词，尽管在法庭上具有效应，却也被视为无物。我被批评成一个吊儿郎当的人，持有信仰的我被认为是幻想家或是傻瓜。"

他带着痛苦在叙说，在说完上面一番话后，接下来几分钟的沉默。不久，他的头抬了起来，用一种变化了的声音和方式继续补充说道："先生，我并不为向世界宣扬了我的信念而感到羞愧。我，被当作一个空想家受到侮辱，受到与我同一时代人的嘲笑，从我以生命中最佳年华为之献身的科学领域被赶了出来。这些事情就发生在23年前。从那时候起，我就过着你现在看到的生活了，直到现在。世界把我遗忘了，就像我忘掉了那个世界一样。你现在知道我的经历了。"

"现实很残酷，"他说，"我为说出事实而受到伤害，比我之前的任何一位更加优秀、明智的人所要受到的伤害还要多。"

他站了起来走到了窗边，好像要结束这段对话。

"雪停了。"他放下窗帘，回到火炉边。

"停了！"我大声说着，开始急切地盼望着回家了，"哦，如果仅仅是可能的话——但是不可能的！那是没有希望的。即使我找到了穿越沼泽的路，我今晚也无法徒步行走 30 多千米的。"

"今晚徒步行走 30 多千米！"屋主人重复着，"你在想什么呢？"

"想我的妻子，"我耐心地回答，"想我年轻的妻子，她不知道我迷路了，此时的她因为疑虑和恐惧而为我心碎。"

"她在哪里？"

"在德沃尔丁，30 千米之外。"

"在德沃尔丁，"他沉思着说了一遍，"嗯，这段距离确实是 30 多千米；不过——你是不是非常盼望能节省接下来 6 或 8 个钟头？"

"非常非常盼望，我甚至愿意为这段时间为向导和马匹支付 10 个几尼。"

"你的愿望可以以更小的代价就达到，"他微笑着说，"从北方过来的夜间邮政会在德沃尔丁换马，从距离这里 8 千米的地方经过，并大约将在 1 小时零 15 分钟的时候准时抵达一个十字路口。如果雅各布和你一起穿越沼泽，把你领进老马车道，我想，你就能找到新的路了。"

"那真是太好了！"

他又一次笑了，摇响了铃铛，给老仆布置了他的指示，然后从碗柜里拿出一瓶威士忌和一个葡萄酒杯，说："雪积得很深，今晚要在沼泽中行走将会很困难。在你出发之前，来一杯威士忌。"

我想拒绝这杯酒，但是他递到了我手中，于是我就喝了它。酒性浓烈，从我喉咙里落下的时候仿佛一股液体火焰，几乎让我喘不上气来。

"酒很烈，"他说，"它对驱散严寒有好处。现在你要出发了。

晚安！"

我感谢他的盛情款待并与他握了手，但是在我把话讲完之前，他就已经转身离开了。随后，我穿过大厅，雅各布在我身后锁上了外面门上的两把锁，我们在广阔、洁白的沼泽地上出发了。

尽管风已经停了，但是仍旧是刺骨的寒冷。头顶黑色的天空中，一颗星星也没有。除了我们脚下急促的踩雪声，没有一点声音打破夜晚沉重的寂静。对他的任务不甚满意的雅各布在闷闷不乐的沉默中，步履蹒跚地走在前面，他手中提着灯笼，脚下踩着自己的影子。我跟随在后，肩膀上扛着我的枪，和他一样也不想交谈。我满脑子都是那位主人，他的声音还在我的耳中回响，他的雄辩令我为之着迷。我很惊讶地记得那一天，我过分兴奋的脑子里装下了那么多的思想、智者的集合、出色的推理片段，甚至他说的每一个单词。我深深思索着我所听到的内容，并且试着回忆各处丢失的连接部分，我跟着我那位向导大步向前走着，我完全着迷了，没有留心周围的情况。不久——最后，在我看来，仿佛仅过了几分钟的时间——他突然停住了，说：

"那边就是你的路了。保持这个石头篱笆在你的右手边，你就不会迷路的。"

"这个，就是那个古老的马车道？"

"是的，这就是老马车道。"

"那我还要走多远才能到达那个十字路口？"

"差不多5千米。"

我掏出了钱包，他变得更加健谈起来。

"这条路很平的，"他说，"对于徒步旅客来说；但是对于北方的交通工具来说，就太过颠簸了。你要留意马车扶手脱落的地方，靠近路标那里。自事故发生以来，它就从来没被修理过。"

"什么事故？"

"呃，夜邮马车坠入了下面的山谷——约15米高——就在整个村子道路最差的那一段。"

"真可怕！是不是有很多人伤亡？"

"都死了。4个当场死亡，另外两个第二天早晨也死了。"

"发生多久了？"

"9年了。"

"靠近路标，你是这么说来着？我得好好记住。晚安。"

"晚安，先生，谢谢。"雅各布揣起了两先令六便士的钞票，碰了碰他的帽子以示谢意，然后顺着他来的那条路返回了。

我一直看着他灯笼的亮光，直到它消失为止，随即转过身来，独自踏上我自己的路。除了头顶死一般的黑暗之外，不再有任何困难了。映衬着闪耀着白光的积雪，石头篱笆的线路异常清楚，夜如此宁静，我是多么孤单啊！一种奇怪的、不愉快的孤独感渐渐侵袭了我。我走得更快了。我哼着小曲，脑子里算着庞大的加法。总而言之，在忘掉刚刚还想着的奇怪思绪方面，我做得最好了，而且，某种程度上我成功了。

夜里的空气似乎越来越冷了，我的双脚冻得像冰块一样。我的手失去了知觉，只能机械地抓着枪。我甚至呼吸都困难了，好像我并不是在穿越一条寂静的北部国际高速公路，而是在攀登某座海拔极高的大山。我不得不停了下来，靠在石头篱笆上。这时，我回头看了一眼来路，在那里，我看到远处的一点灯光，像是一只正在靠近的灯笼的微弱光芒。一开始，我以为雅各布折回来跟着我，但随后第二道光线出现在视野中——明显与第一道光线平行，并且以同样的速度向前移动着。不用再想我就知道这肯定是私人客车的车灯，但是，这个私人客车为什么选择这条废弃不用而且危险的道路呢？

毫无疑问的是，车灯变得越来越亮，我甚至认为可以在车灯之间看到客车的黑色轮廓了。它非常迅速地出现了，悄无声息，车轮上的积雪大约有一英尺厚。

现在，这辆马车的主体在灯光下清晰可辨了。它看上去给人一种奇怪的感觉，突然一个怀疑的念头闪进我的大脑。有没有可能我在黑夜中没有注意到路标，走过了那个十字路口，而这个并不是我要搭乘的那辆马车？

还没等我第二次问自己那个问题，马车已经出现在道路的拐弯处了：护卫和驾车者、一名坐在外面的乘客、四批汗流浃背的灰色马匹，统统笼罩在一片柔和而模糊的光线中。

我向前跳跃着，挥舞着我的帽子。马车全速驶来，从我身边经过。一瞬间，我担心自己没有被看到或是听到，但是，就仅仅那一瞬间。马车夫停下了马车，他身披斗篷，头上围着围巾，只露出两个眼睛，似乎他在颠簸中睡着了，他既没有回答我的致敬，也没打算下马。外面那个乘客甚至都没有转过身来，于是我给自己打开了门，里面有3位乘客。我登上马车，关上门，滑进空着的那个角落，为自己的好运气而庆幸。

马车里的气氛似乎比外面的空气还要寒冷，并且弥漫着一股奇怪的湿气和令人不舒服的味道。我看了看和我同车的那几个乘客。3个都是男性，都是一样的沉默不语。他们看上去并没有睡着，但是每个人都向后靠在马车上属于自己的角落里，仿佛沉浸在自己的思绪中。

"今晚好冷啊。"我冲着正对着我的邻居说。

他抬起了头，看着我，但是没有答话。

"冬天，"我接着说，"看样子真的来了。"

尽管他坐着的那个角落非常阴暗，我无法看清他的面部特征，但是我能看到他的眼睛直直地看着我。他还是没有回答我一个字。

在其他时候我可能会感觉或者可能会表示出一些不满，但是此时此地我太累了，于是也就不了了之了。冰冷的夜间空气浸入了我的骨髓，马车里的奇怪味道让我忍不住恶心。我从头到脚都在发抖，于是，我转向我左手边的邻居，问他是否介意打开一扇窗户。

他一言不发，一动不动地坐着。

我提高了声音又重复了一遍我的问题，但是，得到的是同样的结果。随后，我没耐心了，直接把窗框拉了下来。我这么做的时候，一条皮带在我手中断裂了，我这才注意到玻璃上覆盖着一层厚厚的霉菌，很显然，这种堆积物已经有好几年了。我的注意力这才被吸引到这辆马车的环境上来。我仔细地检视了一遍，借着外面漂浮的灯光，我看出这辆马车离彻底坍塌已经不远了。它的每一个零件不仅仅是年久失修，而且还在腐烂。窗户一碰就变成了碎片，皮毛装饰品表面堆积着厚厚的霉菌，正在腐化从木制品上脱落。车底板几乎要在我脚下折断了。总而言之，整个车厢内充满了湿气，很明显它是从已经腐烂多年的木屋中拉出来之后，在这条路上履行一或两天的职务。

我转向第三位乘客，这一位我还没有和他说过话，我冒险提出了一点意见。

"这辆马车，"我说，"情况糟糕。我想，正规的邮车肯定是在维修中。"

他缓缓地移动着他的脑袋，然后看着我的脸，一言不发。只要我活着，我就不会忘记那个看我的眼神。我打心底开始发冷。即使现在我回想起来，还是会感觉心在发冷。他的眼睛闪耀着火一般的不自然的光泽，他的脸像尸体的脸那样呈青紫色，他苍白的嘴唇向后扯着，好像处于死亡的痛苦之中，两唇之间露出了若隐若现的牙齿。

我想说的话留在了嘴里，一种奇怪的恐惧——可怕的恐惧——渐渐包围了我。这时候，我的视力渐渐适应了马车的昏暗，我能够清楚地看见东西和坐在我对面的邻居了。他，一样令人吃惊的面色苍白，用一样的闪着冷光的双眼看着我。我擦了擦额头上的冷汗，然后转向我身旁座位的乘客，看到——哦，天哪！我该如何描述我所看到的？他根本就不是一个活人——他们当中没有一个是活人，淡淡的磷光——腐化的结果——在他们可怕的脸上闪现，他们的头发因为墓地的露水而湿漉漉的，他们的衣服沾满了泥点，他们的手就像被长期掩埋的尸体的手。只有他们的眼睛，他们那令人恐惧的双眼，是活着的。而此刻，这些眼睛都险恶地转向了我！

我惊惶地颤抖着，一声野兽一般的求救和讨饶的喊声从我口中迸发出来，我猛地冲到门边，徒劳地想要打开它。

就在那一刻，我仿佛看到月光从暴风雨云层的空隙倾洒而下——诡异的路标在举着它的警示手指——破碎的扶手——奔腾的马匹——黑色的深渊。随即马车像大海上的小船一样颠簸起来，接着是猛烈的碰撞———种身体被压碎的痛感——然后是黑暗。

当我从沉睡中醒来时，妻子正在床边注视着我，我感觉仿佛已经过去了好几年。我要跳过随后发生的场景，以简洁的话语，为你们写出她含着激动的泪水告诉我的结局。我从悬崖上摔下来，就摔在新老邮路会合处不远的地方，岩石脚下积累着的厚厚的雪堆救了我的命。黎明时，一对牧羊人夫妇在雪堆中发现了我，他们把我抬到了最近的救济所，并请来一位大夫为我疗伤。医生发现我处于语无伦次的精神错乱之中，我摔断了一只胳膊，头骨复合性骨折。我随身携带的小笔记本里夹着的信上有我的名字和地址，于是我的妻子被召来照顾我。幸亏我年轻而且体质强健，最终我脱离了危险。我摔下来的地方，几乎不需要我说出来，就是九年前北方邮车发生可怕事故的地方。

　　我从没有把我刚刚告诉你们的恐怖故事讲给我妻子听。我把它告诉给了照顾我的那位医生，但是他认为整个故事只是我大脑发烧的幻觉。我们一次又一次地讨论这个问题，直到我们发现再也讨论不下去了，于是我们放弃了这个话题。其他人可能会得出自己的结论——但我知道，20年前，我就是那辆鬼仔马车的第四名车内乘客。

未知世界的怪谈

死尘

[美]艾萨克·阿西莫夫

　　大气实验室突然发生了爆炸，现场顿时一片忙乱。灭火器开始工作，及时扑灭了火焰，可是已经来不及了——人们把李维斯从废墟里拖了出来，他已经被烧得面目全非，只剩最后一口气了。等到医生赶来，还来不及做出判断，他就咽了气。

　　艾德温·弗利站在围着现场看热闹的人群外边，心惊胆战，他面色苍白，满头是汗。他昏昏沉沉地走回办公室，坐到自己的办公桌旁。他安慰自己，此时此刻，他还是一个普通人，至少看起来和大家没什么两样，所以即使病倒了也没什么，谁也不会怀疑他。

　　遗憾的是他并没有病倒，只是在无限的恐惧中熬过了这一天。这天下班的时候，一些流传出来的说法减轻了他的心理负担。这不过是一次事故，化学家这个职业本身就带点儿风险，和易燃化合物打交道的化学家就更危险了，出了什么事故，谁也不会过多地怀疑什么。而且，即使有人起了疑心，谁会想到他艾德温·弗利呢？他只要装作若无其事的样子照常生活，就万事大吉了。而且，李维斯死了，神啊，这下土卫六的功劳归他了，他马上要出名了！

这样一想，他心里果然轻松了许多，晚上睡了一个踏实的好觉。

"我们考虑过谋杀。"基姆·葛尔翰说。不过一天工夫，他消瘦了不少。他的黄头发看起来乱糟糟的，脸上也都是胡楂子，早就该刮了。还好他胡子的颜色很浅，看起来还不十分邋遢。

地球调查局的赛屯·代文比特正在有节奏地用一个指节轻轻敲打着办公桌的桌面，那声音轻得似乎只有他自己能听到。代文比特个子不高，很胖，有一头乌亮的黑发，那张面容坚毅的脸上长了个中用不中看的细瘦的高鼻子。他一边面颊上有块伤疤，看起来像六芒星的形状。他问葛尔翰："你们是认真的？"

葛尔翰赶紧摇头："不是，至少我不认为大家是认真的。大伙儿提出的那些犯罪计划都荒诞不经，你知道，都是什么在汉堡包的馅料里放毒药啊，给直升机上用酸啊什么的，不过还真有人

把这些胡说八道的推理当真了……真是有病！不知道他们在想什么。"

代文比特说道："按照你之前提供的情况，我推断死者如果是被害，那被害的原因很有可能是他剽窃了别人的研究成果。"

葛尔翰大声说："即使他剽窃了又怎么样？你不知道他做出了多少贡献，那是他应得的回报！李维斯是科研小组的骨干和核心，是他把整个小组团结在一起；也是李维斯和国会交涉，才获得了大量拨款；我们被获准在宇宙空间建立各种设施并派人去月球或其他空域，也是他的功劳。李维斯组织了中心有机实验室，是他说服宇宙飞船航行公司和工业家们为我们花费不计其数的金钱进行工作。没有人能比得上他，也没人能帮他做什么，譬如说我。他做的那些事情，我都了解、都明白，可我做了什么呢？我千方百计找借口逃避宇宙旅行，我不敢。你相信吗？我连月球也从来没去过，我是个'真空人'。我非常懦弱，我更怕别人察觉出我的懦弱。"葛尔翰说到后来，简直是在唾弃地表示自我轻蔑。

代文比特说："看来你想要在李维斯死后弥补他活着的时候对他的亏欠啊。现在你是想要找到一个应该为此接受惩罚的人吗？"

"算了吧你！别从精神病学角度看问题。我告诉你这绝对是谋杀，绝对！除非是精心安排的，否则李维斯的工作场所绝不可能发生爆炸。你不了解他这个人，他对安全问题的关注简直到了偏执的地步。"

代文比特耸耸肩，说："葛尔翰博士，你认为会是什么爆炸呢？"

"苯、乙醚、吡啶……这些都是易燃物，总之他接触到的各种有机化合物都有可能。"

"葛尔翰博士，我以前也研究过化学。在我的印象中，必须得有火星啊、火苗啊之类的热源，否则这些液体在室温下是不会爆炸的。"

"肯定是着火了。"

"火是怎么烧着的？"

"想不明白。现场炉子、火柴之类的东西都没有，所有电气设备都加了很多屏蔽，就连夹钳之类普通的小东西也都是用不会冒火花的合金特制的。而且李维斯不抽烟，不管是谁，只要在实验室 30 米以内抽烟，立刻就会被解雇。"

"他最后接触到的是什么东西？"

"不好说，那里炸得乱七八糟。"

"嗯，估计现在那里已经清理出来了。"

葛尔翰急忙说："没有，还没清理呢。这件事由我负责，我说我们得查清事故原因，证明这一切不是意外。你明白的，我们得避免不适当的公开宣传。实验室现在还是原样未动。"

代文比特点头说："你做得很对。现在咱们过去看看。"

实验室里一片狼藉，四壁烧得乌黑。

代文比特问："这里什么器材最危险？"

葛尔翰向四周看了看，指着一个角落说："压缩氧气瓶。"那里靠墙立着一排不同颜色的气瓶，用一根防护链拦开了。这些瓶子有些在爆炸时被震翻了，歪歪斜斜地靠在链子上。

代文比特看了看那些瓶子，问："这个是什么？"他用脚尖踢一个红色气瓶，那气瓶躺倒在实验室正中央的地板上，看起来很重，踢都踢不动。

葛尔翰回答："那是一瓶氢气。"

"氢气可燃，会爆炸，对不对？"

"是的，但前提是需要加热。"

代文比特说："可是你为什么说压缩氧最危险呢？氧气是不会爆炸的吧？"

"是，氧气甚至不会燃烧，可它能助燃，你明白吗？它能使其他东西烧起来。"

"是这样？"

"是的，你听我解释。"葛尔翰的声音有点儿兴奋。现在他正以科学家的身份给这个机智聪明的外行人普及简单的科学知识，"在偶然情况下，我们在往气瓶上安气阀之前会涂一些润滑油，好让气阀扣得更紧。如果搞错了，误把易燃物质涂了上去，那么一开阀门，氧气冲出来，阀门上涂的那些不知道是什么成分的黏性物质就会爆炸，阀门会被崩掉。然后气瓶中的压缩氧会一下冲出来，这会使整个气瓶像一艘小喷气式飞机似的飞起来，力量大得能把墙壁撞穿，而爆炸产生的高热量会让周围的其他易燃液体燃烧。"

"这些氧气瓶有没有破损？"

"没有，都是完好的。"

"我估计爆炸的时候正在使用这只氢气瓶，后来气体都排空了。你看，它的气量计指着零。"代文比特踢了踢脚下的氢气瓶。

葛尔翰点点头，说："咱俩想的一样。"

"如果在气量计阀门上涂油，会不会使氢气瓶爆炸？"

"绝对不会。"

代文比特摸着下巴，问："除了火星这类因素，还能用什么办法让氢气起火？"

葛尔翰在喉咙里发出低沉的声音："那得用到一种催化剂——最有效的就是铂墨，也就白金粉。"

代文比特显出一副惊讶的表情："你们还有这种东西？"

"是的。再也没有比它更好的氢化催化剂了，所以即使这东西很贵，我们也会购入。"说到这里，他突然不说话了，一直盯着那个氢气瓶出神，之后小声地嘀咕："……我想知道……铂墨……"

代文比特问："你的意思是，铂墨能使氢气燃烧？"

"嗯，是的。只要有它，就能使氢在室温下与氧化合，连加热都不用。而且那样出来的爆炸效果，与对氢气加热造成的爆炸效果完全一样。"葛尔翰越说越激动，声音都开始微微颤抖。他在氢气瓶旁边跪下来，伸出手指抚摩气瓶尖端被熏得乌黑的部分，说："这些东西也有可能，有可能只是烟灰。"

他站起来拂去膝盖上的灰迹，说："先生，我要把喷嘴上零星残存的异物全部取下来进行光谱分析，我必须这么做。"

"做这个化验需要多长时间？"

"只要一刻钟。"

葛尔翰立刻去化验，不到20分钟就回来了。趁他做化验的工夫，代文比特把烧毁的实验室每个角落都检查了一遍。

代文比特回过头来问："弄好了？"

葛尔翰喜形于色："是的，果然有，虽然不多。你看这个。"他举起一长条底片，从上面可以看出有白色的短平行线，清晰程度也不一样，间隔不规则，"这里面有很多异物，可是你看看这些线条……"

代文比特凑近了仔细看，问："不是很清楚。你愿意在法庭上做证说里面有铂吗？"

葛尔翰立即回答："当然愿意。"

"其他的化学家愿意这样做吗？如果法庭把这张底片向被告方面聘请的化学家展示，他们会不会说这些线条过于模糊，作为可靠证据勉为其难？"

葛尔翰沉默不语。

代文比特再次耸了耸肩膀。

葛尔翰喊道："它确实存在啊！气体的喷流和爆炸使它大部分都被吹散了，怎么可能还有大量残存物，这个道理你很明白，是不是？"

代文比特深思着查看四周："是的，我明白。我和你看法一样，认为这很有可能是谋杀，现在我们一定要找出确凿的证据。你来看看，气瓶是现场唯一被做了手脚的东西吗？"

"我说不好。"

"那我们首先挨个儿检查一遍所有的气瓶，还有其他的物品也都要查，不要放过现场所有的蛛丝马迹。如果认定这起事故是人为的，那他十有八九还在现场设置了其他陷阱，我们力争把这些东西都找出来。"葛尔翰立马就想投入工作："我马上开始做……"

代文比特说："这……用不着你动手。我会从我们的实验室调个人过来做这项工作。"

翌日，大清早葛尔翰就被请到了代文比特的办公室。代文比特说："几乎可以确定了，就是谋杀。我们又找到一个做了手脚的气瓶。"

"我没猜错！"

"这次发现的是一个氧气瓶，在喷嘴尖端内侧发现了不少铂墨。"

"铂墨？氧气瓶上有铂墨？"

代文比特点点头，说：“是的。你说说凶手为什么这么做？”

葛尔翰摇摇头：“不知道。氧本身是不会燃烧的，而且也没有什么物质能使它燃烧，即使是铂墨也不行。”

“要照这样说的话，很可能是凶手当时乱了手脚，把铂墨误抹到氧气瓶上了。我们可以做一下假设，当他发现自己的错误后，赶紧做了补救，又在正确的气瓶上做了手脚。可是因为他的失误，为我们留下了决定性的证据，证明李维斯是死于谋杀而并非事故。”

“说得不错。接下来，我们只要找出真凶就可以了。”

代文比特笑了，这一笑，脸上的皮肤皱缩起来，很有些让人望而生畏。他说：“葛尔翰博士，这听起来不错，可是，我们该怎样开始呢？实验室里很多人都有作案动机，其中不少人拥有作案必需的化学知识并且都有机会下手，而我们要找的凶犯又没留名片。换个角度考虑，能不能追查铂墨的来源？”

葛尔翰略一迟疑，回答说：“恐怕不行。这些人每个人都能自由出入特别供应室，不会受到任何盘查。也许我们可以查一查案发当时谁不在现场？”

“调查哪一个时间段？”

“就调查前一天夜里。”

代文比特俯身在办公桌上探过头来，问：“你知不知道在出事之前，李维斯博士最后一次使用氢气瓶是什么时候？”

“这……这我可说不清楚。他为了独占名利，一直秘密地一个人工作，不让别人插手。”

“是的，这些我知道，之前我们也做了调查。在这种情况下，就是铂墨提前一周就抹在气瓶上了也有可能。”

葛尔翰一下子蒙了，小声嘀咕：“那怎么办才好？”

代文比特说：“现在我感觉最棘手的问题就是为什么要在氧

气瓶上涂铂墨，凶手的这一举动让人摸不着头脑，相信破解了这个谜就有可能破解全局。遗憾的是我不是化学家，所以这个答案还得由你去找。你想有没有可能是凶手弄错了，把氧气当成了氢气？"

葛尔翰赶紧摇头说："这不可能的。你看，这些气瓶颜色都不一样，氧气在绿色气瓶里，氢气在红色罐里，一目了然。"

代文比特问："会不会凶手是个色盲？"

葛尔翰没有立刻回答，思索了一番，最后他回答说："这不太可能，辨别化学反应很多时候都要看颜色，色盲搞不了化学。如果我们机构里有人是色盲，一定早被大家发觉了，因为他随时都有可能制造出麻烦。"

代文比特点了点头，下意识地摸着脸上的那块星形伤疤，说："你说得有道理。你说，有没有可能是凶手故意在氧气瓶上涂了铂墨，他这种举动是有目的的，而不是先前我们猜测的无心之举？"

"你想说什么？"

"就是说一开始凶手是想往氧气瓶上涂铂墨，后来他又改变了主意。葛尔翰博士，你是位化学家，请想一想，在有氧气存在的情况下，有没有什么特殊环境会使铂墨变成危险物质？有没有这种环境存在呢？"

葛尔翰一脸困窘的表情，紧紧蹙着眉毛，摇了摇头："不可能……这怎么可能啊……除了……"

"除了什么？"

"这种情况很荒诞，就是如果把氧气气流喷进一个装满氢气的容器中，如果在氧气瓶上涂铂墨就会发生危险，不过这必须有特别大的容器才能得到有杀伤力的爆炸效果。"

代文比特追问道："如果凶手知道有人会提前在房间里放满

氢气，并且会随即打开氧气瓶呢？"

葛尔翰露出笑容："咱们为什么要为氢气、氧气操心呀，本来……"说着，他的笑容突然僵住了，脸上没有一丝血色，他喊出了声："是弗利！那个艾德温·弗利！"

"什么情况？"

葛尔翰特别兴奋："弗利最近刚回来，他在土卫六住了半年。土卫六有氢气甲烷大气层，我们这里唯一有在那种大气层中工作经验的人就是他。我知道当时发生什么了！在土卫六的特殊环境中，如果对氧气喷射流进行加热或用铂墨处理，它就会与周围的氢气发生化学反应，而使用氢气喷射流则起不到任何作用。没错，一定是弗利，这里是地球，与土卫六的情况正好相反，可是他长期养成的习惯，使他闯进李维斯的实验室去安排爆炸时，把铂墨涂到了氧气瓶上。后来他意识到了自己的失误，赶紧补救，可是这时候他已经为我们留下了证据！"

代文比特不动声色地听着葛尔翰的分析，边听边点头，最后露出满意："分析得丝丝入扣。"他立刻伸手去拿内部通话系统，对系统另一端的下属部署任务："立刻派人到中心有机实验室去抓捕艾德温·弗利博士。"

和每一个在伟大的李维斯手下工作的工作人员一样，艾德温·弗利也恨不得把这个伟大的李维斯干掉，把看到他的死亡当作梦寐以求的最畅快的事情。这种心情是没在李维斯手下工作过的人难以理解的。

李维斯是一位致力于太阳系科研事业的有机化学家，是他首先精心设计了自由浮动装置并安装在空间站周围的轨道上，由此光化学成了妙不可言的崭新学科；也是他首先利用月球作为人规模反应的实验场所，可在每个月的不同时间在那里分别安排需要液态空气温度或沸水温度条件下于真空中进行的实验。在公众的心目中，李维斯不屈不挠、才华横溢，是众所周知的未知世界的伟大探索者。从没有见他在失败面前投降，或是因为面对了什么充满奥妙的新课题而感到不知所措。

没有人知道，伟大的李维斯其实是个欺世盗名的剽窃者，他表面上看起来是一位英雄，其实是个几乎不可饶恕的罪人。最先想到在月球表面设置仪器装备的是某个毫无名气的学生，设计出第一台可独立工作的空间反应堆的是一位默默无名的技术员，不知道为什么，这些了不起的成就都成了李维斯大脑的产物。

李维斯手下的那些雇员都对此无可奈何，因为任何愤而辞职的雇员都拿不到推荐书，找不到适合的工作——与李维斯的说法不符的自我介绍没有任何价值，那会被认为是口说无凭。只有忍辱负重留下来，到最后才有可能拿到一张保证未来事业成功的推荐书。他们在职期间，只能私下里互相倾吐一下心中的怨恨，至少能出口怨气让自己感觉痛快点儿。

艾德温·弗利有充分理由义无反顾地加入抱怨李维斯的行列。他被派往土星最大的卫星土卫六工作，在那儿安装充分利用土卫六日益稀薄的大气层的设备。大行星的大气层都主要由氢气和甲烷组成，不过木星和土星体积太大，无法安装相应的设备，而天王星和海王星距离遥远，耗费过高。土卫六的体积与火星相仿，既不太大，温度也适宜，可以在上面进行操作，足以维持一个中等厚度的氢气甲烷大气层。在土卫六的氢大气层中，可以方便地进行大规模反应，而同样的反应如果在地球上进行，从动力学上看是会惹麻烦的。

弗利曾在土卫六待了半年，除了机器人，没有任何助手协助他。他反复构思出了各种巧妙的设计方案，并带回了令人惊叹不已的丰富资料。可是不知道出于什么原因，他整理的资料缺失了不少，之后那些缺失的部分竟然作为李维斯的"最新研究成果"大行于世。

同病相怜的同事们得知这件事后，最多同情地耸耸肩，宽慰宽慰他。弗利只能紧紧抿起薄薄的嘴唇，绷着他布满粉刺的脸，听听大家为了发泄心中的郁闷而谋划的那些不着边际的暴力行动。

这些人中说得最多、最热闹的是基姆·葛尔翰。说实在的，弗利有点瞧不起他，因为他连地球都没离开过，是一个"真空人"。

葛尔翰兴致勃勃地说："各位，要干掉李维斯并不是什么难事，因为他生活非常有规律，每天都做差不多的事情。比如说他几乎天天自己吃饭，我们为什么不在这上面做做文章？他每天 12 点整会把办公室的门关上，然后在 1 点整打开，这期间没有人会去他办公室打扰他，这正是让毒药大显身手的机会！"

比林思奇露出不解的表情："你说毒药？"

"这很容易搞到。咱们这地方到处是毒药，只要你能叫得上名来，我就找得着。大家都知道吧？李维斯很爱吃黑面包夹瑞士干酪，还在里面放一种加了很多洋葱的特制调味酱，反正一到下午人人都闻得到他身上那股洋葱味。你们记不记得去年春天有一回餐厅里这种调味酱用完了，他大发了一顿脾气？咱们这里，除了他没人吃那种古怪的调味酱，如果在里面投毒，只会毒死李维斯，不会祸害到别人……"

葛尔翰的这些话全是大伙吃午饭时的信口胡诌，以博一笑，可是弗利上了心，他恶狠狠地生出了一个念头，他想谋杀李维斯。

这念头并不是头脑发热的产物，他是认真的。"杀死李维斯"的想法在他脑海中盘旋不去。他恨他，那荣誉本就应该属于他，是他在狭小的气泡型的氧气幕中接连住了好几个月，是他在冰冻的氨原上奋力跋涉、搬动沉重的设备，是他在寒冷的氢气、甲烷微风中建立起了新的反应装置。李维斯做了什么呢？一想到李维斯死去他就能重获荣誉，他禁不住热血沸腾。

他要除掉李维斯，但是不想伤害到其他人。于是，他把谋杀地点选在了李维斯的大气实验室，所有的计划都依照那里的客观条件打造。大气实验室的正式名称是"中心有机实验室"，那个房间狭长低矮，专门用水泥板和防火门同实验室的其他部分隔离开来。大气实验室是一个禁区，只有李维斯在场或者得到他的允许才能进入。可事实上，这个实验室很少上锁，因为李维斯一贯专横跋扈，所以他只需写一个"不得入内"的小条并签上名，就起到了门锁一般的作用，即使那纸条褪色了也是如此。不过显然，对于一个怀着不顾一切的谋杀欲望的到访者来说，这个纸条起不到什么作用。

大气实验室内部一切都有条不紊。李维斯每天都进行例行试验，他一丝不苟并且谨慎小心，很难找出什么漏洞下手。除非有个极其巧妙精细的谋杀计划，否则对设备本身做任何手脚都会被他察觉。

弗利首先想到的是放火，他能轻易从大气实验室里找到大量易燃物品。可让人沮丧的是，李维斯对火灾的危险十分警觉，他对火灾所采取的戒备措施更是比任何人都完备周到——他甚至连烟都不吸。

只要想起李维斯，弗利就火冒三丈，他是个摆弄甲烷和氢气小气瓶的"小偷"，他恨不得食其肉、剥其皮。李维斯声名显赫，他做过什么？不过是在实验室里摆弄小罐子。他弗利在土卫六曾经用过以立方英里计量的甲烷和氢气做研究，可是他处理了那么多立方英里的气体依旧默默无闻，倒是剽窃他成果的李维斯得到了名利。

大气实验室里那些装气体的小气瓶分别用于不同的人工合成大气环境，被涂成了不同颜色。红色气瓶里面装的是氢气，装甲烷的瓶子被漆成了红白相间的颜色，只要把这两种气体混合，就可以模拟外行星大气层。装在棕色气瓶里的氮气和银色气瓶里的二氧化碳用于模拟金星大气层。而装压缩空气的黄色气瓶和装氧气的绿色气瓶可以逼真地模拟表现地球的化学性质和现象。那些五彩缤纷的气瓶排成一排看起来像彩虹一般，它们的颜色不是随便涂上去的，而是按照许多世纪的惯例沿袭下来的。

想到那些漂亮的气瓶，弗利有了主意。这个完美的计划并不是苦思冥想的结果，纯粹是灵光一闪得来的。想到这个主意后，弗利心里豁然开朗，他知道接下去该做什么了。

弗利首先要等待的是一个潜入大气实验室的时机，他苦苦熬了一个月，终于挨到了宇宙节。宇宙节在9月18日，是人类首次宇宙飞行成功的纪念日。这一天对科学家来说具有重要意义，那天夜里每个人都会停止手上的工作去寻欢作乐，就连工作狂李维斯也不例外。

当夜，弗利看好没人注意他，就溜进了大气实验室。实验室既不像银行装满了钱，又不像博物馆藏着许多宝贝，没有贼想光顾这里，所以这种地方的警卫在执勤的时候都吊儿郎当的，不太上心。

弗利回身小心翼翼把大门关好，不开灯，慢慢顺着漆黑的走廊向大气实验室走去。为了防止留下指纹，他专门戴了手套。他还准备了一支手电筒、一小瓶黑色粉末、一支纤细的毛笔——这是他三星期前专门跑到城的另一头一家美术品商店买的。

走到大气实验室门口，他迟疑了一会儿。他颇有些忌惮，对他来说这是比下决心谋杀一个人更难突破的心理障碍。不过，他到底还是进了实验室的门。越过了那层精神障碍，置身其内，其他的事情就好说了。

弗利打开手电筒，用手遮住手电筒的光亮，轻而易举地找到了气瓶。此刻他特别紧张，他的双手在颤抖，呼吸也非常急促，突突的心跳声震动着耳鼓。他把手电筒夹在胳膊下面，然后抽出那支原本用来画画的毛笔，在笔尖上蘸满黑色的粉尘。弗利把笔尖点入气瓶上气量计的喷嘴中。这个过程只需要几秒钟，可是在他看来，却漫长得无尽头，他一直在哆嗦，费了好大劲才把颤抖的笔尖伸进喷嘴。他仔细地转动笔尖，然后再次蘸满黑粉，重又探入喷嘴。这个动作他重复了一遍又一遍，他的精神高度集中，内心的紧张感几乎使他的心脏难以承受了。最后，他拿出一小块化妆纸用舌头舔湿了，仔细擦拭喷嘴外缘。

马上就要大功告成了，马上就可以离开这个鬼地方，一想到这里，他心里轻松了许多。就在这时候，他突然梦醒过来，一阵懊恼的惊慌如潮水般涌来，他臂下的手电筒"啪啦"一声掉在了地上。

多么愚蠢啊！他是一个笨蛋，一个难以置信的、愚蠢透顶的笨蛋！他因为又紧张又焦急，竟然把气瓶搞错了！他赶紧拾起手电筒，关掉灯光。他如一只受到惊吓的小动物，惊恐不已，心脏怦怦跳得更厉害了。他在倾听，听周围有没有什么动静。

周围一片寂静，没有一丝声响。他逐渐恢复了平静，重又振奋精神，他认为自己能把之前做过的事再做一次。既然能在搞错的气瓶上做好手脚，那重新找出对的气瓶再花两分钟就能处理完了。他用毛笔和黑粉再次投入了紧张细致的工作。这回运气不错，他准确无误地找到了气瓶，而且没有把他手中那个盛着能引起燃烧、致人死命的粉末的小瓶失手掉在地上打碎。

终于完工了，他再次哆嗦着用蘸湿的化妆纸的擦拭喷嘴。接着他迅速用手电光柱扫过四周，他在找装甲苯试剂的瓶子。找到之后，他拧开塑料瓶盖往地板上泼洒了一些甲苯，然后又把瓶盖盖好放回原处。

　　做完这一切，他梦游一般迈着蹒跚的步子走出实验室，走出这所房子，回到了寄宿公寓。他几乎可以认定，自己的隐秘行动很成功，没有引起别人注意。他是一个严谨的罪犯，他把曾用来拂拭气瓶喷嘴的化妆纸塞进了快速处理器，那纸立刻因为分子弥散而消失得无影无踪。然后他用同样的方式处理掉了涂粉末用的毛笔。处置装粉末的小瓶子有些麻烦，需要提前把处理器调节一下。弗利认为那么做不怎么保险，他决定像往常那样走路去上班，然后顺手把瓶子扔到经过的一座桥下去……

　　第二天，晨曦穿透窗帘，弗利起床来到洗手间。他眨着眼睛，一脸愕然地望着镜中的自己，好奇自己还敢不敢去上班。这是毫无意义的念头，他怎么能不去上班呢，尤其是今天，一丝一毫反常的举动都会引起别人的注意。

　　他费尽心思想象即将开始的一天中他将要去做的每件正常的、

理所当然的事情的细节。今天天气多好，阳光明媚而温暖，他会步行去上班。经过那座桥的时候，他只要把手腕轻轻一抖，就能永远摆脱掉他的犯罪证据。那只小瓶子会在河面上"咚"地溅起一星水花，然后灌满河水，静静地沉下去。

整个上午，他都坐在办公桌前盯着他的便携式电脑。他做好了一切准备工作，会成功吗？李维斯会不会闻到那股甲苯味？不，应该不会，那气味确实不好闻，但还不至于难闻到让人难以忍受，有机化学家们应该早就习惯了。而且，李维斯会去碰气瓶，只要李维斯依然对他从土卫六带回来的氢化过程资料感兴趣，就一定会动用气瓶去做试验。昨天刚放了一天假，李维斯一定会着急把浪费掉的时间补回来，错不了。他只要一开气量计的旋塞，气体一往外喷，马上就会燃起熊熊烈焰。如果空气里甲苯浓度适量，那么那完美而激烈的爆炸就会发生……

弗利沉浸在自己的想象里，他甚至把远处传来的低沉的爆炸声当成了自己想象的一部分，没有意识到他无比期盼的爆炸已经发生了。后来，一阵嘈杂的脚步声将他从沉思中惊醒。

"怎么了……怎么了……"他抬头看着他的同事们，从喉咙里发出嘶哑的声音。

"谁知道什么事啊！"

旁边有人喊起来："是大气实验室发生了爆炸！炸了个乱七八糟！"

喜悦与恐惧同时向弗利袭来，他成功了。

只是，他还未来得及享受到他应得的名誉，地球调查局的人就敲响了他办公室的门。

人魔岛

[英] 赫伯特·乔治·威尔斯

在杜克拉斯看来，"莫罗岛"真是个世外桃源，但是再过几个小时，他就再也不会这么想了。不过现在，在经历了飞机失事、同伴自相残杀之后，九死一生的他还能悠闲地观赏"猫一样乖巧"的少女爱希的舞蹈，让他觉得世事如梦。

他从救命恩人莫凯马瑞的口中，得知了这座岛屿的主人、莫凯马瑞的雇主，竟是莫罗博士。莫罗博士是诺贝尔奖奖金的获得者，外界传闻他已失踪多年。博士因为热衷于动物活体实验而被科学界排斥，于是就在这个岛上隐居了17年。

莫凯马瑞把杜克拉斯带到客房，突然把房门反锁了，还莫名其妙地说："这是为了你好。"

当杜克拉斯想办法把房门打开的时候，热带地区的夜晚已经来临。一声声凄厉的嘶吼传来，更添了几分夜晚的神秘。杜克拉斯闻声向前走去，来到一座大房子前——要是事先知道里面有些什么东西的话，他是绝对不会进去的。

当然，那些笼子中缠着绷带的动物并不很吓人，而泡在药水里的畸形的婴儿也只能说明这间实验室很不一般，但是，躺在手术台上的那个躯体却令杜克拉斯毛骨悚然：一个远古神话中的怪物！像是在猪的躯干上长出了人的四肢。一团红色肉块正从这具躯体中挤出，是一个婴儿！婴儿张开歪嘴巴，睁开混浊的眼睛……捧着它的那位医生猛地扯下白口罩，把一张扭曲的拼凑起来的面孔转向杜克拉斯。

杜克拉斯被这巨大的恐惧吓得夺门而逃，却在门口迎面撞上两个"人"，他们对他扬着似人似畜的脸庞。他疯了一般地逃走了。

少女爱希在树丛中找到躲在那儿、浑身发抖的杜克拉斯，说："我帮你离开这儿，但是请不要把我父亲的事情告诉任何人！"

爱希和杜克拉斯逃过了兽人们的追捕，看见了四肢着地伏下正在山涧边饮水的"豹人"路米。路米似乎想要掩饰什么，四足着地，迅速地蹿进林中。杜克拉斯后来才知道，兽人们被严格禁止"用四肢走路"。路米违背的不只是这一条禁令——爱希和杜克拉斯还在路上发现了一具兔子的尸体，它被人撕裂了。

但此时，他们没空去理会这件事。爱希带着杜克拉斯，找到了猿人阿萨斯曼。

爱希恳求道："请你带我们去塞恩弗拉那儿！"

阿萨斯曼查看了一下杜克拉斯的手掌，确认他是一个高贵的"五指人"之后，才领他们来到兽人聚居地。莫罗博士以无与伦比的才能和美学观，创造出了一个怪物王国。这些兽人没有一个不是奇形怪状的，他们直立行走，却弓着腰、驼着背，很古怪，不像人那么挺拔。他们甚至缺少作为兽类的威猛矫捷，只会让人觉得丑陋猥琐。

杜克拉斯克制着自己呕吐的冲动，跟随爱希乘升降机进入地下大厅。那儿，兽人"牧师"塞恩弗拉正在向许多半人半兽们宣教："做人难。但是，既然父亲已经让我们成了人，我们就不该再做那些可耻的事，四肢着地走路，喝水发出怪声，吃肉……"

爱希冲塞恩弗拉叫道："有个五指人需要你的帮助！"

塞恩弗拉走下讲坛。但杜克拉斯还没来得及说出他的请求，高亢昂扬的号角声就传入了地下大厅，引起了兽人们的一阵骚乱："父亲"来了！

兽人们欢呼着，以动物特有的姿态跳着舞。岛上之神莫罗博士坐在由兽人拉着的破汽车上，驾临此地。他满脸都是白粉，神色庄严。杜克拉斯身不由己地被拥出了大厅。

初次见面，杜克拉斯对博士就毫无好感。实际上，杜克拉斯现在对任何人都不信任，不管是那些勉强成形的兽人，还是莫罗博士与莫凯马瑞这两个"真正的"人。

博士对杜克拉斯的处境深表理解。为了证明兽人不会对人构成威胁，他按动了手中的脉冲发生器。顿时，一声声惨叫从兽人们之中发出，他们全部摔倒在地。看着飞扬的尘土中那一个个翻滚抽搐的躯体，杜克拉斯觉得自己几乎要崩溃了。

在莫罗博士的客厅里，"卸妆"后的博士执意要给杜克拉斯介绍自己的几个"子女"。当然，第一个是爱希，她是这个岛上唯一一个能让杜克拉斯安心的人。而博士的四个"儿子"显然是基因混合的产物，就像岛上那些半人半兽们一样。小侏儒马基，是个恃宠而骄的小家伙，也是博士的贴身跟班；屈迪，友好而蠢笨；麦令，长着猫科动物的脸，敏感而害羞；阿沙素鲁，就是前夜在大实验室接生婴儿的那个"大夫"，像狗一样谄媚而阴险。

然后，博士介绍了一下自己的研究工作。这17年之中，他一直努力想通过把动物和人的基因移植在一起来产生"完美的人类"。他正一步步地走向自己的目标，甚至比别人想象的走得更近。

杜克拉斯认为这种实验存在道德上的质疑，博士则针锋相对。

他们的争论出乎意料地被阿沙素鲁打断——他装模作样地把一个大盘子放到了餐桌上，盘中是一只烤熟的兔子。几个"儿子"们看着这道美食，惊喜异常，馋得不行。

博士却大动肝火，因为为了避免兽人们的"兽性"被引发，他们被禁止吃肉。

兔子是莫凯马瑞带杜克拉斯上岛时杀的。莫凯马瑞虽然知道岛上从不食肉，但是嘴里实在淡得不行，因此想趁机沾沾这位稀客的光，解解馋，却没想到遭到了博士的训斥。

莫凯马瑞对杜克拉斯说："只有你见到我杀兔子了。"

"那倒未必。"

杜克拉斯和爱希说出了路米杀死兔子的事情。路米一定是看见莫凯马瑞的行为，才被激起了嗜血的欲望。这严重破坏了岛上的"法规"。

虽然在杜克拉斯看来，那一套一本正经的宣教程序非常荒唐可笑，但博士还是把兽人们都召集到一块儿，让"牧师"塞恩弗拉向他们当场宣讲法规。

"有人杀生了。"

博士的声音通过扩音器传出，回响在兽人们的上空，他们心惊肉跳。

博士喊出了违法者的名字："路米！"

审判就要开始了。豹人路米的眼中闪着凶光，他身边的好友"袋狼"低低地哀鸣着，怯生生地躲开了。路米像人一样向前跑了几步后，就不再理会"法规"，而是四肢着地，大吼着扑向博士！

但博士一按下脉冲发生器的电钮，路米就翻倒在地，惨烈地号叫着。兽人们屏住呼吸，大气都不敢出。

等博士认为惩罚够了，松开按钮时，路米已经筋疲力尽，只能无力地趴在地上喘息。博士走上前去，用手抚摸着他的头，低声说："我的孩子，我原谅你！"

路米吃惊地抬起头。他那半兽半人的心被搅乱了，被感动了，他充血的双眸重新变得清澈，在他突露利齿的口中，发出低沉的呼唤："父亲！"

此时，阿沙素鲁突然走过来，瞬间就用一把手枪对准了路米的头，然后扣动了扳机。一声枪响就像晴天霹雳，兽人们都惊呆了。

阿沙素鲁对同样吃惊的博士说："不是你让我执法的吗，父亲？"

博士问："你从哪儿弄的枪？"

阿沙素鲁转向了莫凯马瑞。

面对惊恐不安的兽人们，塞恩弗拉依然在宣教："法律规定不准杀生！不管是因为什么原因……"在默默不语的兽人当中，悄悄滋生了一种深刻的阴暗情绪，特别是袋狼，他的目光中流露出无法宣泄的悲愤，他的心里悄悄播下了灾祸的种子。

路米的尸体被火化了。袋狼一个人来到火化炉前，捧起路米的焦骨。他所会说的人类语言不足以表达他的心情，他只能像受伤的野兽一样痛苦地哀鸣。突然，他的手指碰到了路米肋骨上附着的一颗异物。那是一枚植入器，用来接收"痛苦之源"发射的电脉冲的。袋狼的呼吸变得急促起来，他的大脑迅速运转着、思考着……他用手按着自己的肋部，摸到了有硬结的位置……周围无人，他愤怒地吼叫着，一只爪子深深刺入自己的体内……

又到了为兽人注射血清的时候了，这些血清能够防止他们退化成动物。这也是博士的发明，如果"人性"有分子式，可以通过形成化合物的形式注入兽人体内，那么相信他已经成功了。他的理想就是把兽变成人，把人变成完美的神。

注射了掺有迷幻剂的血清，兽人们情绪极好，他们在草地上开心地玩耍，除了袋狼。他已彻底不信任博士和他的助手，他要保持自己的独立，即使是作为兽类。他伏在一棵树后冷冷地看着。

　　莫凯马瑞招呼他说："袋狼，来，别怕！"

　　袋狼向他扬了扬前爪，爪尖上是一枚带血的植入器。他恨恨地说："不再有痛苦了！"

　　莫凯马瑞大惊失色，这就是说袋狼将不再受到任何管束了！他赶忙跑到载血清的车边拿出了枪，但袋狼早已逃得无影无踪。

　　阿沙素鲁伏在他耳边，兴奋、谄媚地喘息着说："主人，大搜捕？"

　　莫凯马瑞肯定地说："大搜捕！"

　　袋狼开始为躲避枪弹、麻醉弹和往日同伴的锐爪、利牙而四处逃亡。这是他为"自由"不得不付出的代价。

　　杜克拉斯无法忍受这种疯狂的生活，于是就利用岛上的电台向外界求救，希望能逃出去。

　　但是莫凯马瑞把电台破坏了，他说："你是不是想让他们把我们统统抓走，然后把爱希送去马戏团？爱希和我们不一样，知不知道？她也需要注射血清，而外面没有这种血清。"

　　就在这天晚上，爱希忧心忡忡地对莫罗博士说："父亲，我的样子在变化！我开始退化了……"

　　同样也在这一夜，

袋狼不再孤独。几个兽人在树林深处找到了他，不无小心地接近，还给他看手中的兔子的尸体。

深夜的时候，博士被客厅中的声响惊醒了。他出去查看时，却看到袋狼和另外几个兽人闯了进来，正在用爪子摆弄钢琴。

兽人们为博士平时的威严所震慑，马上散开，蜷缩起来。博士在钢琴旁坐下，说："孩子们，你们刚才弹得很有意思。让我来教你们学习十二音体系……"

兽人在柔和的琴声中不由自主地慢慢靠拢。袋狼跪着伏在博士脚边，博士抚摸着他的头。袋狼悲痛地一声长嚎，是委屈，还是悔恨？没有人知道。也许他依然非常留恋作为一个"人"的那些日子，也许他很难放下作为一个"人"的情感，包括对博士的敬畏和服从。

他猛地抬起头，声音沙哑而浑浊："我们究竟是什么，父亲？"

博士支支吾吾。

袋狼又问："为什么你要让我们痛苦？"

博士慢慢退到客厅门口，从黑影中跳出了侏儒马基，他偷偷地把脉冲发生器递给博士。

袋狼领着兽人们渐渐逼近博士，又问道："父亲，要是没有痛苦，也就不会有法律，对不对？"

博士说："法律还是得维护的。"

他猛地按下电钮，袋狼却哈哈大笑。兽人们四肢并用，跳上了桌子、柜子，到处爬着，把博士团团围住。

袋狼阴险地说："我们四肢着地走路，这就是法律！我们喝水发出怪声，这就是法律！我们尽情尽兴地吃肉，这就是法律！"

博士抓起一块动物的头骨，砸向一个兽人，这下子把兽人们的兽性全都激发起来了。他们一拥而上，爪牙并用，撕咬着这个创造了他们，给了他们智慧，教导他们说话与思考，却又让他们困惑，给他们带来无尽痛苦的"父亲"。

博士至死都不明白，自己的实验究竟在哪个环节上出错了。DNA中能不能找到友善、暴躁、忠诚、叛逆、质朴、狡诈、爱、恨……那潜伏着的兽性，又是依附在哪个基因上？

当时袋狼他们却不会去想那么多。他们随心所欲地沉醉于暴行中，瞬间释放出来的本能促使他们愤怒而迷乱地吼叫着、抓咬着……

闻声赶来的杜克拉斯开了枪，兽人们四处逃散，袋狼从博士的尸体上把脉冲发生器拿走了。对他而言，这"痛苦之源"代表着法律与权威。从此之后，他可以"用四肢走路，随意吃肉"，做一头自由自在的野兽，但他对此并不满足，他选择了自己的命运。毕竟他身上有一半是"人"，毕竟，他从"父亲"那儿学到了许多东西。

博士的尸体如同路米的一样，也被火化了。

麦令担忧地哭泣着，感到自己的生命失去了依托。他说："父亲死了，法律还会存在吗？"

爱希也在哭泣，她跟杜克拉斯说，退化过程更明显了，犬齿变尖，耳朵迅速变长……莫凯马瑞手中有血清能够防止退化，杜克拉斯决心帮助爱希。

在实验室，杜克拉斯疯了似的翻找着，忽然听到有个声音在念着"福音"，声音通过扩音器而被"神化"了："为什么你只看见兄弟的眼中有刺，却看不见自己的眼中有梁木呢？"

他回过头，看见莫凯马瑞正在为就任新"神"做准备。他仿照莫罗博士的打扮，而且头脑似乎已经不太正常了，他说："我已经把所有的血清都毁掉了！"

杜克拉斯瘫地坐在地上，绝望了。

现在，兽人们在地下大厅里迎接这位新神——莫凯马瑞。他的主旨，就是让兽人们尽情地按着本能去做。博士严苛，而莫凯马瑞则是纵容。

一小队兽人们在杀死博士后，正在放肆地破坏着室内的一切，这时看到了阿沙素鲁。他是来投靠强者的，手里拿着枪。

他跪在地上，叫着："我知道哪儿有更多的枪！"

莫罗岛的灾难此时才刚刚开始。博士若地下有知，一定会后悔把人的智慧移植给野兽。

地下大厅里，兽人们围着"莫凯马瑞神"狂欢着，阿沙素鲁乘升降机走了进来，拜倒在莫凯马瑞的脚下。

莫凯马瑞笑着问道："猪狗喜欢干什么？"

阿沙素鲁说："追捕、猎杀！主人！"说完，他就掏出枪来，把莫凯马瑞击毙了。

大厅中一片混乱，袋狼率领他的部下冲了进来。

杜克拉斯在实验室里不停地搜索着，没找到血清，却发现了自己的基因样本，还有从自己身上所采取的基因的一系列图片记录。这时，他才明白原来博士一直没安好心，想利用他的DNA来做实验。

杜克拉斯带着爱希去地下大厅找莫凯马瑞，没想到却只看到一具尸体。这时，阿沙素鲁又出现了，他已变成了袋狼的走狗，要抓这个"五指人"去见他的新主人。爱希像猫一样愤怒地叫着，用手上已经长出的利爪四处乱抓。两个兽人抓住了杜克拉斯，阿沙素鲁则捉住了爱希。

他被侵入骨髓的妒恨驱使着，对她说："你还记得父亲怎样鞭打我吧？他可从未碰过肌肤娇嫩的你！"说完，他残忍地绞死了爱希。

袋狼将所有的兽人召集起来，自己则站在高高的台子上。没错，他畏惧"父亲"，憎恨"父亲"，或许还曾经爱过"父亲"，而现在，他也要做"父亲"那样的人了。

阿沙素鲁像得胜归来的功臣一般，把杜克拉斯扔在袋狼的脚下。

袋狼夸奖道："好狗！"

阿沙素鲁兴奋地大笑，但他忘了，袋狼不会轻饶害死路米的凶手的。冲锋枪一阵扫射，这半人半犬的家伙就趴在了地上。

袋狼把脸靠近杜克拉斯："你告诉他们，五指人，告诉他们我是神，让他们服从我的法律。"

他掏出"父亲"的脉冲发生器，按下电钮，台下的兽人们马上哀号着倒下了。

杜克拉斯虚弱地说："你说得没错，你是神。"

袋狼把脸凑近，杜克拉斯接着说了下去："世界上只有一个神，"他看了看袋狼几个站在高处的同党，"你们几个一起杀了父亲，吃了他的肉，那么究竟谁才是新的神？他？还是他？大家应该服从哪一个呢？"

袋狼果然中计了，他高高地举起手中的枪，扫射站在高处的同伙，持枪的兽人们也马上向他还击。袋狼的腿部被击中了，他摔倒在地，枪也丢在了一旁。流弹把旁边的油罐打破了，麦令趁机捡起一根火把扔过去，顿时大火冲天腾起。

袋狼，勇敢、坚忍、残暴的袋狼，敢于选择自己命运的袋狼，第一个摆脱"法律"束缚、第一个挑战"父亲"的袋狼，他曾经是兽人们憧憬的英雄，现在却成了众矢之的。所有兽人都涌向他，冷酷地殴打他，把他一次次打倒在地，他又一次次艰难地爬起来。袋狼从未如此孤独无助过，即使是上一次被追捕得走投无路时，也不曾像现在这样绝望。袋狼无法找到自己的位置——他不是人类，但也不是兽类。他拖着被打断的腿，走进大火里面，仰天长号着："为什么！为什么！"

这里唯一的真正的人杜克拉斯也在问自己："为什么？"

这一切暴行，这一切的痛苦……都是为什么？或许，不过是莫罗博士显微镜下几个基因片断的组合，就早已注定了这一切。这既不是袋狼的错，也不是阿沙素鲁的错，是博士在他们野兽的本性上，加入了人类的思想和欲望。

天亮了，杜克拉斯把仅存的一些行李搬上简易的木筏，准备远行。前来送别的是猿人阿萨斯曼、长老塞恩弗拉和小侏儒马基。

杜克拉斯说："我会再回来的，一定有能明白莫罗博士实验的科学家，他们可以帮助你们。"塞恩弗拉觉得索然无趣，黯然地说："你还没明白吗？我们不需要科学家，我们要的就是跟着自己的本能走。两条腿走路……确实很累。"

T 病房的病人

[美]阿尔弗雷德·贝斯特

他们称这场战争是为实现美国理想而进行的战争，既不是最后的战争，也不是结束战争的战争。这种看法是由卡朋忒将军提出的，他还经常这么讲。

对一支军队来说，负责作战的将军是关键；对一个政府来说，负责政治的将军是关键；对一场战争来说，负责公共关系的将军是关键。卡朋忒将军就是一位公共关系专家。坦白地讲，他的理想就像有关金钱的座右铭一样高尚且易懂。在美国人的心目中，他的理想就是美国的理想，他就是军队、政府的化身，他就是国家的盾、剑和得力助手。

在报联举办的宴会上讲话时，卡朋忒将军说："现在我们之所以作战，不是为了金钱、权力或者控制世界。"

在第一百六十二届国会上讲话时，他说："现在我们之所以作战，为的只是美国的理想。"

在西点军校一年一度的军官宴会上讲话时，他说："我们不是为了侵略，不是要征服、奴役其他民族。"

在旧金山先锋俱乐部里讲话时，他说："眼下我们正在为文明而作战。"

在芝加哥小麦交易所的庆祝会上讲话时，他说："目前，我们正在为文明的理想而作战，为文化、诗歌和值得保护的东西而作战。"

"这是一场为生存而进行的战斗，"他说，"现在，我们不是为我们自己打仗，而是为了我们的理想，为了那些生活中更为美好的、不该从地面上消失的东西。"

美国在打仗。卡朋忒将军要 1 亿人，1 亿人就被编入军队；卡朋忒将军要 10 万枚铀弹，10 万枚铀弹就调遣给了他，并且投在了敌方阵地上。敌人也投下 10 万枚铀弹，摧毁了美国的大部分城市。

卡朋忒将军说："我们必须修筑工事去反抗这些野蛮人，给我 1000 名工兵。"

1000 名工兵立刻就到位了，他们在 100 座城市里修筑工事，挖空了一座座断壁颓垣的城市。

"给我 100 名市政管理者，200 名空调设备的专家，500 名卫生设备的专家，700 名人事管理人员，800 名负责运输事务的人员，1000 名负责通信的人员……"

卡朋忒将军所开的单子上，没完没了地要求提供技术专家，美国不知该怎样来满足这些要求。

卡朋忒将军对全美大学协会说："我们必须使所有的公民都成为专家，男人或女人都必须成为从事某项专门工作的特别工具，在训练和教育中让自己更为坚强和干练，去打赢这场为了实现美国理想而进行的战斗。"

在华尔街公债推销早餐会上，卡朋忒将军说："我们的理想，和雅典文雅的希腊人，和……嗯……高贵的罗马人是一致的，那就是对生活中更美好的东西的向往，对音乐、艺术、诗歌和文化的追求。金钱只是为实现理想而加以利用的工具，野心只是为了登上这个理想的阶梯，能力只是为了实现这个理想的工具。"

华尔街表示支持。卡朋忒将军说要 1500 亿的资金，1500 名只拿微薄薪水的工作人员，3000 名研究矿物学、岩石学、大量生产、化学战、空中交通时间等方面的专家。所有这一切他都得到了。全国的工作效率非常之高，只要卡朋忒将军一揿按钮，专家就到了。

公元 2112 年 3 月，战争进入白热化程度，美国实现了自己的理想，但不是在有几百万军队奋勇作战的 7 个战场上，不是在司令部或参战国家的首都，也不是在供应武器和军需品的生产中心，而是在隐蔽于 300 英尺以下的纽约圣奥尔本斯美国陆军医院的 T 病房里。

T 病房是圣奥尔本斯的一个神秘之地。和其他的军医院一样，圣奥尔本斯也是由让各种专门伤员疗养的专用病房组成。军医们把受伤归为 19 个门类，包括每一种可能对神经和肉体的伤害，用字母 A 到 S 分别做这 19 种病房的代号。那么，T 病房是什么病房呢？

没有人知道答案。T 病房的门上挂着两把锁，来访者不许入内，病人也不许离开病房。只能看到医生们出入，他们的脸上所流露出来的困惑神情引发了各种各样的猜测和联想，但是他们什么也没透露。负责 T 病房的护士们被人不断询问，但她们守口如瓶。

有一些零星的消息，但是这些消息不仅难以让人满意，而且相互矛盾。有个干杂活的女工肯定地说，T 病房里没有人，因为她曾打扫过，除了 24 张床，其他什么都没有。肯定没有人。有人睡过这些床吗？有，因为有几张床上的床单是皱的。还有别的能表明病房里有人住的痕迹吗？当然有，很多桌子上放着私人的东西，等等。但这些东西多少都蒙了一层灰，似乎已经很久都没有人用过了。

医院里的舆论推定说这个房间是供鬼住的，是一间鬼病房。

但是，据说一位值夜班的工友在经过这间锁着的病房时，曾听见从里面传出过歌声。是怎样的歌声？好像是用外语唱的。哪国语言？这位工友也说不上来。听起来有些发音就像是……嗯，就像是牛蹄在我们身上使劲地踏来踏去……

医院传得很热闹，推断说这是专让间谍们住的，是一间外国人住的病房。

圣奥尔本斯医院在全体厨房人员的帮助下检查病人的餐盘。每天，24 个餐盘会 3 次送入 T 病房，有时送回的餐盘是空的，但更多的时候，那些餐盒原封不动地就送回来了。

医院舆论开始认为 T 病房是个酗酒的场所，供那些逃避工作的人和参谋部的贪官污吏们饮酒作乐的非正式俱乐部。"牛蹄是在我们身上使劲地走来走去。"

只不过是 3 个月的时间，那些毫无依据的猜测变得激动而有力量。公元 2112 年 1 月，圣奥尔本斯是一所管理井井有条的正常的医院。到 2112 年 3 月，圣奥尔本斯里人心激愤，这种心理上的不安也在官方报告中得到了反映。病人的痊愈率下降了，装病的士兵开始入住医院，细微的犯规行为逐步增多。抗争的怒火在人心中燃烧起来了。于是，院方进行了整顿，但是毫无起色，反而激起了病员的骚动。院方再次进行整顿，紧接着是第三次整顿，但是骚乱更严重了。

终于，卡朋忒将军通过官方途径得到了这个消息。

他说："给我派个医院管理专家去。在为实现美国理想而作的战斗中，我们绝不能对那些早已为之付出所有的人弃之不顾。"

一位医院管理专家去了，但他对圣奥尔本斯无能为力。卡朋忒将军读完报告，将他开除了。

卡朋忒将军说："给我一名军医。同情是文明的首要组成部分。"

军医来了，但他无法平息圣奥尔本斯的激愤情绪，也被革职。这时，公文急件中提到了T病房。

卡朋忒将军说："把负责T病房的专家给我叫来。"

圣奥尔本斯把一位叫埃德塞尔·迪莫克医生送去了，他是个上尉。这是一位年轻力壮的小伙子。他从医学院毕业才3年，已经秃了头，但是档案材料完美地证明了他是位心理治疗专家。卡

朋忒将军喜欢专家，喜欢迪莫克。迪莫克也敬重卡朋忒将军，把他看作一种文化的代言人。他以前所受的训练太过专业，因此没能去探求这种文化，他希望战争胜利后能去欣赏。

卡朋忒将军开始说："喂，迪莫克，认真听着。今天，我们每个人都是坚强能干的工具，都有一项专门的工作。你知道我们的座右铭：人人都有工作，人人必须工作。T病房里有人不干工作，我们就只能撵走他。不过，我先得问问你，T病房究竟是什么病房？"

迪莫克张口结舌地答不上话。最后，他解释说："这个专门病房是为特殊的战争病例开设的，休克症。"

"你是说，病房里是有病人的了？"

"没错，长官，有10位女病员，14位男病员。"

"但是这里说，圣奥尔本斯的病人们认为T病房里没有人。"卡朋忒将军把手中的一沓公文报告向他挥了挥。

迪莫克愣了一下，然后向将军保证说这不是事实。

"迪莫克，那好吧。你有24个伤病员，你的工作是医治他们，他们的工作是恢复健康，那医院到底为什么要骚动呢？"

"嗯，这是因为我们把他们锁了起来，长官。"

"你们把T病房锁起来了？"

"是的，长官。"

"为什么？"

"为了把病人关在病房里，卡朋忒将军。"

"把病人关在病房里？什么意思？他们想出来？他们很凶狠残暴还是怎么了？"

"不，长官，他们没有。"

"我不喜欢你这种态度，迪莫克。怎么说话吞吞吐吐、含糊其词的？还有，我也不喜欢T这个分类，根本没有T这个分类，我已经找军医中的分类专家核实过了。你们在圣奥尔本斯到底在干什么？"

"呃……长官……T这个分类是我们创造的。长官，它……它们……它们是相当特殊的病例，我们对它们束手无策。这是一项全新的工作，我……我们想等找到解决的办法后再把这件事讲出来，卡朋兹将军，要知道，这完全是一项新的工作！"

这时，迪莫克的专业感战胜了纪律的约束："上帝啊！这件事太惊人了，它将载入医学史。这可是前所未有的最伟大的事。"

"迪莫克，你在说什么？说详细些。"

"好的，长官。他们是休克症病人，没有记忆。他们像是紧张症患者，呼吸极微弱，脉搏很低很低，几乎没有反应。"

卡朋兹不满地说道："有什么稀奇的？我见过上千例这种休克症病人。"

"是的，长官，到现在为止，这种病症听起来好像和Q类、R类的病症差不多，但是有些不同寻常的地方——他们不吃，也不睡。"

"根本不吃不睡吗？"

"有些病人根本不吃不睡。"

"那他们怎么没死呢？"

"我不知道啊。他们没有合成代谢，而分解代谢仍在继续，非常混乱。也就是说，他们只排泄废弃物，却并不吸收任何东西，长官。他们排泄的是疲劳毒素，却能在没有食物、睡眠的情况下让疲劳的组织重新恢复，这真是太离奇了，上帝才知道究竟是怎么回事。"

"你们是不是怀疑他们在别的什么地方偷吃东西、偷偷休息，所以把他们锁起来了，是这样吗？"

迪莫克似乎有些不好意思："不……不是，长官。我不知道该怎么跟你说，卡朋忒将军。我……我们把他们锁起来，是因为这事太离奇了，他们……嗯，他们失踪。"

"他们什么？"

"失踪，长官。他们会消失，就当着你的面。"

"你胡言乱语些什么？"

"真的，长官。你这会儿还看见他们，过一会儿他们就不见了。他们坐在一张床上或站在周围，有时24个病人都在病房里，有时一个也不在。他们莫名其妙地失踪，又莫名其妙地出现。所以，卡朋忒将军，我们只能把病房给锁起来。我们从未在整个战争和伤员史上见过这样的病症，因此不知道该怎么办。"

卡朋忒将军说："给我带3个病人来。"

奈森·赖利吃着法式烤面包，喝了两品脱黑啤酒，抽了一支烟，心满意足地打了个饱嗝，然后从早餐桌边站了起来。在走向出纳员办公桌的时候，他优雅地向"绅士吉姆·科贝特"点了点头，科贝特中断了和"钻石吉姆·布雷迪"的谈话，一把拉住他。

科贝特问："赖利，你觉得今年的优胜锦旗会落在谁手里？"

"道奇队。"

"他们投球不行。"

"他们队里有斯奈德、富里洛和坎帕尼拉。我敢打赌，吉姆，今年他们队会超过其他任何一队，会得到今年的优胜锦旗。3月15日，记下来，看看我有没有说错。"

科贝特说："赖利，你总是对的。"

赖利笑了笑，付完账后，踱着步来到街上，叫了辆马车。马车飞快地奔向麦迪逊广场公园。他在第八大道和第五十街的街角下了车，走向一间位于一家无线电修理店楼上的收付赌注的事务所。那个登记赌注的人扫了他一眼，拿出一个信封，从那儿数出

1500 美元。

他说：“你怎么会算得这么准确，赖利？在第十一回合，罗基·马西亚诺以技术打败了罗兰·拉·斯塔泽。”

赖利笑着说：“这可是我的谋生手段。你们是不是也在选举上打赌？”

“艾森豪威尔十二比五，史蒂文森……”

“艾德莱，行了，”赖利一边说一边把2000美元放到柜台上，“记下了，把它压在艾克身上。”

离开事务所后，他回到了沃尔多夫的套间，有个高高瘦瘦的青年人正在那儿焦急地等着他。

奈森·赖利打招呼说：“你好，是福特吗？哈罗尔德·福特？”

“亨利·福特，赖利先生。”

“你自行车铺里的那个机器需要经费。那机器叫什么来着？”

“伊普西莫比尔，赖利先生。”

“呵呵，我不喜欢这个名字。为什么不叫它奥托莫比尔呢？”

“赖利先生，这名字太棒了，我一定采用这个名字。”

“我喜欢你，亨利。你既年轻又实干，还善于应对。我相信你前途远大，也相信你的奥托莫比尔将会取得成功，我在你的公司里投资20万。”

赖利填了张支票，然后送走了亨利·福特。他看了看手表，突然感到必须回去一趟。他环顾四周，走进卧室，脱下外套，换上一件灰色的衬衣和一条灰色的裤子。衬衫的口袋上印着4个很大的蓝色字母——ＵＳＡＨ（圣奥尔本斯美国陆军医院），然后把卧室的门锁上，失踪了。

他的重新出现，是在圣奥尔本斯美国陆军医院的Ｔ病房里。24张床沿着轻质钢板营房的四壁摆放着，他的床也是其中之一。

现在他就站在自己的床边，还没来得及喘口气，六只手就把他按住了。他刚想挣扎，就被他们用气压注射器打了 1.5CC 的吗啡酸盐硫钠。

有个人说："我们抓到一个了。"

另外一个人说："待在这儿，卡朋忒将军可是要三个哪。"

马库斯·朱尼厄斯·布鲁特斯刚从莉莱·曼琴的床上起来，曼琴就拍了拍手，然后她的女奴进卧室给她准备洗澡水。洗完澡，穿上衣服，在头上喷了些香水，曼琴开始吃早餐。随后，她抽了支香烟，让人准备轿子。

同往日一样，大门外面挤满了一群群爱慕她的第二十军团的人。两位百人队长把轿椅摆好，然后用结实有力的肩膀扛起轿子。莉莱·曼琴微笑着。一个身披宝蓝色斗篷的青年人挤过人群，向她飞奔而来，他的手里握着一把明亮的小刀。

"太太，莉莱太太。"青年大叫着，用小刀刺伤了自己的左臂，鲜血染红她的外套，"这鲜血，是我献给您的微不足道的礼物。"

莉莱温柔地抚摸着他的额头，她喃喃道："傻孩子，你这是何苦呢？"

"因为我爱你，太太。"

"今晚九点钟，你来吧，我答应你。"莉莱轻声说。

他一动不动地凝视着她，然后她大笑起来："勇敢的孩子，我答应你。请问，你叫什么？"

"宾汉。"

"宾汉，今晚九点钟。"

轿子继续向前移动。恺撒正和萨佛纳罗拉在广场外面争论着，面红耳赤，各不相让。一看见轿子，恺撒突然对百人队长做了个手势，他们立刻停下来。恺撒撩起轿帘，望着莉莱。莉莱却毫无神采地看着他。

恺撒的脸抽搐着，他嘶哑着嚷道："为什么？我已经一再请求、恳求甚至贿赂、哭泣过，但这一切并没有让你宽恕我。莉莱，为什么，这是为什么？"

莉莱轻声说："你还记得波阿狄西亚吗？"

"波阿狄西亚？那个不列颠人的女王？天哪，莉莱，她跟我们相爱有什么关系呢？我只是把她打败了，并不爱她。"

"你把她杀死了，恺撒。"

"莉莱，她是服毒自尽的。"

莉莱突然用手指着他叫道："她就是我的母亲，恺撒！你这个杀人凶手，一定会得到惩罚的。恺撒，小心，当心 3 月 15 日！"

恺撒惊恐地往后退缩着。周围爱慕莉莱的人群中发出了一阵赞叹的欢呼。在一阵玫瑰和紫罗兰花瓣的花雨中，莉莱继续前进，穿过广场，来到守护灶神圣火的处女神庙。她抛下身后那些爱慕她的求婚者，走进神庙。她跪拜在神坛前，吟诵一篇祈祷文，抓了一把灰，撒在神坛的火焰上，然后脱下衣服。她对着银镜细细地欣赏着自己漂亮的肉体，一阵思乡的痛苦紧接着袭来。她换上一件灰上衣和一条灰裤子，上衣口袋上印着的字是：ＵＳＡＨ。

她向着神坛微微一笑，然后消失不见了。

在美国陆军医院 T 病房里，她又重新出现了，由于被气压注射器在皮下注射了 1.5CC 的吗啡酸盐硫钠，她很快倒了下去。

有人说："这是第二个。"

"还要找第三个。"

乔治·汉默猛地停止讲话，扫视了一下四周……他的目光在反对党的席位上停留了一会儿，又移向坐在羊毛坐垫上的上院议长，还有议长椅子前深红色垫子上的银权杖。议会大厅里的所有人都被汉默激情昂扬的演说给吸引住了，他们凝神屏气，等他继续往下讲。

终于，汉默激动而有些哽咽地说道："我说完了。为了这个议案，我要在滩头阵地上，要在城市、城镇、田野和乡村里战斗。为了这个议案，我要一直战斗，直到死。如果有可能，即便是死了，我还要为之战斗。这究竟是挑战还是祈祷，让正直可敬的先生们凭良心去决定吧，但我对一件事的坚持是不容置疑的：英国必须拥有苏伊士运河。"

他脸色苍白，表情严峻地坐下来。整个议会大厅都轰动了。

他在掌声和欢呼声中走出议会厅，来到一个投票厅。格拉德斯通和丘吉尔、皮特在那儿拉住他，跟他一一握手。帕姆斯通议员冷冷地打量着他，迪斯赖利把帕姆斯通挤到一边，带着满腔的热情和敬佩向汉默走来。

迪斯赖利说："我们去塔特索尔随便吃点吧，我的车就在外面。"

一辆罗尔斯—罗伊斯停在广场外面，车里坐着贝科恩斯菲尔德伯爵夫人。她在汉默的西装领上别了一支樱草，然后亲昵地拍了拍汉默的脸颊。

"你已经离开中学很久了，乔治。那时，你总是欺负迪齐。"

汉默哈哈大笑。迪斯赖利则唱起歌来："所以，让我们欢乐吧……"

汉默也哼起从前在中学里唱过的歌，直到到达塔特索尔。迪斯赖利要了吉尼斯黑啤酒、烤排骨，而汉默则到楼上的俱乐部里去换衣服。

突然，他一时兴起，也许是不愿完全挥别自己的过去吧，想回去看最后一眼。他脱下紧身长外套、淡黄的马夹、椒盐色的裤子和锃亮的皮鞋，脱下内衣，换上一件灰衬衫和一条灰裤子，失踪了。在美国陆军医院的 T 病房里，他又出现，被注射了 1.5CC 的吗啡酸盐硫钠后失去了知觉。

有人说："这是第三个。"

"把他们带到卡朋忒将军那儿去。"

于是，一等兵奈森·赖利、军士长莉莱·曼琴和下士乔治·汉默坐在卡朋忒将军的办公室里。他们身着医院的灰色病人服，因吗啡酸盐硫钠的注入而晕晕乎乎。

屋子里灯火通明，办公室布置得干净整洁。这时在场的，有间谍部门、反间谍部门、保安部门和中央情报局的专家。看到眼前等着病人和他自己的是一群铁青着脸、冷酷无情的人时，迪莫克吓了一跳。

卡朋忒将军别有用心地笑着："迪莫克，你认为我们有可能相信你所说的失踪故事吗？"

"长……长官？"

"我也是个专家，迪莫克。我可以告诉你，战争进行得并不顺利，非常不顺利。有人泄露了情报。圣奥尔本斯的混乱局面可能是因为你。"

"可……可是，长官，他们真的是失踪了。我……"

"迪莫克，我的专家们想跟你和你的病人们谈谈时有时无的行动。他们会从你开始。"

这些专家给迪莫克做了潜意识软化、伊特释放和超自我阻滞检查。他们用遍了自己所知道的每一种忠诚药和每一种肉体及心理压力。大喊大叫的迪莫克有 3 次处在了突破点，但什么也没突破。

卡朋忒说："现在先这么着吧，接下来检查病人。"

专家们似乎不太愿意向男女病人施加压力。

卡朋忒发火了："看在上帝的分上，你们不要不好意思。我们可是在为文明而战斗，我们一定要尽最大的努力捍卫、保卫我们的理想。现在开始吧！"

这些专家们开始动手时，一等兵奈森·赖利、军士长莉莱·曼琴、下士乔治·汉默就像 3 支蜡烛瞬间熄灭了似的，突然失踪了。刚才他们明明还坐在椅子上，处在蛮横的包围之中，现在他们竟然不见了。

专家们不安地喘着气，而卡朋忒将军则很绅士。

他走到迪莫克面前说："我很抱歉，迪莫克上尉。你获得了一项重大发现，我晋升你为上校……但是，这到底是怎么回事？我们自己先来检查一下。"

卡朋武拿起话筒："给我派一个战斗休克症专家和一个精神病医生来。"

两位专家到后，先听了个大概的介绍，然后，他们把每个目击者都检查了一遍，接着思索了一会儿。

战斗休克症专家说："你们都得了轻度休克症，也就是战争神经过敏症。"

"你是说，我们并没有看见他们失踪？"

战斗休克症专家摇摇头。

精神病医生也摇摇头，说："全是幻觉。"

就在这时，一等兵奈森·赖利、军士长莉莱·曼琴和下士乔治·汉默又出现了。一分钟前，他们还被称为幻觉，现在他们却都回来

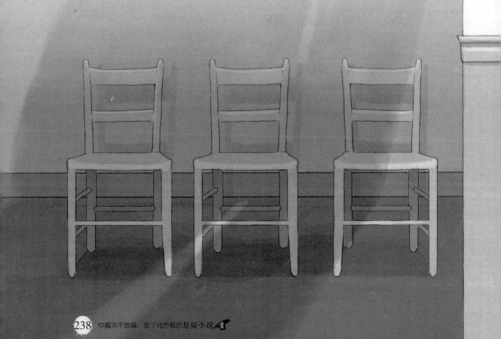

坐在了椅子上，四周顿时一片混乱。

卡朋忒大声叫道："快，迪莫克，赶紧再把他们麻醉，给他们打上一加仑。"

他抓过话筒："所有的专家马上来我办公室，开紧急会议。"

37位专家都是坚强且能干的工具。他们一一检查了昏迷中的休克病人，然后讨论了3个小时。有些事实是显而易见：这一定是新的诡异的战争恐怖所造成的新的怪诞的并发症。随着战争技术的发展，新的种类的伤病员一定也会随之产生。因为有一种行动，就会有一种相应的反行动。大家对此都表示同意。

大家都认为这种新的并发症一定与远距传物的某些方面相关——超越空间的内心力量。很明显，战斗休克，在把内心某个已知的力量摧毁的同时，必然会产生另一个尚未知晓的潜在力量。

大家都认为这些病人显然只能回到出发点，否则他们就不会返回T病房，也不会返回卡朋忒将军的办公室。

大家都认为这些病人一定是能走到哪里，就在那里吃饭、睡觉，因为他们在T病房不吃也不睡。

迪莫克上校说："另外还有一点，他们回到T病房的次数似乎越来越少了。开始的时候，他们差不多每天都会来回一次，而现在大多数病人一连好几个星期都在外面，很少回来。"

卡朋忒将军说："那他们去哪儿？"

有人问："他们是否在敌后远距传物？泄露情报？"

卡朋忒说："让情报部门去查一下，看敌人方面是不是也碰到了相似的问题，就是说，他们的战俘营中是不是有俘虏失踪后又出现的情况。这些战俘有几个说不定是从我们T病房去的呢。"

迪莫克上校说："他们也许只是回家而已。"

"让保安部门查一下，把24个失踪者的家庭成员和社会关系都控制起来。现在……关于我们在T病房采取的措施，迪莫克上校有个计划。"

迪莫克解释说："我们要在T病房里多加6个床位，派6个专家住在那里观察。这些病人在神志清醒时，得的是紧张症，那时他们不敏感，但打了麻醉针之后他们又不能回答问题。我们必须间接从病人那儿了解情况。"

卡朋忒总结说："先生们，这是战争史上威力最大的潜在武器。它对我们而言意味着什么是不言而喻的，我们要远距离传送一支部队到敌后去。要是我们能掌握每个病人内心隐藏的秘密，总有一天我们会赢得这场为实现美国理想而进行的战争。我们必将胜利！"

专家们忙成了一团，保安部门忙着核查，情报部门也忙着调查。6个专家——6个坚强而能干的工具住进了圣奥尔本斯医院的T病房，和那些失踪的病人慢慢地熟悉起来。这些病人出现的次数一次比一次少，状况紧张起来。

保安部门报告说，去年美国并没有出现过这种奇怪的情况。

情报部门报告说，敌方好像并没有在休克病人和战俘中遇到相似的困难。

卡朋忒焦躁不安，他说："这确实是个新问题，我们没有应对这方面问题的专家，必须开始培养新的工具。"

他抓过话筒："给我接一所学院。"

他们给他接通了耶鲁大学。

卡朋忒命令道："我需要几位研究精神超越物质的专家，对他们进行培养。"

耶鲁大学立刻设置了幻术、超感觉的感觉和隔地传动这三门研究课程。

事情第一次有了眉目。T病房里的一位专家要求另一位专家的帮助——他需要一位宝石匠。

卡朋忒不明白："这是为什么？"

迪莫克上校解释说："他是个人事专家。当他听到谈起宝石时，没办法把听到的话和他所熟悉的东西联系起来，很着急。"

卡朋忒赞同地说："人人都有一份工作，人人都必须干一份工作。这不是他的分内事。"他轻轻地敲了敲话筒："派个宝石匠来。"

一位出色的宝石匠从军工厂到这儿出差。他们让他查出一种叫"吉姆·布雷迪"的钻石，但他无能为力。

"我们试试另一个角度，"卡朋忒说着抓过话筒，"派个语义学家来。"

一位语义学家离开了战争宣传部，但是对他来讲，"吉姆·布雷迪"不过是个名字而已，没有别的含义。他在"吉姆·布雷迪"这几个字上也研究不出什么，建议派位系谱学者来。

一位系谱学者被批准离开他在非美祖先委员会的工作岗位，出差一天来到这儿。但他只知道"布雷迪"是500年来美国的一个普通的姓，仅此而已。他建议派位考古学家来。

一位考古学家从入侵司令部的制图室来了。他一眼就认出了"吉姆·布雷迪"这个名字。这是个历史人物的名字，他生活的年代介于彼得·施托伊弗桑特总督和菲奥雷洛·拉·瓜迪亚市长之间，在以前的小纽约市是声名显赫的。

卡朋忒将军大吃一惊："我的上帝啊！奈森·赖利究竟是怎么得到这东西的？那是好几个世纪以前啊。你还是和T病房的专家们一起，把这个问题一查到底吧。"

考古学家在经过各种考证后写了份报告。卡朋忒看着他的报告目瞪口呆，召开了一次紧急会议，所有的专家都参加了。

他说："先生们，T病房的事远不仅是远距离传物，这些休克病人们所做的事简直令人不敢相信……先生们，他们在时空之中进行旅行。"

与会者们都怀疑地低头私语着。卡朋忒用力地点点头。

"是的，先生们，是跨越时代进行旅行的。资深专家们的研究结果表明，它并不是按照我们所认识的方法进行的。它是一种瘟疫……一种传染病……一种战争疾病……是一种战争对普通人造成的伤害。在我讲下面的话之前，请各位先看看这些报告。"

与会者们读着那些报告：一等兵奈森·赖利……在20世纪初的纽约失踪；军士长莉莱·曼琴在参观1世纪的罗马时失踪；下士乔治·汉默去19世纪的英格兰旅行时失踪。其他的病人为了逃避22世纪的现代战争，有的逃往威尼斯和古热那亚及威尼斯共和国的总督处，有的逃到牙买加和海盗那儿，有的逃到中国的汉王朝，有的逃到挪威和"红种人"艾利克那儿等——逃到世界上任何一个地方、任何一个时代。

卡朋忒将军说："这一发现的巨大意义无须我多说了。如果我们能送一支军队去一星期、一个月甚至一年前，那么想想看，这会发生什么！战争还没爆发，我们就能够赢得战争的胜利。我们就可以守护我们的理想……诗歌和美以及美国的文化……自始至终不会受到野蛮行为的侵害。

"所有人员都要想办法解决如何在战争爆发前就去赢得战争这个问题。

"情况很复杂，因为事实上，T病房的那些病人都是精神失常者。他们也许知道，也许不知道自己是怎么做正在做的一切的。但是他们无论如何不可能配合专家去井然有序地解决问题，实现奇迹。既然他们不可能帮助我们，我们就要自己去找出答案。"

那些随时保持紧张状态的能干的专家们困惑地看了看四周。

卡朋忒将军说："我们需要专家。"

全体人员松了口气，恢复了常态。

"我们需要一位大脑机械学家、一位神经机械学家、一位精神病医师、一位解剖学者、一位考古学者和一位历史学家。我们要把他们派到那个世界去，他们必须学会如何越过时代去旅行。"

历史学家雷德利·斯科林在报告中提到，奈森·赖利回到20世纪初，他在那儿过着理想中的生活。他是一个高水平的赌棍，他打赌艾森豪威尔能选上总统，赢了钱；他打赌职业拳手马西亚诺能击败另一位职业选手拉·斯塔泽，又赢了钱。

"这说明了什么呢？"斯科林说。

"我们并不缺少社会分析家。"卡朋忒说着，拿起话筒。

"不用叫了，我会慢慢解释给你听的。我再告诉你一些线索。比如莉莱·曼琴，她逃往罗马帝国，在那儿过着自己的理想生活，自认为是个倾国倾城的美人。尤利乌斯·恺撒、萨佛纳罗拉、整个第二十军团都疯狂地爱着她，还有一个叫宾汉的人。你看出这其中的荒诞之处了吗？"

"没有。"

"她还抽烟。"

卡朋忒顿了一下，问道："什么？"

斯科林说："我再接着往下介绍。乔治·汉默逃往19世纪的英国，他在那儿是个议员，是格拉德斯通、温斯顿·丘吉尔和迪斯赖利的朋友。迪斯赖利还请他坐罗尔斯—罗伊斯。罗尔斯—罗伊斯是什么你知道吗？"

"不知道。"

"是一种汽车的牌子。"

"是吗？"

"你还不明白？"

"不明白。"

斯科林在地板上得意地踱来踱去："卡朋忒，与远距离传物和越过时代进行旅行相比，这个发现更为重要。这24位休克病人是因为氢弹爆炸的影响而产生的巨大变化，难怪你的专家们不能理解。"

"斯科林，还有什么东西比跨时代旅行更为重要？"

"卡朋忒，听我说。艾森豪威尔要到20世纪中叶才会进入政界。艾克当总统前25年，布雷迪就去世了，因此奈森不可能既是'钻石吉姆·布雷迪'的朋友，又在艾森豪威尔竞选获胜一事上打赌……这两件事不是发生在同一个时代的。而马西亚诺击败拉·斯塔泽这件事发生在亨利·福特创办汽车公司50年以后。奈森·赖利越过时代的旅行充满了这样的错误。"卡朋忒顿时目瞪口呆。

"莉莱·曼琴不可能有宾汉这个情人。根本就没有宾汉这个人，他只是小说中的一个人物，根本没有在罗马生活过。莉莱也不可能抽烟，因为那时还没有香烟。迪斯赖利也根本不可能让乔治·汉默坐汽车，因为汽车是在迪斯赖利死后很久才发明出来的。明白了？还有更多的错误。"

卡朋忒高声嚷道："你胡扯些什么，难道说他们都在撒谎？"

"不，他们没有撒谎。他们不需要睡觉也不需要食物。他们是在一定的时间回去，在那儿吃饭、睡觉。"

"可是你刚刚不是说这与时代不符吗？"

"因为他们旅行回到的是自己想象的时代。奈森·赖利回到的是他自己想象中的 20 世纪初期的美国。他不是学者，因此那里漏洞百出，有时代错误，但是对他而言，一切都是真的，他可以生活在那儿。其他人的情况也不例外。"

卡朋忒愣住了。

"这种理念很难让人理解。这些人已经知道了怎样变理想为现实。他们知道怎样进入他们理想的现实中去，他们可以在那儿，也许是永远住在那儿。上帝啊！卡朋忒，这就是你的美国的理想。这是奇迹，是不朽的事迹，是神圣的创造，是超越物质的精神……这需要探索、研究。一定要把它献给全世界。"

"斯科林，你能做到吗？"

"不能，我不行。我是个历史学家，这种事超出了我的能力范围，我不会创造。你需要的是一位诗人……一位懂得创造理想的艺术家，从在纸上创造理想到在实际中创造出真正理想，这个过程应该不会太困难。"

"一位诗人？你是说真的吗？"

"当然是真的。五年来，你一直告诉我们说，进行这场战争是为了拯救诗人。你知道什么是诗人吗？"

"你在开玩笑吧，斯科林，我……"

"派一位诗人到 T 病房去，他是唯一能学会他们怎么干的人。无论如何，作为一位诗人，他自己已经会了一半。他学会了，就能教导心理学家和解剖学家。然后，他们再教给我们。在那些休克症病人和你的专家们中间，那位诗人是唯一能担任翻译的。"

"斯科林，我相信你是对的。"

　　"那么，卡朋忒，别浪费时间了。那些病人回到这个世界上来的次数越来越少，我们必须在他们永远失踪前，把那个秘密弄清楚。派一位诗人到 T 病房去。"

　　卡朋忒拿过话筒："派一位诗人来。"

　　他等待着，等待着……美国疯狂地在它两亿九千万个坚强而能干的专家中挑选着，他们是美国的理想——美国的美、诗歌和生活中更美好的东西——的捍卫者。他等待着一位诗人的出现。他不明白为什么搜寻总是徒劳，拖延却是无限期的；他也不明白为什么斯科林不断地嘲笑、嘲笑，嘲笑这最为关键的失踪之事。

图书在版编目 (CIP) 数据

你看完不敢睡，看了还想看的悬疑小说 . II / 白虹
主编 . -- 北京：中国华侨出版社，2018.3（2024.6 重印）
ISBN 978-7-5113-7449-3

Ⅰ . ①你⋯ Ⅱ . ①白⋯ Ⅲ . ①短篇小说−小说集−世
界 Ⅳ . ① I14

中国版本图书馆 CIP 数据核字（2018）第 021001 号

你看完不敢睡，看了还想看的悬疑小说 . II

主　　编：	白　虹
责任编辑：	刘晓燕
封面设计：	冬　凡
美术编辑：	潘　松
图片绘制：	王辰工作室
经　　销：	新华书店
开　　本：	880mm×1230mm　1/32 开　印张：8　字数：350 千字
印　　刷：	三河市众誉天成印务有限公司
版　　次：	2018 年 5 月第 1 版
印　　次：	2024 年 6 月第 9 次印刷
书　　号：	ISBN 978-7-5113-7449-3
定　　价：	46.00 元

中国华侨出版社　北京市朝阳区西坝河东里 77 号楼底商 5 号　邮编：100028
发 行 部：（010）88893001　　　　传　真：（010）62707370

如果发现印装质量问题，影响阅读，请与印刷厂联系调换。